吕 新作品系列

草青

吕新/著

山西出版传媒集团 北岳文艺出版社
BOYUE LITERATURE & ART PUBLISHING HOUSE
·太原·

图书在版编目(CIP)数据

草青 / 吕新著.—太原:北岳文艺出版社,2018.1
(吕新作品系列)
ISBN 978-7-5378-5443-6

Ⅰ.①草… Ⅱ.①吕… Ⅲ.①长篇小说—中国—当代
Ⅳ.①I247.5

中国版本图书馆CIP数据核字(2017)第275857号

书名:草　青
著者:吕　新

策　　划:续小强
责任编辑:关志英

项目统筹:马　峻
装帧设计:张永文
印装监制:巩　璠

出版发行:山西出版传媒集团·北岳文艺出版社
地址:山西省太原市并州南路57号
邮编:030012
电话:0351-5628696(发行部)　0351-5628688(总编室)
传真:0351-5628680
网址:http://www.bywy.com　E-mail:bywycbs@163.com
经销商:新华书店　印刷装订:山西人民印刷有限责任公司

开本:890mm×1240mm　1/32　字数:229千字
印张:10.375　版次:2018年1月第1版　印次:2018年1月山西第1次印刷
书号:ISBN 978-7-5378-5443-6
定价:39.00元

第 一 章

一

六月的一场小雨里，他正在屋里将一个月前剩下的一部分艾叶编织成绳子，在阴凉处挂起来，一个女人忽然冒着雨来找他。从窗户里望出去，能看到那个女人留在院子里的一串清晰的足迹，十分明显地从外面一直延伸进来。

她一进来就开门见山地对他说：

“我是来求您帮忙的，求您发发善心！方圆百里以内，只有您能办得到。”

“我是从白蝴蝶村来的。”

“请说吧。”

“这么说，您肯帮我了？啊，胡佛先生，您真是个好人。方圆几百里的人，谁不知道您的为人，只要提起您……”

“从白蝴蝶村来的，你恐怕搞错了。我的名字叫胡符，并不叫胡佛，胡佛是我已故的父亲。虽然他是我的父亲，可据我所知，他并不懂得这类事情，虽说他也是个好人。”

“啊，对不起！我的脑子都让他们搞乱了。您没生我的气吧？”

“你就直接说吧。到底什么事？”

“是这么回事：我妈——我们孩子他姥姥，是三年前去世的，虽然我经常想念她，可从来没像最近一段日子这么厉害，我都快想疯了！做什么事都做不成，根本做不到心上。前后有一个多月了，我快难过死了。”

“从白蝴蝶村来的，我猜你一定遇到了什么伤心的事。”

“我伤心死了。您已提前知道了？”

“从白蝴蝶村来的，你的男人是不是最近一直在与你搞摩擦？”

“我的观音菩萨啊！您连这也知道？这事也有一个多月了。”

“女人只有在和男人不和的时候，才会有时间想起自己的母亲，甚至兄弟姐妹，甚至亲朋好友、熟人生人。”

从白蝴蝶村来的女人低下了头，看见了自己鞋上的泥泞。一个鸽子一样的黑影从窗外无声地掠过。从白蝴蝶村来的女人抬起头，她觉得那很像是一个人的影子。

“您完全猜对了，我和他已经有些日子不在一起睡了。有时候，他会在半夜里偷偷地摸过来，我就把他踢下去。可是，当他反复地扑过来时，我就没办法了，我只会哭。”

“您知道吗，无论多么厚的被子也不能让一个女人得到保护。”

“因此，我就来找您，我想与我的母亲见上一面，哪怕半个小时也行，哪怕十分钟也行，我知道您有这个办法，只有您能办得到这件事。看在我可怜的分上，您难道不想帮帮我吗？”

“您有通向那个地方的钥匙和通行证。我们凡人则什么也没有。”

三十多岁的胡符将最后一根银白的艾绳编好，打了结，放在自己的身边，如同一条弯曲起来的白蛇。从白蝴蝶村来的女人像一条流淌不息的小溪一样低声细语地对他说着；他不想扫她的兴，然而，外面的雨仍在下着，阴雨的天气使他左脸上那道棕褐色的树叶状的印记变得奇痒难挨，似乎要像树叶一样飘浮起来。

他问那个女人：

“你想在何时见到你的母亲？”

“当然越快越好。”从白蝴蝶村来的女人看着他，眼睛里出现了光泽。“今天晚上行吗？”她说，“我不准备回白蝴蝶村去了，我随身带了衣服，当然还有钱。”

“你来得不是时候。”胡符对她说，“这雨下得多大。”

“我有些不信。”从白蝴蝶村来的女人扭头向外面看了一眼，怕冷似的说道，“咱们这里下雨，那边难道也是湿的？”

“今晚肯定不行，我们走不成。雨太大了。过几天你再来吧。”

“几天？”

“三天以后。”

“我还要做些什么准备吗？”

“来之前把身体洗干净。另外再带上你的一颗孝心就行了。”

“孝心我有。需要吃东西吗？需要吃得很饱还是一点儿也不吃？”

“当然要吃。没有旺盛的精力和体力是上不了路的，无论他是谁。”

她认真地看着他，端详着他。当看到他左脸上的那片棕褐色的树叶状的印记时，她忽然感到好像被什么东西扎了一下。

这时，又听到他说：“从白蝴蝶村来的，把你的身体转过去，让我看看。”

“您要看什么？”

“看看你是否适宜远行。有很多人的身体都很差、很糟，男人不像男人，女人不像女人，根本不能干什么。”

“您看我行吗？”

从白蝴蝶村来的女人慢慢地转过身去，她听到了外面的雨声。

胡符的目光从她的肩上开始跌落。沿着她的脊椎移到腰上。从白蝴蝶村来的女人十分认真地挺胸站着，不可否认，她有一个宽大而又异常扁圆的臀部。

“真像一个日本南瓜啊！”他心里想，一个长疯了的日本南瓜。

“不久前，也有一个从白蝴蝶村来的人，想与自己的儿子见面。”

“您说的那是谁？”

“一个叫莨玉的人。”

“您帮助了他？您不该帮助他。我是出于对您的爱戴才这么说的。”

“为什么？因为他是男的？”

“因为他是一个坏人，因为他是一个不折不扣的坏人。”

“可是我已经帮助了他，我让他们父子见了面。我还想留出点时间好让他们父子抱头痛哭一场，可他们却差点儿吵起来。”

“那么难得的机会，他们却用来争吵？”

从白蝴蝶村来的女人打开潮湿的门，冒着雨走远了。

一片影子重新出现在窗外。

胡符看了一阵，大声说道：

“不回去睡觉还站在外面干什么？别人会以为你是一只过路的鸽子。”

“你又在帮助别人下阴了？”影子说。

“我的事你不要管，说过多少次了！我不干这个，你吃什么？”

“谁都能帮，唯独不帮帮我，啥时候能让我和你爹再见上一面？”

“这事你也要吃醋？前些天不是刚安排你们见过一次了吗？双方会晤了那么长时间，也该满意了。我告诉你，不能这样！像这么频繁地见面，对谁都没有什么好处。”

“可我什么都没有看见，只出了一身汗。哪里有他的影子？”

“那证明你不太想他。一个人想另一个人，只要想得厉害了，就什么都能看见，一切都会发生。事实上，老夫老妻了，有什么意思！谁看见谁都是一种实实在在的累赘。在世的时候，那么多年难道还没有把话说够吗？”

“我很难过。”

“雨下得这么大，快回去睡觉吧。我也该睡一会儿了。”

“你睡吧。”

“白蝴蝶村的那个女人再来的时候，我会敲窗户告诉你。”

那时候，在水蒙蒙的天气里，有两个没打伞的人像两棵落尽树叶的枯树一样出现在镇子以南的山梁上。他们在上面停留了很长时间，然后一路指点着走下来。山梁是那种比较倾斜的坡地，漫长、辽阔，地势有缓有急；沙子、石头、雨水坑、沙蓬、白蒿，还有许多一直长不大的地衣般的植物遍布在上面。已经十分清楚地能看见那个镇子的大致的轮廓、格局甚至两条主要的街道了，但要真正接近，还需要一些时间。沿着空阔的山梁上的小路下来，稀疏的树木，一些不太宽的沟谷，镇子以南的麦田和河水，都是沿途需要经过的地方，不逾越这中间的任何一个，都永远无法真正走近那个镇子。从缓慢的山梁上下来的这两个人都穿着一种不合时宜的黑衣服，其中的一个人又高又瘦，当他向远处张望的时候，脖子显得尤其长而柔软，像羊茎草。因而，在向那个镇里观望或注目的时候，他总觉得自己要比身边那个比他矮一头、甚至还要矮上许多的同伴能多看到一些什么。那是一种突然到来的优越感，其过程犹如来不及思量便一夜暴富。自从有了那样的一种既模糊又坚定的意识以后，一种很特别的感觉就一直支撑着他、拨弄着他，远远地埋在他的心里，十分明显地浮现在他的脸上。在草木释放出的苦味和清香里，这个又高又瘦的人模糊而又强烈地意识到一种正在远远到来的——功劳或业绩（已非己莫属），而与此相应的另一种不可避免的充满悬殊（不能平均）的分配已在他的心里，在他的目光所及的地方正逐渐展开。他们沿着空阔而冷清的山梁往下走，在绵长纤细的雨丝里，不时有一些灰白色的鸟从路边的沙蓬和蒿草丛中飞起来，飘向远处。他们穿着一种六七成新的黑衣服，看上去硬邦邦的很不舒服。已经很少有人穿这种衣服了。古板的黑衣服使他们的身体看上去是干的，毫无激情，甚至看不出在雨天里行走时的那种湿漉漉的样子。

远处的天有些微微发红，像支起的帐篷一样与雾蒙蒙的地面连接在一起，给人一种“从那一带可以到天上去”的粗浅印象。他们慢慢地在飘着细雨的小路上走着，用“凉爽”或“今天不热”之类的话安慰着自己和对方。

那时候大约是中午时分。

雨停了一会儿，后来又像先前那样下了起来。在潮湿的空气里，几乎很难留意到那种短暂的间歇和停顿。

从山梁上磨磨蹭蹭地走下来的这两个人停留在镇外的一条河边。他们听着雨的声音，雨落在土上或树上，甚至落进水里的声音，在他们听来似乎完全一样。两个人回过头，望着身后那些齐腰深的青绿的麦浪，脸上露出非常迷惑的梦幻般的神情。他们不敢肯定自己不久前是否真的从那里经过，疑虑从陌生的麦地里徐徐升起。他们想不起青绿的麦子何时在他们的身边发出簌簌的响声；既没有用手，也没有用身体分开茂密的麦垄，就被指引着穿过麦地来到了河边。由此向西，在河的上游地段，在茂密的庄稼与树木之间，浮现出一座灰白的塔。比高个子矮一头的那个人转身向那里望了片刻，眼泪很快就流出来了。又高又瘦的那个人活动着被黑衣服裹着的僵硬的身体，眼泪使他的同伴变得很可怜，泪水无声地流到脸上，想收回去已不可能。那个矮小的人试图擦去，他的一只苍白的手放到脸上，目光却越过指缝，继续看着那里。河两岸橙黄碧绿，分不清哪一片是庄稼，哪些是树木。

他们站在一条有沙子的路上，望着镇里的黄色的山墙。干燥的炊烟在雨里延续着、生长着，一会儿保持着从前的笔直，一会儿又弯曲得乱七八糟，尽情而无形地改变着方向。为什么雨不能把烟淋湿？又高又瘦的人忽然想到一个与生计，与目前处境毫无关系的问题。他用一种复杂的表情注视了一下身边的同伴，目光又很快落在镇里最高的一幢房子上。也许已经淋湿了，站在下面的人只是根本看不见罢了。又高又瘦的人想道。一双寻常的眼睛能看清什么？很多时候连眼前正在发生的事都茫然无知，难以察觉。不久，他又想道，关键的问题是，人不能亲手将一股烟真实无比地捉住，像接到一封信那样认真地看个仔细；若真能那样，谁又能断定不会从那上面看出一些闻所未闻的东西？

镇上的一部分房屋不知什么时候已经延伸到了河边。一个赶着一头驴子的人和他的驴一起倒映在清澈的水里。

过了一会儿，赶驴的人将驴拴到附近的一棵树上，但很快又将绳子解开了。他的重复的动作终于使平静的水面开始晃动起来。赶驴的人让驴子站在自己的身后，他自己则用手中的一根小鞭子去捅一户人家的门。

有一些不安分的涟漪在水面上转动起来，无声无息地闪烁着。不久以后，一个女人从里面出来。先出来的是她的脸，接着是一条戴着镯子的白肉胳膊，最后是整个身体。

赶驴的人焦躁而喑哑地说：

“母亲十分想你，特命我来接你。”

赶驴的人突然消失了，水里显得更加清澈，只余下那头驴子还滞留在那扇小小的门外，不知道自己身上驮的是什么。又过了一会儿，驴也不见了，两扇门还开着一扇。

水里出现了一些细如发丝的柳枝，很浓密很碧绿地悬挂着；很快又出现了几道黄色的墙，互相错落着，其间的宽窄可供三五个人行走，碰头，没有明显的标志，因而很容易在其中迷失；一个口齿不清的孩子尖声叫着，“大刀！大刀！”从墙的这边跑到墙的那边。

“妈真的让你来接我吗？”

“你不信？有毛驴可以为证。这年头，谁敢独自一人赶着一头毛驴出来？你说说，我这不是冒险又是什么？”

“告诉她不要想我，有空多和附近的老太太们玩玩纸牌。这样一来，日子过得就快了。你没有劝过她吗？”

“并不是我不闻不问，问题是人不能光靠纸牌活着。今天手里捏着几张自以为不错的牌，还一直哆哆嗦嗦地舍不得打出去；但今天一过，到了明天，一切也许就都变了，也许根本就不再想捏了；再说，纸也不通人性啊。”

“你看我能走开吗？我有六个孩子，最小的才三岁；还有一个半途而废的男人，还有一个菜园子——帮我按住这只羊，别让它的后腿起来，它非常不愿意让人剪它的毛。”

“它也许不知道这是在干什么。”

“它知道，明白是怎么回事，但就是不情愿，就像小孩子不喜欢剃头一样，从来不配合。你的那只手再低一点。”

“刚才我看见一个孩子，手里举着一只吹起来的猪尿泡，在墙外跑来跑去。一个过路的人边走边回头说：‘那是多健康的一个膀胱啊！小心别把它给弄破了。’”

“那个孩子就是胡雁。”

“我看出来了，长得有些像你。”

“他不认得你吗？”

“我把驴拴好以后，他正好从墙那边跑过来。我上去向他打听：‘有一个叫邬云娜的女人，她住在哪里？’他停下来，很认真地打量着我。我又问他：‘你的母亲叫什么？是不是叫邬云娜？’他盯着我看，问我：‘你是谁？’

“你没有告诉他吗？”

“我以为他认识我。”

“这些孩子们中间，恐怕只有胡天认识你。你见到他了吗？”

“让我生气的正是这个。他不理我，好像不认识我一样。我很亲热地对他说：‘胡天，你看谁来了，你看我是谁？’他冷冷地看了我一眼，转身走了。他怎么了？”

“他对我们也是这样。”

“他小的时候我多宠他啊，经常骑在我的脖子上，说干什么就干什么，别人还以为他是我的儿子。我没想到他会变成这样。这年月，让人伤心的事实在太多了。”

二

他翻了一个身，听到外面的雨小了。

那个漆黑而轻飘的影子又将窗户涂黑了。他不得已睁开眼，望着那扇颜色明显加重了的窗户，提高声音说道：

“你让我再睡一会儿好不好？”

“我没有打扰你。”她说。

“这么大的雨，你在院里转来转去干什么？你为什么不也去睡一会儿？”

“我不想睡。”

“能不能让我睡一会儿？”

“你睡你的，我可没说不让你睡。你知道人们在议论什么吗？‘邬云娜不是一个好母亲，她有一个专门“下阴”的儿子。’”

“你觉得不光彩吗？他们为什么不说正是她的这个儿子，目前一直很好地赡养着她？他们瞎说八道，你也跟着动摇？”

“我没有动摇。他们只是觉得你的钱有些来路不正，我为这个难过。”

“有人来得光明堂皇，可他们会养活你吗？你去找他们说说看。”

“我没有动摇过。”

“有两个被叫作小姐的女的用卖身所得的钱，供她们的弟弟上学，穷孩子们高高兴兴地背着书包去上学。在这中间，谁是最出力不讨好的人？”

“菩萨啊！小姐们哪会缺钱。”

“你不懂，你早就落伍了，我说的这种小姐不是你以为的从前的那种阔小姐。我说的这种，都得靠自己去挣，就像我一样。”

“我的儿呀，我可从来没有动摇过，一直都坚定地……”

“好啦，快回去睡吧。”

“我想起了你的父亲。从前，每逢这样的天气，他都会非常难受。”

他闭上眼睛，却远远地看见一道半掩的窗户，窗外也在下雨。窗户上的一种奇怪的青光十分逼近地映照着父亲的脸，使每一个从外面进来的人都感到惊讶，在错觉中将他看成是一位素无往来，而今突然登门造访的不速之客。

在六月水蒙蒙的天气里，胡佛从梦中醒来，听到街上的人们互相传递着雨过天晴的消息。阳光穿过葱绿的树木，照亮了阴沉的午后。胡佛感到自己的身体渐渐有了暖意，梦中的那些一直吹着风的窟窿被堵住了，空荡阴冷的感觉在他睁开眼睛以后正在不知不觉地飞快消失。他的目光缓慢地转动着，被树木映绿的脸上出现了像天气一样晴朗的笑容。

一段时间以来，他的一双眼睛好得出奇。躺在房里，对面山梁上的树木和红、白、黄、紫几种颜色的灌木全部尽收眼底。天气最晴朗的时候，甚至还能将那种体积像药丸一样大小的小黑鸟看得清清楚楚：红嘴配着黑翅膀，鹅黄的嘴总是衔着几根稀疏的蓝翎。最多的当然还是画眉鸟，与生俱来的浓抹细描使它们的表情无论任何时候看上去都显得异常严峻，不卑不亢。他的眼睛看着那里，耳边常听到行走如飞的声音和奔跑的声音。不死的心情使他躺在窗户下像一个出生几个月的婴儿一样不住地翻身、打挺，想将他那个沉重的身体抬起来。疾走如飞的声音让他相信那是他的灵魂正在回家或已经出发。“我的勤劳的灵魂一直都在运动，有时早出晚归，有时终年漂泊在外。”

这时候，那两个一高一矮的人正沿着山梁上白描似的小路往下走，缓慢而逐渐地向镇里走来。他们都穿着服丧期间的白孝服，但并无悲伤过度之举。胡佛看见山梁上的风将他们的不合体的白衣服吹得乱七八糟，一会儿肥大地鼓荡起来，一会儿又裁成一些纷飞的小旗帜的形状。他们边走边交谈，似在周详地密谋一件什么事情，又像是在努力阐明、澄清一个事实。胡佛看见他们的表情在变化，几只手也在动，但始终听不到他们说话的声音。“还是有点远。”胡佛一边眺望一边暗自想到。这时候有个望远镜也丝毫不起什么作用。望远镜只管看，从来不负责听，什么样的声音也接收不到。更何况胡佛现在的目光与一个倍数极高的望远镜也基本没有什么两样。

他的儿子胡天站在初晴的院子里，有时会在不知不觉中遮挡着他的远眺的视线。这个去年夏天还在菜园子里赤脚站着的孩子，现在已经不大跟家里的人多说话了，已把自己看作一个可以和任何人平分秋色、共享悲欢的成年人。作为父亲的胡佛，却显然没有意识到这种直接而根本的变化，他毫无准备，他只是发现这个孩子不如从前那么听话好管了，但还不相信这是一个怀有某些秘密心事的成年人。谁也不知道那一天是从什么时候突然开始的。

胡佛把自己的头像一个与己不相关的东西一样放在窗台上，对站在院子里的儿子说：

“今天是四月初几，初八？”

“还四月呢！”胡天说，“早就六月了。四月哪有这么大的雨！”

胡佛发出一声受伤的家禽般的叹息，他的头从窗台上消失了。过了一会儿，他的脸又出现在原来的那个位置上，他无意中看到胡天好像正在干一件十分奇怪的事情。他没有深究下去，因为备受冷落与愚弄的遭遇很快就战胜了他的那一点并不算牢固的好奇心。他用自认为有些夸张的话语向儿子说明一个人没有孝心是一件多么可怕的事情。如今，无论在大事小事上，他常有受骗的感觉，没有人肯对他说一句实话，以至于很长时间以来他都觉得没有得到过任何一点真实的东西。长期以来，他一直这样认为。只剩下一双照妖镜似的眼睛了，尽管它有些异乎寻常，但又有什么用？胡佛现在越来越发现自己活在一个非常失真的梦里。胡天在院子里走着，不住地发出一些与他的年龄不相称的声音，有时候他站在某一个位置上一动不动，做父亲的那个人也能从无边无际的死寂中听出一种川流不息的嘈杂喧哗之声。

“我没有对你说假话。”胡天对父亲说，“四月就是四月，六月就是六月，我骗你干什么？我要说四月才是真正在骗你。——就算现在的季节是四月，你又能怎么样？”

“不怎么样。我就是想问问，了解一下。”胡佛说，“我活着，连现在是几月都不知道，谁像我这样？我还像个人吗？”

“那我告诉你，是六月。”

“不是。”

“现在是六月。”

“我觉得不像。”

“从过年到现在，已经有五个多月过去了，现在是第六个月。”

“我知道，不是六月，一定不是。”

“你凭什么说现在不是六月？”

胡天来到窗户外，使劲地看着窗户上的那张脸，大声地说道：

“你说是几月？啊？”

“四月。”

胡佛蛮有把握，一点儿也不含糊地说道。“我听见孩子们在街上吹呼哨，对面的山梁上也有人在吹，你听见了吗？呜呜的声音是杨树的，吱吱的是柳树。”他说着，用从未有过的认真表情看着与他业已疏远的儿子。他想起了从前在烈日下奔跑的孩子们的影子，嫩绿的枝条不断地将他拖回到过去的记忆之中。

“你为什么不吹？”他对站在窗外的儿子说，“春天来了，错过了这大好的时光，树枝很快就都老了，又得要等一年。”

“我已经不是孩子了。”

“你才有多大？”

“你想让我出丑，像个傻瓜一样吹着柳哨在街上走来走去？尽管我不忍心，可我还是不得不告诉你，眼下不是四月。”

一只狗在他们附近的一个地方叫着，它的影子映到墙上，仿佛很久以前画上去的。胡佛将头伏在窗前，听到胡天在说：“明天给你买一个日历，你自己翻去，看看我是不是在说假话，它会告诉你现在是什么时候。”

“一个日历能说明什么？”胡佛说，“你要是不去翻它，它就是一堆纸，什么用也没有。它不代表时间。而且，从最初开始就出了差错，翻也白翻，那会一直错下去，一直错到年底。——整整一年都在错误的时光里度过。”

“那我就没办法了。”

胡佛看了胡天一眼，将张开的嘴慢慢合上。之后，他的脸迅速地消失了。胡天离开窗户，向树下走去，边走边低声说：“他妈的，谁料到他竟是这么一个人。”胡天想，我要是一个意志薄弱，灵魂涣散的人，也许早就被弄成一个疯子了，成为这一带最著名的疯子、傻瓜。

这时候，那两个穿白孝服的人还在对面的山梁上不慌不忙地走着，白描出来的小路引起了胡佛的一些回忆。他朝那里看了一阵，又想起了儿子胡天。他相信胡天没有看到那两个越走越近的人，并不是所有的人想看到什么就能看到什么，想意识到什么就能意识到什么。很多人大祸临头，越陷越深了，自己还蒙在鼓里。隔着窗户，他能看到胡天的背影。看了一会儿，他不禁自言自语道：

“他妈的，成天还跟我硬邦邦的！事实上他在很多方面都不如我。”

那两个人在山梁间白净的小路上走着走着忽然停住了。胡佛竖起耳朵，脸上浮现出一种古怪的神情。街上传来阵阵呜呜咽咽的声音。他飞快地笑了一下，这仿佛是他一段时间以来独自完成的第一件事情。只有四月的树衣才能光滑而完整地从各自的枝丫上顺利无比地蜕下来，发出铜号一样的声音，像笛子一样嘹亮。而到了六月里，它们就都老了，外表碧绿，内心干燥；接着，枯黄而凄凉的日子也开始了。

他半是生气半是放松地睡了一会儿。窗户没有关上，夹带着雨后潮气的风吹在他的身上，不断地从他的皮肤上掠过，这样没多久，很快就又将他吹醒了，他睁开眼睛。

有人在小心地敲门。

小心谨慎的敲门声，像是在用最和蔼的态度和最婉转的方式协商一件事情：不是要把事情搞坏，使之完全恶化，不可收拾，而是要尽可能地保证平安无事，风平浪静，必要时甚至避免使其促成。不是要闹出事来，绝不是！

接着，又忽然看见一头驴子的灰色而有白色印记的长脸从外面伸进来。

“邬云娜，去看看是谁来了。”

“我还是坚持先前的那个观点，没有谁也不能没有她。”

“话是那么说，但我们应冷静下来，仔细想一想，她对我们到底有什么用？”

“什么叫用？”

“我也曾激动过，并不是从来没有激动过；我哭过，不止一次地哭过。无数次地哭过；动不动就被感动了，几乎任何一种东西都能轻而易举地将我打动。那个时候，总以为别人都是木头，瓷器，甚至牲畜，天地间只有自己最善良、最抒情、最富人性，知冷知热，美不胜收。”

“那不是她吗？从那边过来了。”

“再见吧。我也该回去了。”

“她也许已经看见我们了。”

“再见！”

三

一只温驯的白羊浮现在雨里。

七岁的胡雁还没有足够的力气与技术从树枝上拧下一根完整而不漏气的空管供自己愉快地吹响，他像影子一样跟在一些比他大几岁的孩子的后面，听他们随心所欲地吹出各种各样的声音。等别人吹得两腮发酸，注意力又转向别处时，胡雁才小心翼翼地将那种到处丢弃的又瘪又湿的空管子捡起来，插进嘴里。空管子上面布着众多的小孔，但并不是一支笛子，它发出一种咝咝的轮胎撒气的声音。这是一个多月前的事，仅仅又过了一个月以后，胡雁就能无师自通，再也不需要捡别人扔掉的破管子吹了。然而，这时候的树枝尽管依然青翠碧绿，却早已失去了水分，变得再也拧不动了。

在他长大的同时，它们也老了。胡雁扛着几根无可奈何的树枝去找自己的母亲邬云娜。邬云娜放下手中的剪刀，将所有的树枝拧了又拧，情急之下，她甚至拿自己的牙去咬。胡雁在她的面前跺着脚说："咬破了！咬破了还怎么吹？"邬云娜将所有的树枝扔到一边。它们的皮虽然老得蜕不下来，可用来当柴烧又显得太嫩太绿，年轻得让人没办法使用。儿子眼巴巴地看着她，事情没有像他预期的那样在她的手中出现令人惊喜的变化，它们仿佛在她的脚下已全部死去了。

"今年是不行了，无论用什么办法都拧不动了，只好等下一年了。"

"下一年是什么时候？"

在垂死的树枝上面，青烟与地面平行地流动。七岁的孩子第一次感到了活着的麻烦，漫长而艰辛的等待让人难以忍受。在以后的许多年里，每次遇到棘手而无法回避的难题时，胡雁都会情不自禁地想起这个六月的下午，想起自己辛辛苦苦扛回来，很快又被母亲邬云娜扔在一边的那些表面青翠碧绿而内心早已枯干苍老的树枝。

她说要到明年春天才能重新开始。

邬云娜撇下希望尚未完全泯灭的儿子，匆匆拿起扔在地上的剪刀，去对付最后的一只羊。大约一个小时以后，这个从不在羊毛里洒水、掺沙子，甚至藏匿砖头的女人，带着两大包白得像新鲜的棉花一样的羊毛出现在镇里的一条主要的街道上。沿街两边不时有人和她打招呼，邬云娜仿佛驮着具体而雪白的云彩，一边走一边回应着。白云像是经过她的努力捕获来的，上面的翅膀和下面的足迹已被削去，不会再飘散着跑掉了。飘散看似等于零卖，分崩离析，实质上却是又在从不同的方向重新聚合，殊途同归。厚重的乌云停留在上面，使得整个镇子的气氛如同处于傍晚时分。走在街上，看不见沿街两边房子里坐着的人，只能望见那些高低错落的门户和光线晦暗的过道，偶尔有一两张气色不尽相同的脸从某一扇窗户里面伸出来张望一下，很快又如怕冷的舌头一样迅速地缩了回去，仿佛根本没有存在过一样。

然而，某些有心的人却在暗中注意她的经过，倾听她两腿摩擦时发出的声音。我们今天打算要干什么？最近以来的情况令人深思，一切全是由于不安引起的。从哪里入手既省力又见奇效？邬云娜来到羊毛收购站的门外，负责磅秤的铁猫正趴在一张满是灰尘的桌子上打盹。磅秤上的碗大的黑秤砣压在他的胳膊下面，铁猫左手的小拇指钩在秤砣上的眼里。前来偷秤砣的人势必得连同铁猫本人一同偷走，否则，铁猫是不会允许秤砣单独离去的。我在秤砣在！誓与秤砣共存亡！有朝一日我不在了，秤砣也就很难说了。它的下落有朝一日最终被搞清楚，水落石出，必然会扯出一个漆黑的充满铁锈气息的故事，其重量要大于至少相当于秤砣本身的重量，意义也不止这些。但最值得欣慰的还是，水落石出，秤砣终于又回到了人民的手中。现在，是人民在握着它。总算回来了，总算完璧归赵了，再丢失了可就不能怨我了，虽然我本人也是人民。

邬云娜卸下羊毛，堆在桌子前。

睡梦中的铁猫流着长长的口水。这个挨刀的！似乎企图要将漆黑沉静的秤砣缓缓浮起，之后顺流漂走。他分明是在趁做梦的时机犯错误，咎由自取，滑向不可知的深渊！邬云娜在他的面前站了一会儿，听到从他的沙哑呼吸中露出一句让她感到脸红的梦话。不久以后，铁猫忽然挨蜇似的从椅子上跳了起来，睡意顿消。他忘记了秤砣带给他的重量和小拇指所承受的责任与痛苦。这个大白天在街上打盹的人否认自己在不久前进入过梦乡。

他对邬云娜说：

“我没有睡。我一直等着人们来送毛，已经恭候了一个下午了。”

“看看我的毛吧。”

邬云娜说着，弯下腰去将第一道绳子解开。他有没有睡着，与她可没有多大关系。眼前白云漫卷——铁猫小心而又急躁地将自己的小拇指从秤砣眼里抽出来、又趁机用衣袖将桌子上的那摊显眼的、不知什么时候已奔流成河网状的水迹一扫而光地擦去。之后，他望着邬云娜，用一种十分飘忽的语气肯定她的羊毛是上乘的好毛，瞟一眼即可看得出来。像云彩一样可爱的事物，使他在梦醒之后突然有一种强烈的上升感。他用手抓住磅秤，担心自己会在眼前这个女人的注视下离开粗糙的地面，告别熟悉的羊毛收购站和整个镇子，突然之间腾空而去。

磅秤边站着一个六七岁的小男孩，一双黑亮的眼睛一会儿偷偷地打量一下邬云娜，一会儿又看看地上的羊毛。邬云娜在俯身看秤的时候，无意中看了一眼那个孩子。她以为是磅秤员铁猫的儿子，于是伸出手去摸了一下他的头。小男孩的身高接近于磅秤。在磅秤员铁猫的印象中，勤劳能干的邬云娜的确有一个这么大的儿子，有几次他远远地看见邬云娜牵着他的手在镇里的街道上行走。所以，当铁猫看见一只很脏的小黑手越过邬云娜的身体，正在抚摸雪白的羊毛的时候，他并没像以往对待别的孩子那样发出强烈而不满的斥责声。这是邬云娜的儿子。“那会让她怎么看我，”铁猫想，“以为她遇到的是一个没出息的小心眼儿的男人，”绝对不是。他的眼睛盯着秤星，思绪却离开云彩般的羊毛，向上升腾，四处飘散。

“我最愿意收你的毛了。成色好，手感好，一切都是上乘的。”

……

二十几年后的一个光线晦暗的下午，当邬云娜在几个人的带领下，匆匆忙忙地离开家，走完大约一公里的路程后，一阵纷乱不安的脚步声使她变得既糊涂又清醒。

透过衰弱模糊的视线，她惊异无比地看到了横在路上的另一台颜色鲜红的磅秤，乌鸦正从那里自由地起落。

一个人躺在附近，柔软的青草仿佛是从他的脸上长出来的；另外，耳畔的几簇摇来摇去的白蘑菇也非常令人生疑。邬云娜挣扎了几下，她伤痛欲绝的声音在稀疏的泪水的遮掩下显得异常坚硬而突出。旁边有人对她说：“放开声哭一哭吧！伤心就应该发出声音来。”“为什么不哭？再严峻的形势也不能不让人发声。哭吧。”“村上有人死了，应该马上开个追悼会，以寄托我们的哀思。”

她坐在湿气依然弥漫的青草上，众多精巧而疏密有致的白蘑菇的群落在她的视线内颤颤巍巍地摇晃着。她说：“我们的缘分是在羊毛收购站的门前开始的，磅秤员铁猫可以做证……”

她忘记了磅秤员铁猫已在数年前离开了人世。那时，他的街坊们——他的那些长期居住在肉联厂外围的街坊们，正将他们的一种最新的利大于弊的发明成果装进他的可怜的棺材里，以使他在另一个世界里免受生前所受之苦。

就在当天晚上。新成果的发明人胡天带着自己的一个孩子，回家来看望她。白日里的消息使邬云娜感到惊讶。

“这么说，他不再负责收羊毛了？”

“是的，这个可怜的人，他将在另一个世界里另有公干。”

“也许还会安排他继续收购羊毛，继续干他的老本行？”

“也许会让他维持秩序，里应外合。”

“他不熟悉这个，他只认识秤星。”

“那就不是我们要考虑的问题了。有些事情我们根本插不上手，连他自己也无法左右。即使勉强插上一手，到头来也还是无用。就不要挑三拣四了，那怎么可能？”

此后接替铁猫收购羊毛的，是一个头有些扁的人。

母亲不断地遇到难题。

有一天她竟意外地梦见了前任磅秤员铁猫。对方笑容可掬地告诉她：

“如今不再负责收购羊毛了，已经改收猪鬃和头发了。”

“那也好。”母亲不免有些惊讶，“总比里应外合更省心一些。”

……

“我们的缘分是在羊毛收购站的门前开始的，磅秤员铁猫可以做证……”

她坐在湿气依然弥漫的青草上面，众多的精巧而疏密有致的白蘑菇的群落在她的视线内颤颤巍巍地摇晃着。红色的磅秤坏在路上。

“母亲，他想回家，不想坏在路上！你可再领他回一次家吗？”

“母亲，他不想坏在路上！”

“母亲——”

三十多岁的人，十分勉强地抬起一只没有光泽的手，想尽量抚平遮挡着视线的青草，想尽可能地恢复昔日的诸多印象。

青草像湖水一样向前涌去。

“顺着青草倒伏的方向，能看到那个叫白蝴蝶的村庄的轮廓；确切一点来说，能看到那里的一部分景色。”

“基本是从前的旧貌。”

“天气晴朗的时候，树木、房屋，几里长的墙垣以及整个村庄，都在透明的空气里轻轻颤动。下雨的时候，那一切似乎都十分阴暗地隐藏了起来，那里看上去酷似一片打翻了的墨迹——打翻在麻纸上，又向四周溅去，很凶猛地扩散着，蔓延着；所到之处，该洇湿的都无一例外地被洇湿了，剩下未遭受洇湿的地方，很快又遇到并经历了浓重而无声的濡染和不由分说的抚摸。”

那种水墨似的现象使胡符感到难过。往事以一种棕褐色的树叶状的印记永远地停留在他的脸上，又不断地在阴晦潮湿的日子里对他进行不可名状的提醒、暗示，甚至善意的反讽或敲打，多数的时候并不要求他做出何种反应。蒙头睡觉的结果为他带来了四周漫长持久的黑暗和无边无际的寂静。

母亲像一位避雨的过路人，将自己的影子贴到他的窗外，提醒他：

“再过一会儿，天就黑了，白蝴蝶村的那个女人就该来了。”

“你回去睡吧。”他睁开眼睛，看着似乎有些虚浮的窗户。

“她就要来了。”

“你不需要接待她，她是来找我的。她来了，有我呢。”

“我为她难过。她怎么可能看到……”

“你今天怎么了？还是想想你自己的两条腿吧，它们要是因为站得久了再肿起来，没有人能为你去找医生。我当然百分之百地走不开。雨下得这么大，又没有别的什么闲人可供我们差遣，整整两天了，连个能跑跑腿的小鬼都看不见！你好好想想吧，好好反省一下你自己，你就真的一点儿问题也没有？”

“我有什么问题？请你说出来——”

“雨下了这么久，外面一缕阳光也没有，石头都成了绿的。连续几天了，我连一个完整一点儿的觉都睡不成，还说什么！”

“你睡你的，我没说不让你睡。我连你的面都难得一见，怎么会打扰你？”

“虽然我是一个十足的脑力劳动者，可当我彻夜不眠、劳心伤神的时候，又何尝不是对身体的一种挑战和考验？别人有的是脑力劳动者，有的是体力劳动者，不管多累，睡一觉就休息过来了。我不行！我是二者兼有，集于一身，既绞尽脑汁又耗费体力，无法调和，没有退路。领别人与他们的死者见一次面，至少要折掉我两三年的寿命，多年来我一直干着这种赔老本的生意。”

“我不指望你能帮我什么。因为我的工作本身是非常严肃的，来不得半点儿马虎；又因为它具有很强的独立性，所以根本不需要有人从中斡旋，在一旁助理，做手脚，‘拉黑牛’，完全用不着！我的母亲！我只求你不要到处说我的坏话，拆我的台。”

“几十年前的邬云娜可不是如今这样的。”

外面传来了她的哭声。

四

他觉得自己说够了，于是起来喝了一杯水。她的哭声是一种隐含着伤痛的哭声。不久，她从长长的屋檐下消失了。

“也许有些说重了。”他想。

他重新放倒自己的身体又躺了一会儿。一只铁桶在雨里低声地响着，仿佛正受到一个人的手指的轻轻的敲击。在过去的日子里，等水的人们常常会做出类似的举动，几根看似悠闲的手指漫不经心而又始终如一地在空桶上舞蹈，既表示耐心，又表示不耐烦，内心的所有焦躁全部集中在几根手指上，反映在一只空桶上。

他站起来走到窗户前，看着外面的雨。雨中没有发现那只低声回响的桶。“也许那不是一只桶。”他想，也许是雨水本身的一种声音。雨下得很漫长，到处能闻到发霉的气息。然而就在不久以前，还有人觉得今年的雨水太少，空气中充满了火一样的但绝不是热情的东西，希望雨水能够多一些。“下吧！美美地下吧！天上有多少，我们就要多少。”

寂静中，隐隐约约地有人在叫她的名字，但她早已回去了，一直再没有出来。

“是我伤了她的心。”胡符心里想，“这会儿她一定还在自己的屋里流泪呢。”他将头伸出去，不一会儿便被淋湿了。

那时候，他忽然有了一种判断：从白蝴蝶村来的那个女人，并没有冒着雨远去，她似乎一直都在附近的雨里游荡。

菜园子里挂满了水珠。

七岁的胡雁在门前的一条小溪边摸了一会儿鱼。清水使他不断地看到鱼背上复杂的花纹，也使往来的鱼越来越熟悉他的那张几乎贴住水面的脸，尤其敏感于他的一双急躁无比的手。它们顺流而下，逆水上溯，互相传递着一个又一个不祥的消息：

“一个蛋大的孩子，一个身体还没有鱼竿长的小鬼，十分有耐心地蹲在河边，正满怀信心而又急不可耐地等着捕获我们中间的某一位，甚至某几位。他的手像叉子。”

“长江后浪推前浪，一代更比一代强。”

“且看，新一代的小猫又在钓鱼!”

“且看今日之小猫!”

它们像暮归的牛羊一样纷纷从他的面前游过。随着时光的流逝，不祥之兆渐渐演变为轻松无谓的笑谈，干戈转眼化为玉帛。是的，就目前来看，已经没有什么可怕的了，危险期已经成为过去的一种记忆或偶然的闪击。

他站起身离开水边，摇摇晃晃地向厨房走去。最终什么也没有摸到。

成群结队的白蝴蝶在附近一带飞舞着。

厨房的门是虚掩的，一阵呼呼的喝汤的声音从里面传出来。胡雁从外面钻进去，站在一根上面悬挂着黄色干菜的门柱旁。他看见一位须发皆白的老人站在靠墙的一张桌子前，正在狼吞虎咽地将厨房里的剩饭塞进一张被茂密的白胡子包围的嘴里。东西只进不出，进去以后就再也不见了，消失在那张看不见的嘴里。不久以后，须发皆白的老人突然停止了迅速而坚决的咀嚼，慢慢地转过头来。他的身体也因转动而发出木柴一样的“咔嚓”“咔嚓”的响声。由于嘴里还填着东西的缘故，他让自己笑，只是将一边的嘴角向上提了提，算作一个表示友好的微笑。然而这样的一个过于含蓄又简略的表情使七岁的孩子胡雁感到有些害怕，他不知道他从哪里来的，什么时候闯进了这个与菜园子相连的厨房。七岁的孩子发现厨房里没有一丝风，充满了一种既陌生又奇怪的气息：浓烈的气息来自于那个老头的身上，是他一个人释放出来的。他的身体像一棵茴香树，只要稍微一转动，房子里的那种接近于灰烬的气味就会像太多的水一样往外溢一点儿。

不久以后，胡雁从门口出来。在菜园子里，他选择了一个能看见厨房的地方坐下来，认真地盯着厨房的门口。一开始他的想法十分简单，只要那个须发皆白的老头从厨房里面一出来，他就打算立即跑进去，看看里面的情形。他最关心最想知道的是到底被吃掉了一些什么；什么东西被动过了，移了位置；什么东西还原封不动地放在那里；什么东西已经完全不见了。他坐在一片有些潮湿的地上，鼻子里哧哧地喘着粗气。只有厨房里面没有一丝风，而外面到处都是风，菜园子显得松动而疏散。一些面积很小的草皮屋顶像毯子一样在风中抖动着、起伏着，摆出一种临近起飞的模样。菜园子里坠满了水珠，一条短小的路通向外面，仿佛遗失在菜园子里的一根黄白色的带子。七岁的孩子注视着厨房的门口，有很多的黄、黑两种颜色的蚂蚁熙熙攘攘地聚集在他的脚边。既十分忙碌又无限混乱。天上不时滚过阵阵闷雷，有时突然发出坚硬锋利的叫声，眼看就要从空中落到菜园子里来了，却忽然又临时改变了方向，在其他的地方嘎嘎地炸响了，传说这样的雷声具有特别的杀一儆百的警示意义，甚至那种锐利无比的响声就是专门在追逐某些人的行踪。但多少年来，没有人亲眼看见过一个完整而真实的雷。谁能指出它的颜色、材料和形状？

“雷声从我们的菜园子上空轻轻掠过，一晃而过，除了证明我们的家中没有该死的不肖子孙，似乎还有其他的意思——”

在胡雁的粗浅的印象和虚幻的认识里，雷是一种接近于爆炸的能够发出响声的空气，是空气中骤然鼓起的突出的部分或塌陷的部分，不然，精明强悍的人们早就将它抓到无数次了，用来研究或展出，或者像猪羊牛马一样，经过长期的驯化教育之后，直接用于农耕，使之成为农民的兄弟或贴心的朋友。然而雷却是这样的，仿佛一个失去一切亲人的孩子在一张巨大的篷布下面绝望地奔跑，到处乱拱、乱闯，在他的身体撞到或消失的地方，不断地开始有显而易见的凸凹感出现并消失，那或凸或凹的部分应该就是雨前的雷，是胡雁在整个童年时代的最具高度的记忆和想象。这样遥远而隐隐作响的印象几乎影响了他的一生。很多年以后，许多东西都改变了，唯独对于雷的认识还一直保持着最初的记忆。后来，他又将信将疑地接受了他人头脑中的另一种雷：一个极端愤怒的人，推着一块巨大的有无数个截面的石头，在黑厚的无人能够窥视的云中奔走。这样的认识将带来一系列的改变：最直接的，首先需要重新认定的是供愤怒的人奔走和发泄的云层，要求云的质地不能是软性的，飘忽的，尤其不允许“像棉花一样雪白，像轻纱一样舒卷飘逸”；要求其比重与硬度至少相当于那块坚硬的、有无数个截面的钻石般的巨石；不然，钻石般的巨石就无法安然无恙地在上面自由地滚动，人们就不会在雨前听到雷鸣，听到那样惊天动地的巨响；不然，早在第一次下雨之前，愤怒的人和那块钻石般的巨石就从天而坠，掉下来了，什么都难以存在。又过了一些年，他基本摒弃了从前那种“云是质地坚硬面积广阔的金属”的错误观念，而还原了云的轻柔、飘忽，甚至无限透明的特性。这时，日夜困扰着他的许多问题差不多都已不存在了，只剩下最后一个坚硬的疑问：冰雹证明那块钻石般的巨石业已分裂成无数细小的从天而降的颗粒，并最终都碎了。而那个一直寄居在云里的愤怒的人将在何处栖身？难道他是一捧雪？是一只善于变化的、能够软着陆的鸟？

“总之，在我的记忆中，从来没有人能够抓住他，甚至接近他，他太难对付了。尽管他的身躯庞大无比，可跑起来要多灵活有多灵活，一点儿也不比狐狸和山猫跑得慢，根本不像一个年纪很大的老人。这么宽，这么宽的水沟，轻轻一晃就过去了，‘嗖’的一声，像扔出去的一个石子，转眼就不见了。

“不瞒你说，那时候，我一直以为他是马克思。他长得和许多会场上悬挂着的那幅画像一模一样，茂密的胡须遮住了他的某些缺点。后来父亲对我说：‘一派胡言！’他不相信他会无缘无故地出现在别人家的厨房里，尤其不认为他的抖动不已的手指能够握得住筷子。他说：‘一个人的手要是抖得厉害，不要说企图想拿住什么东西。即使独自面壁小便的时候，也会不可避免地将裤子甚至鞋子溅湿。上梁不正下梁歪。你以为那是在说什么？’我当然知道。我对他说：‘那天午后，他的确没有使用过我们的筷子，他用自己的两只手轮流抓饭，端起盘子里的汤直接往嘴里倒，一只手还要腾出来分开茅草一样的胡须。’情况就是这么个情况，问题就是这么个问题，可他就是怎么也不信。

“我常常一边追捕他，一边又在暗自对他的敏捷的身影和矫健的手脚感到深深的嫉妒。真他妈的让人难忘，不能不引起人的嫉妒，因为你很清楚自己永远也不可能像他那样。有一次，我们将他逼到一座山崖上，我在下面对他说：

“‘你是个人吗？’

“他听了，忽然在上面放声笑起来。笑声惊起了一些鸽子和雏鹰，纷纷从他的脚下飞过。他居高临下地对我们说：

“‘说我不是人？你们才不是人呢！看看站在你四周的那些人，哪一个像人？没有一个像人的，都是些鬼、恶草。’

“我得承认，他对我的话有些误解，但一时又难以沟通。从下面往上看，看见他站在风中，像一只年轻的黑山羊。”

“不！他已不年轻了，而且是白胡子。”

“这一次就又让他轻而易举地走掉了。等我们爬到山顶上以后，发现上面已什么都没有了。问题是我们在下面也布置了人。但正像他所说的那样，那些人几乎全是些草，有的东倒西歪，有的只顾自己生长，不择手段地往上蹿，有的纯属一种摆设，根本不起什么作用。”

“这么多年过去了，他竟没有任何变化，还像最初的那个下午我第一次见到他的时候一样，这是让人不能理解的。你知道，与他同时代的那一茬人都不在世上了，而他还活着。为什么到今天他还能原封不动地活着？”

“有时候我想，我这是在干什么？不如索性跟他一起去算了。”

“你看见地上的那个影子了吗？就在你的身体旁边。我们的声音应该再小一点，彼此能听清楚就行了。我已经注意它很久了，它既不是你的影子。也不是我的影子，因为你我分别向上抬手的时候。它却悄悄地向前移了两步。”

“我也看见它了。”

“你再看——”

“它是什么时候开始出现的？一直就在这里，在我的旁边？”

“一开始我也没有注意。我们说话的时候，我忽然听到一声叹息。”

“是我的声音吗？”

“要是那样就好了。”

“有人在叹息吗？”

“那声音从一旁轻轻地插进来，把我要说的话打了回去。”

“你原来想要说什么？”

“以后再说吧。你看，你看到了没有，它正在变——”

……

“母亲卖完羊毛以后，是在什么时候回到家里的？那天晚上？”

“是的，那时候天已经黑了。”

五

一直望到天快黑的时候，胡雁仍然没有看见那个须发皆白的老人从厨房里出来。菜园子里渐渐失去了光线，远处近处变得越来越暗了。七岁的孩子充满困顿地从阴湿的地上站起来，一直隐匿不出的老头在他的眼前浮现出一种填饱肚子后肆意贪睡的情景。

事实上他早就有些坐不住了，一直都在不耐烦地用一种不可名状的精神暗暗地鼓励着自己，约束着自己。一切都是为了能够像大人一样独立完成一件事情；不这样约束，他早就穿过菜园子跑了；白发的老头，黑发的女人，统统与他无关。正在四处顾盼的时候，母亲邬云娜从街上回来了。

邬云娜拿着捆羊毛用的一根绳子，沿着那条短小的便道，径直走进厨房里。胡雁远远地看着，不一会儿，里面有了亮光。

又过了一会儿，厨房里突然传出一阵乒乒乓乓的响声。

七岁的孩子脸色发青地站在外面，一种不祥的声音回荡在傍晚时分的菜园子里。“一定是她和他打起来了。”他想。他的眼前浮现出她将那个尚在熟睡中的人突然打醒的情景。在他的记忆中，她最不能容忍的事情之一就是看见别人糟蹋粮食。现在当她发现许多东西全部不翼而飞以后，她最想做的事情首先是用手中的棍子将那个睡了许久的人叫醒。首先要让他醒过来，睁开眼睛，外面正在下雨，天越来越黑。他看见有血很慢地从他的嘴里流了出来，染红了他的茂密的胡须，白发转眼成为赤色。“我得去帮帮她！她虽然拿着绳子和棍子。又仗着是在自己的家里，但不一定是那老家伙的对手，因为说到底她是个女人。”这样想着，还没有正式开始拼命地奔跑，胡雁就发现自己已经站在厨房里了。

正在劈柴的邬云娜被突然吓了一跳。她已系上了做饭用的围裙，那团她拿回来的绳子挂在厨房里的墙上，仿佛已熟睡了多年。厨房里只有胡雁和母亲两个人。显得很空，角落里尤其寂静。那种陌生而奇怪的接近于燃纸、接近于焚烧棉花的灰烬的气息早已荡然无存。他带着某些迷乱的疑问站在母亲的面前，看她将劈好的木柴收拢到一起。母亲似乎腾不出更多的时间去注意他，她放下木柴又去盛水，斧子被隐藏到门后。火升起来以后，烟雾中传来的两声轻飘飘的咳嗽提醒了她。

“别老守着我。我哪里也不去。”她说，“这会儿还不到吃饭的时候。去看看你的两个妹妹，别让她们又爬到猪圈里去。别小看了猪，老实是老实，关键的时候也不是好惹的。”

“谁没有点儿脾气？”

胡雁告诉母亲：“很多东西已经不见了。”然而她没有听见。

前天晌午的时候，在距离他们不远的后街上，一个两岁的孩子被一只猪咬破了脸。邬云娜并不是附近一带第一个听到哭声的人，但却是第一个迅速赶去的人。两岁的孩子，小脸庞嫩得像葡萄，趁父母睡午觉的时候，自己摇摇晃晃地从家里走了出来。来到院里没多久，便被一只没有午睡习惯的猪拱倒了。邬云娜抱起那个不幸的像一棵轻飘飘的树苗一样的孩子，越过那头若无其事的猪，跑进他们的屋里。事情到了那个时候。那对瘟猪一样的夫妻依然长睡未醒，仍在分别延续着各自的梦境。邬云娜像轰鸡一样大声地将他们弄醒。

一种强劲的成长感时刻伴随着她，使年仅五岁的纸时常觉得自己已经是一个真正的大人了，甚至自以为比某些愚蠢的不开化的成年人更具有做人的计谋和资格。一种能力过剩感也时常伴随着她。在条件或时机允许的情况下，她喜欢在见到的每一个人身上搞一些恶作剧，施展自己的计谋。之后独自欣赏，体味欢乐的结果。三岁的妹妹小沙一直是她用计的对象之一。小沙两岁以前的时候，还没有被姐姐纳入她的范围之内，也许是因为她太微弱，太不显眼的缘故。现在。小沙已经能够跟着别人——主要是姐姐纸到处出去玩了。有时候她们姐妹俩会手拉着手出现在镇里的一些主要的街道上，既不购买东西，也不是去走亲访友。无论走出去多远，她们总能平安地回到家里，没有人会打主意将这两个女孩子偷走，弄到哪里去。沿街两边的药房、邮局、百货店，甚至铁匠铺和裁缝铺里的人们都认识她们，某些女职员甚至还能叫出纸的名字，“纸——”。把孩子放到街上，尤其是熟悉的街上。就像放在自己家里一样。后街上的那个被猪咬破脸的孩子可以证明家也不是最完美最万无一失的地方，可以说从一出生就充满了危险，一生都在历险。每次从外面回到家里以后，小沙总显得大功告成，用一种十分激动的声音对邬云娜说：“妈妈，这次我们又没有把自己走丢了。没有人来拐卖我们，也没看见会咬人的猪。”

羊毛收购站的磅秤员铁猫将自己的小拇指从秤砣眼里抽出来，邬云娜俯下身去解开第一道绳子的时候，纸拿着一个绿色的玻璃瓶子，在门前的小溪里灌满了水。她把瓶子藏在身后，左闪一下右闪一下，只让小沙能勉强看见瓶子的一部分。小沙不断地向她恳求，要喝瓶子里的水。纸沉着脸，毫不通融地说：“想得美！怎么可能给你？我还轮不到喝呢。”小沙嗡嗡地在纸的身边转来转去，有几次她的手已经摸到那个冰凉的让人心跳的绿瓶子了，但一转眼很快又滑走了。邬云娜伸出手去摸了一下那个孩子的头，纸看见小沙的眼泪就要流出来了，她说：“小沙，你要是给我磕一个头，我就给你喝。”小沙认真地磕过一个头以后，终于如愿以偿地将珍贵的绿瓶子抱在了怀里。喝光瓶子里的水以后，纸命令小沙闭上眼睛，之后她自己再去“变”。纸蹲在河边，不让别人看见她在干什么。

“好喝吗？”

“好喝。”

“还想不想要了？”

“还要。”

小沙坐在门前的空地上，将绿瓶子举在眼前，整个世界那是绿色的。石头、房屋、天，甚至连五岁的纸也是绿的，甚至连街上的旗帜，执勤的人和小路上走着的推小车的人也是绿色的。她挺着灌满了溪水的肚子，第一次发现世界原来还有另外一种样子，像一道墙的背面。

“我也是绿的吗？”

“那当然。大家都一样。”

邬云娜认真地盯着逐渐静止下来的秤星。某种时候，它们遥远得如同月亮附近的几颗星星。磅秤员的身上有一种青苔般的醉意。小沙惊奇地发现，当所有的一切部变绿以后。真正的草木已接近黑褐。用水涨船高来比喻，显然又是非常不确切的。纸走上前去，夺下了小沙手里的那个绿瓶子。小沙坐在地上看着纸，纸已褪尽绿意，恢复了本来的面目。

晚上，邬云娜在灯下看见了两个狼狈不堪的女儿。小沙的身上滴着水，湿透了的衣服紧紧地贴在她的身上。邬云娜脱下小沙的湿衣服，又让她躺下，一边替她揉肚子，一边教训纸。纸越来越让她感到不放心了。“为什么要折磨你的妹妹？看你把她折磨成什么样子了？”然而纸不认为自己有错，她有很多个理由证明自己是清白无辜的，是小沙缠着她要喝绿瓶子里的水，还给她磕头。一直在窗前向远处眺望的胡佛突然回过头来。对纸说：

“什么？你让小沙给你磕头？你以为你是谁，竟敢随便接受人的跪拜？我是你们的父亲，也从来没有领受过这样的礼遇。”

“找机会让你领受一次，过一次瘾。”邬云娜又对纸说，“那个倒霉的绿瓶子呢？给我！”

家里的人全部回来以后，邬云娜平静而坚决地向大家宣布了一个消息：

“我们的晚饭不见了。”

她在厨房里准备晚饭的时候，发现中午剩下来的东西早已荡然无存了。原以为不需要太费事，不需要做过多的准备，一家人就可以吃上晚饭。吃惊之余，邬云娜首先想到了两个较大一些的儿子胡天和胡地，只有他们最有可能。胡雁、纸和小沙，还不到那种能够让人怀疑的年龄。至于丈夫胡佛，他已经有很长时间不能动了，邬云娜甚至觉得，给胡佛插上一双有力的翅膀，他也不一定能飞到哪里去，他至今连厨房坐落在哪里，门朝什么方向开都一无所知。这样的事情使邬云娜的心里感到难过，她希望每个人都能声明一下，而她的目光却一直暗暗地停留在胡天胡地的脸上。

“谁把我们的晚饭拿走了？”胡佛说，“怎么会发生这样的事？”

“不要用你的那种眼光这么看我。”胡天冷冷地对邬云娜说，“不是我。我不会干那种事情。我什么时候去过那里？”

“我刚从外面回来，不知道你们在干什么。”第二个儿子胡地一边脱衣服一边说道。“你们到底在干什么？是在开会吗？”

听到两个最有嫌疑的人如此表白，邬云娜的脸突然变得通红。

“我没吃。”胡雁说。

“我也没吃。”纸说，“整整一个下午，我们一直都在喝水。”

三岁的小沙已经睡着了。这个喝了一下午溪水的孩子，在睡梦中身体突然抽搐了一下，但没有引起任何人的注意，她的湿漉漉的小衣服搭在一把椅子的椅背上。睡梦中，昔日的世界再度改变了形象，换了颜色。

“我也没吃。”

一个苍老浑浊的声音突然在灯下说道。邬云娜吃了一惊，随即十分尴尬地站起来，她没有料到孩子们的祖父一直坐在屋里，默不作声地听着这场有些不愉快的谈话。邬云娜为自己的粗疏感到懊恼，本来是一件对几个孩子说说的十分简单的事情，现在却由一个老人的故意倾听而变得复杂起来了。年过七旬的老胡麸坐在一个角落里，他的身体几乎被胡地脱下来的一件衣服给全部遮住了。邬云娜奇怪自己为什么会忽然忘记了这个老人的存在，这真是一件罕见的事情。她走过去将那件不礼貌的衣服拿开，并瞪了儿子一眼。邬云娜满怀愧疚地站在老胡麸的面前。“这事与您没有关系。”她说。她显得有些紊乱。

在那个光线十分黯淡的地方，老胡麸抬起头望着邬云娜，不安的心情明显地映在他的脸上。世界对他来说是一辆异常颠簸不平的车，至于新旧与否，早已与他没有多大关系了；每一个搭乘的人都不得不因腰酸腿痛和头晕目眩而不断地调整、活动自己的身体和头脑；不断地有人在中途下去，挥手离去或不辞而别；不断地听到轰轰烈烈的响声，看见又有人隆重地上来，做出施展抱负的种种准备；“下一站该我下了。”他知道自己就要从上面下来了，早就该动身了；许多当初与他一同上去的人，有不少都已提前下去了，他算是较晚的一个了。他们当中，有的人是因为不适应，有的并不想下去，但身不由己；还有的人刚上来，板凳还没坐热，很快又站起身离去了；就是在这样的时候，他不断地听到一些凄凄切切的声音，一些暗中的动静和大声呼喊的场面，尤其是后者，让他感到惊惧甚至计较；他把握不住它们，时常不得不被左右，无力地跟随着；有的人一直坐在上面，红光满面，谈笑风生，还能不时地腾出一些时间，为后来者指点迷津，寄语演说，谈高兴了，还能主动地让出几寸位置给他们，显示出一种应有的迷人的风度："来，到这儿来坐，坐到我的身边来。"

"这一次确实没有搞好，该来的都没有来，不该来的都来了。"

"等下一次吧。希望下一次能够搞好，能够尽量做到圆满。"

"对不起。"

邬云娜对他说："没有人会怀疑您，更没有人要试探您。"然而它们不断地带着他到最偏僻的地方去，让他与家人分离，自己又找不到回去的路。他觉得应该多少说些什么。

"先下后上。"

"先下后上可以吗？让我先下去，你们想上多少再上多少。"

"让老头先下去。"

"老大爷请走好，就不远送了。"

但缓慢而滞重的浊音是从残破颓废的唇齿之间自己走出来的，并没有通过他。他愿意不愿意，知道多少或完全不清楚，在事实上都已经没有什么意义了。是不是可以这样说？

胡佛问邬云娜：

“你出去卖羊毛，为什么卖了那么长时间?”

邬云娜用双手捂住脸哭出了声。

这时，胡雁忽然告诉大家说，厨房里的东西被一个白头发白胡子的老人吃掉了。但没有人相信胡雁的话，就连邬云娜都觉得他是在转移方向，以叶障目，有意为别人开脱，缓释这个多少有些紧张的夜晚。这个七岁的男孩使邬云娜的心灵受到了不小的震动。事实上她早已深感无论如何都不能再把这件莫明其妙的事情继续进行下去了，但她只是没有料到收场比开始更难，打算结束一件事情看起来要比最初发动一件事情更加艰辛不易，困难重重。胡雁在一旁仔细描绘那个白发老人的形象，模仿他的神态与举止，甚至模拟出一种呼呼的喝汤的声音。那仿佛是一个有翅膀而收起来不用的人，一只阅历甚广的巨禽，他带来一种严重而奇怪的接近于灰烬的气息，使得周围的一切都如同灰烬。有相当一段时间，他们的那个与菜园子相连着的厨房已不再具有一种坐落的意义，而变得模棱两可，成为一种随时有可能坍塌，甚至迅速飘走的东西。那样的一种始终弥漫不去的气氛令人不安。整整一个下午，胡雁坐在菜园子里一个能看见厨房的地方，坐在一些蚁穴的旁边，高度警惕地望着厨房的门。

“我也看见他了。”纸说，“我和小沙在河边舀水的时候，他也来到河边，蹲在那里洗手，洗他的玉米缨子一样的白胡子。小沙以为他是从山上下来的神仙，我看不像。我对小沙说，神仙没有这么明显，肯定是个人。”

“胡说！他根本就没有出来过，你们看见的，那一定是另外一个人。”胡雁生气地看着纸，转而又对母亲说：

“他一直待在厨房里没出来，说不定这会儿还在里面呢。

我想让你到处搜一搜，把他找出来，又怕被他听见。我对你说，很多东西都已不见了，你只顾盛水。”

“我怎么没有听见？”邬云娜说。

“没人能听懂你的话。”纸说。

“你这个女人！”胡雁气呼呼地看着纸，“你当然什么都不懂。”

“她哪里是什么女人，她还是个孩子。”邬云娜说，“那到底是个什么人？”她在厨房里站了很久，当然只有她一个人，空气中没有什么特别的异乎寻常的东西。直到火光亮起来以后，她才听到菜园子里有了说话的声音。胡雁说的那种接近于灰烬的气息让她费了一番心思。“傻瓜！”胡佛对胡雁说，“发生了这样严重的事，为什么不及时来告诉我？瞧不起我，以为我对付不了他，拿不住他吗？我最善于擒妖捉怪了。”邬云娜看了丈夫一眼，她尤其不喜欢他的态度，所说的话不仅于事无补，还常常有意无意地将一件事情推向另一个方向。在孩子们的面前，他总是忽略一切，甚至忘了自己是谁。邬云娜对他说，哪里有什么妖，走路的人饿极了也是常有的事。胡佛默不作声地看着邬云娜，不久又将目光投向外面。他也许不认为自己说得很在理，然而似乎又找不出明显的差错和谬误。老胡麸在黯淡的光线里睁开眼睛，旗帜鲜明地站在邬云娜的一边，这件事情就这样过去了，但在邬云娜的心里却永远地留下了一道难以抹去的奇怪的阴影。

六

傍晚时分，在附近一带的孩子们的嬉戏声中，在合欢树与夜来香混合的空气里，破布一样的蝙蝠带着腥甜的气息，在微蓝的夜空下面飞来飞去，不时会撞到人的头上或身上。

穿过几条晦暗不明的街道以后，从白蝴蝶村来的女人暂时摆脱了那些一直在头顶上面盘旋不已的可疑的飞行物。正在喘息未定之际，一个问路的人又将她吓了一跳。那个人是从旁边一条黑洞洞的巷子里突然跑出来的，有一只恶狠狠的狗在后面追赶着他，此前的一阵难解难分的厮打声似乎还隐约可闻。

那个人在向她打听一个地方，打听一个她从来没有听说过的地方。

从白蝴蝶村来的女人感到自己的一条胳膊被紧紧地抓住了，她尖叫了一声！那个人很快又像一只旋转不已的陀螺一样出现在她的眼前。她看见了他的两排参差不齐的牙和一副异常模糊不清的面孔。于是，她很快找到了那种平时在家里与自己的丈夫生气时的蛮不讲理的感觉，冲着那张模糊不清的脸，大声地说道：

“我不知道，我什么都不知道！”

她突然发现又获得了自由，胳膊被松开了。那个人在她的面前站了一会儿，然后摇摇晃晃、跌跌撞撞地向前面走去。

他回头看了一下，接着又骂骂咧咧地朝前面走去，边走边说：

“一看就知道不是个正经东西，这年头的女人都是一路货色，二十世纪最后十年的女人都是破X！”

“狗X呀！怎么会不知道呢，分明就是不想告诉我。”

“我自己费点儿事也能找到。拳头大的一个村子，总不会连人带房子，连党员带群众，都一起飞走了吧。”

“我不相信我找不到那个十分能战斗的堡垒，也许就在前面不远的地方。”

从白蝴蝶村来的女人这天早上离开自己的家，来到镇上。在一家僻静的小旅馆里，她关严门窗，仔细地洗了澡。

旅馆的女主人隔着窗户问她：

“小姐，需要我为你做什么？我听见你好像已经洗过了。”

“我不是小姐。”

从白蝴蝶村来的女人没有防备有人会在窗外对她突然说话，她先是被吓了一跳，后来才听出对方也是一个女人，是旅馆女主人的声音。她一边换衣服，一边冲外面说：

“我早就不是小姐了，从来就不是。我来这里是有重要的事情要办。”

旅馆的女主人在外面笑着说，是啊，每个人都有重要的事情要办，不然花钱住在这里干什么？犯不着为旅店业的兴盛去破费自己。旅店已经够多的了，像雨后的蘑菇，密密麻麻的数都数不过来。她说她真是不明白，为什么那么多的人喜欢开旅店，这种事情有什么好？成天敞着门户，就等别人来住。她已经烦透了！总有一天她也会像她一样出去找个旅店去住，关好门窗，一个人单枪匹马地在里面洗澡，想怎么洗就怎么洗。”

从白蝴蝶村来的女人穿好衣服以后，想找旅馆的女主人借一面镜子。推开窗户以后，发现那个女人已不在外面了。有两棵她不认识的树长在那里，给人一种阴湿潮绿的感觉。她拿着一把梳子，在头上梳了几下，自言自语道：

“我可不像你，为了住旅馆而住旅馆。我是因为有事才住旅馆的。”

“没事谁会到这里来住？”她说。她把换下来的衣服重新包好，又将插在头发上的梳子取下来。就在那时候，她忽然闻到自己的身上有一种非常陌生的气息，那气息使她升起一种不可名状的激动。她打开房门，来到狭长昏暗而又十分寂静的走廊里。

走廊里没有人。

她站了一会儿，看到这条仅有一米多宽的走廊弯曲得十分厉害。它的不断起伏凸凹的造型使人的目光不可避免地安得短浅而又迷乱，连两米以外的事物都难以看到，甚至连走廊的色彩都很费猜测。从白蝴蝶村来的女人感到自己的头发还没有完全干爽，她在弓形的墙上靠了一会儿，听到走廊下面楼梯的旋转处传来了脚步声。是一个女人走路的声音。她想，一定是旅馆的女主人上来了，这个时候还有必要向她借一面镜子照照自己，尤其是经过一番认真洗浴后的形象。于是。她很快地沿着昏暗的走廊向前面走去。

转过一段弧形的过道时，一个与她十分相似的女人忽然一闪而过。从白蝴蝶村来的女人无比惊骇地停下来——

“那是谁？那不是我吗？”

傍晚时分，在临街的一个小饭店里独自吃饭的时候，她的眼前又一次浮现出那个像一阵清风一样迅速消失的身影。透过窗户，能看到外面的一段人影幢幢的街道。

“你去死吧！”饭店里的一个男人对一个三十多岁的女人说道。

“你为什么不去死？”男人大声地对女人吼道，“都这么多天过去了，时间也给你留得够够的，你怎么还不去死？”

从垂挂着帘子的里间似乎传来一个女人的回应。

男人说他的命宝贵，值钱，不能随随便便就去死。”（女人插话，提醒他：你一直声称自己是无产阶级的战士。男人用阻止的手势挡了回去）又说这个世界需要他，而他也需要这个世界，还有那么多事情等着他光临，他不能缺席。

“你去死吧，吃完这顿饭以后你就去死，明年清明节的时候……”

从白蝴蝶村来的女人有些心不在焉地看着摆放在自己面前的饭菜。“清明已经过了吗？还没有过？”一条被制作得金光闪闪的鱼如同一名身披铠甲的武士，正在一个剑形的盘子里艰难地喘息，嘴张开以后短时间内不能再很快合上。接着，她又看见她的脸倒映在旁边的一盆汤里。那的的确确是她的一张脸。在那家僻静的小旅馆里一直未能办到的事，在这里却于不经意之间完成了。她认真地将自己端详了一会儿，之后对一名跑堂的伙计说：

“有死鱼吗？我想要一条死去的鱼。”

“对不起，我们这里没有死鱼。”伙计说，“所有的鱼都一条比一条精神。”

伙计跑过去告诉他的主人。

“没见过这样的人，竟点着名要死鱼。我们没有死鱼，是不是？”

“怎么没有？ 客人要什么，我们就应该有什么。笨猪，把它杀死不就行了吗？或者先在地上摔晕。”

伙计看着自己的主人。

“如果将来有客人点名要吃我，是不是也得将我杀死，或者先在地上摔晕？”

这样想着，跑堂的伙计忽然感到自己原先一直清澈明澄的内心变得复杂而混沌起来。他愣怔了一会儿，然后迅速地离开柜台，跑到那位要吃死鱼的女人身边，低声说道：

“那么，杀死以后的行不行？或者，先在地上把它摔晕？其实，活鱼吃一会儿也就死了。”

……

傍晚时分，在附近一带的孩子们的嬉戏声中。在合欢树与夜来香混合的空气里。破布一样的蜗蝠带着腥甜的气息，在微蓝的夜空下面飞来飞去，不时地撞到行人的头上或身上。

穿过几条晦暗不明的街道以后，从白蝴蝶村来的女人暂时摆脱了那些一直在头顶上方盘旋不已的可疑的飞行物。正在喘息未定之际，一个问路的人又将她吓了一跳。那个人是从旁边一条黑洞洞的巷子里突然跑出来的，有一只恶狠狠的狗在后面追赶他。此前的一阵难解难分的厮打声似乎还隐约可闻。

那个人在向她打听一个地方，打听一个她从来没有听说过的地方。

从白蝴蝶村来的女人感到自己的一条胳膊被突然紧紧地抓住了。她尖叫了一声！那个人很快又像一只旋转不已的陀螺一样出现在她的眼前。她看见了他的两排参差不齐的牙和一副异常模糊不清的面孔。于是，她很快找到了那种平时在家里与自己的丈夫生气时的蛮不讲理的感觉，冲着那张模糊不清的脸，大声地说道：

“我不知道！我什么都不知道！”

叫声中她突然发现又获得了自由，胳膊被松开了。那个人在她的面前站了一会儿，然后摇摇晃晃地向前面走去。

从白蝴蝶村来的女人朝另一个方向走去。独自又走了阵以后，她忽然想起了那个人的声音——他十分没把握地向她打听：

“去白蝴蝶村怎么走？”

“去白蝴蝶村怎么走？”他突然抓住她的一条胳膊问道。

“不知道！我什么都不知道！”

吃惊之余，她看见了从屋里透出来的灯光，她的心里不禁亮了一下。她看到自己正站在院子里，站在窗户与街门的中间，一位老妇人站在不远处看着她。从白蝴蝶村来的女人想起了上一次来这个院里的情景：老妇人的手里拄着一根黄白的棍子。站在午后的雨里——她从外面一进来，就开门见山地说：

“我是从白蝴蝶村来的……”

更晚一些的时候，胡雁看见那个与自己差不多大的孩子，他坐在距离他们的房子很近的一棵树下，长久地望着这边的灯光和晃动在灯光中的人影。胡雁想起了午后的厨房和混乱而繁忙的蚁穴；坠满了水珠的菜园子几乎是死的，如同一片实实在在的废墟，不能给人以任何实质甚至形式上的援助；没有具体指向的白发苍苍的微笑和呼呼的喝汤的声音令人无比生疑而惊恐不安；无形中烧了那么多的有用无用的纸和数不清的棉花及布匹，没有看见一丝灰迹，却几乎到处都能闻到强烈而持久的灰烬气息。从厨房里逃出来一直到天黑之前的那段时间里，除了母亲邬云娜的身影外，再没有第二个人在他的视线里出现，理想的位置看来也丝毫不起什么作用，他一直隐匿不出，你就一直没有办法看到。

现在，胡雁觉得坐在外面树下的那个孩子很像下午时分的自己，怀着某种隐秘的心事，坐在一个自以为能看清一切，了解一切的位置上，耐心而不无焦躁地等待一个人从里面出来。黑暗中，胡雁笑出了声。又多了一个白费心机的注定要落空的人。胡雁跑回家里，母亲刚刚关好园门回来，临睡前又在擦拭一面镜子，他悄悄地告诉了她。

尽管邬云娜的心情被某种雾霭笼罩着，但她仍然还是吃惊地认出了坐在树下的那个孩子——他像夜晚里的一只孤独的小兽。“天哪！这不是磅秤员铁猫的那个儿子吗？这么晚了，他坐在这里干什么？”在羊毛收购站的门前，在那台红漆剥落的磅秤旁边，她伸手摸了一下他的头，她以为他是磅秤员铁猫的儿子。有好几次，她看见他闪烁不定地伸出一只很脏的小黑手，像抚摸一盆赤红的炭火一样去抚摸她的白得耀眼的羊毛，向来为人刻薄的磅秤员铁猫则装出一副没看见的样子。邬云娜当时就想，除了他自己的儿子，别的孩子谁能在这里如此放肆地动手动脚？早被他像轰鸟一样轰走了。想摸就让他摸一下吧，反正已经出手了。邬云娜想。他的老子成天就是干这个的，这事对他来说就像睁眼闭眼一样容易。更何况那不是一种一碰就流水，一摸就坏，一触即碎的东西，很大程度上，它的意义反而正在于被摩挲和抚摸之中。

现在，当邬云娜牵着胡雁的手，在门前伫立了一会儿之后，她开始觉得事情有些值得怀疑了，并不像她所想的那样。

“他好像在等一个人。”胡雁对母亲说，“是不是这么回事？”

夹带着湿气的夜风将一缕头发吹到邬云娜的脸前，一瞬间遮住了她的眼睛，使她对眼前的一切都看不到了。夜空中传来隐隐的悲鸣之声。信命的邬云娜将这突如其来的遮蔽看成是来自冥冥之中的一种禁令和警示。趁这个时候，她牵着胡雁的手立即回到了家里。在以后的几天里，他们时常能看到那个像一只孤独的小兽一样的孩子，总是在他们正巧望见他的时候，一声不吭地坐在最初的那棵树下。邬云娜半是认真半是无意地观察了几天，终于开始让自己相信他是一个无家可归的孩子了，他不但与羊毛收购站的磅秤员铁猫无关，而且似乎与镇上的其他人也全都无关。有一天夜里，邬云娜半夜起来。走到院里，看见他靠在树干上睡着了。邬云娜独自在月光下站了一会儿，她忽然感到自己的心被什么东西拨动了一下，留下了一种较浅的擦痕。蝙蝠在附近一带飞着，此起彼落。不久以后，她的披着衣服的身影在月光下，在一种若有若无的腥甜的气息里消失了。她重新回到屋里去继续睡觉。她摸着黑躺下，身体放平以后，又猛然看见银白的月光浓浓地涂在已许久未换的窗纸上。

第二天。趁孩子们都不在家的时候，她推醒了正在做梦的丈夫。

胡佛说："我们现在已经有三个儿子和两个女儿了，从数量上来说，已不算少了。兵不在多而在精，已经不少了。"

"再增加一个，难道就真的嫌多了吗？"邬云娜说，"我看不出有什么拥挤的！无非是在原来的基础上再加一个碗。"

"账不能这样算。邬云娜，我们就不要他了吧！他和咱们一点儿关系都没有……你知道，猪肉是很难贴到羊身上去的，无论到了任何时候，只要拎起它来，它还是一块猪肉。"

"我就要贴一次试试看，什么都可以改良。你没见过苹果树上结的梨吗？我们不能保证自己的孩子将来个个都行。"

"于是，你就想指望这个'梨'？"

"我指望他们一起成长。"

"要求人人都有出息，那怎么可能？那世界成了什么？是个人都要唱主角，谁来观看，谁来捧场？邬云娜，牙医柳日高只有一个独生女儿，你可以把那个孩子介绍到他那里去。"

邬云娜沉下脸，看着铁器般的又如同秋日植物似的丈夫。

在已逝的一个夜晚里，胡佛做了一个近乎荒唐的梦——梦见自己不是和现在的妻子邬云娜，而是与另外一个头发稍微有些发黄的女人生了十四个儿子，十三个女儿。家中的情形无限混乱：

每个人都在说话，都有强烈的表达欲，但都因过分的喧哗而互相听不见；每个人都在为其他人不能很好地理解自己的意图和一番苦心而感到异常委屈、孤独和苦闷，以至于越来越悲愤不已，愤世嫉俗；春夏秋冬之交，需要更换衣服的时候，布店里的掌柜按照最优惠的成本价格提前送来无数丈各种颜色的布匹，并选派来一名既精通业务，又身强力壮的伙计帮助丈量每个人的尺寸；伙计在超负荷的劳动中累得精疲力竭，困顿无言，一看见展开的布匹，就会条件反射似的像怀孕的妇女一样忍不住要恶心，呕吐，头晕眼花；全家人像举办训练班一样分期分批地吃饭，依次走向桌子前；当最先吃完的人的食物已得到充分的消化以后，最后一批人才刚刚来到桌子前坐下，刚刚操起筷子，而这时候，被排在第一批的人又来到他们的身后，耐心而又不无焦躁地进行饭前的必要的等待或简单的运动；在前几批吃饭的人和后几批吃饭的人中间，都不包括作为一家之住的胡佛在内，他哪一批都不属于，他总是要等到最后的最后，才能极度衰弱地来到桌子前，开始自己的午饭；而在他的身后，正站着第一批准备吃晚饭的人，他们一边象征性地活动着自己的身体，一边注意着他的一举一动，让他很不自在，甚至难以下咽。“有没有搞错，怎么转得这么快，又轮到你们上桌子了？”胡佛越来越感到糊涂了，他无法知道自己究竟是第一个来到桌子前的人，还是最后一名？后来他们才终于发现，这样的轮回是圆的，不分先后，每个人既是开始又是结束，可以把自己看成是第一个来吃饭的人，也可以看作是最后一个到场的，心情在这中间起着十分重要的作用；好心情让人觉得自己经常领先，一直是第一，每天都在独占鳌头，每天都在独领风骚。

没有几个人是清醒的，没有几个人能知道自己一天到底能睡多少个小时。有的人一直醒着，有的人错误地以为自己已经睡了很久了，已经完全休息过来，恢复了体力，而事实上只是一直在目睹着别人在睡觉，自己根本未曾合眼。一到晚上，痛哭流涕的，振臂呼喊的，苦思冥想的，手舞足蹈的，每个人都有一套甚至几套以上的消遣时光的好办法。

很快，大家都忘记自己是谁了，叫某一个人的名字时，会有三四个，甚至六七个人同时答应，同时站起来。

…… ……

梦中的那个头发稍微有些发黄的女人有着异乎寻常的生育能力和无限的忍受力，奇怪的是，她竟极少开口说话，似乎从未与作为丈夫的胡佛共同商议过任何一件事情，哪怕是有关居家过日子的柴米油盐的平凡琐事。她的皮肤像冰一样冷，既没有热情，又缺乏言语，但很有爆发力。从她的身上从未得到过任何好处和实惠的胡佛，小心翼翼地，几乎是天衣无缝地将她换成了现实生活中的邬云娜。他自信做得很干净，未曾留下丝毫破绽或蛛丝马迹。对于这种硬是把她拉成同谋的行为，邬云娜一无所知，她的心事左右着她的目光。

几天以后的又一个夜里，邬云娜被远远传来的又一个女人的哭声惊醒。这以后，她就再也睡不着了。哭声既遥远又清晰，一会儿好像在街对面的一条狭窄曲折的巷子里，一会儿又仿佛就在她的窗户外面。凄楚的哭声十分幽怨地回荡在夜晚的空气里，使邬云娜辗转反侧，周身变得滚烫。她猜测那也许是一个被粗暴的男人日夜蹂躏而走投无路的女人，一个满腹心事又无处倾诉无以排遣的女人……不久以后，她窸窸窣窣地穿着衣服起来，一个人开门来到院里。那时候月亮已经西斜下去了，地上的月光有些灰。对面那棵树下空荡荡的，不见了那个日夜坐在那里的孩子。她打开因受潮而尖声作响的街门，空气里充满了树木和夜露的气息。这时，她发现了那个孩子。他的头靠在门的一边，已经睡着了。邬云娜在他的头上摸了一下，就像在羊毛收购站门前的时候一样。他睁开眼，看着披着一件衣服站在他面前的邬云娜。邬云娜叹息了一声。

“回屋里来睡吧。”邬云娜在惨淡的月光下轻声说道。

从这一夜开始，整日躺在家里的胡佛终于在无可奈何之中接受了这个自己走来的儿子。邬云娜让胡佛行使父亲的权利，为这个孩子取一个现实一些的吉祥一些的名字。胡佛想也未想，便不假思索地对邬云铆说道：

“我早就替他想好了，他是自己找到这个门上来的，就叫他‘胡来’吧。”

“胡来？”

“你才真正是胡来呢！”邬云娜不同意胡佛“早就想好”的这个名字。她认为缺少诚挚，非常不慎重，而且还明显地带有很大的玩笑和戏谑的成分。他们争执了一段时间，似乎在等待一件事情的到来。有一天，三岁的小沙举着一个绿色的玻璃瓶子，让那个孩子帮她将里面灌满水。胡佛看了一会儿，忽然说道：“有了！”他对有些性急的邬云娜说，他决定给他取名叫

“胡瓶”，但愿能保佑他日后平安，一生平安。他的后面的一句话终于使邬云娜不再左顾右盼、持不同意见了。她怀着一份满足的心情，让胡瓶管胡天和胡地叫哥哥；胡雁、纸和小沙，是他的弟弟和妹妹。胡天和胡地几乎很少与新来的胡瓶说话，他们外出时从不会考虑带他，胡瓶自己也没有类似的奢望。全家人只有邬云娜一个人在悄悄地上火，似乎了却了一桩心事，又似乎从此走进了另一种无边无际的空白之中。有一天，她淋着雨，浑身湿漉漉地从街上回来。夜里开始发热，翌日便病倒了。

踏进这个家门一个月以后，胡瓶终于迎来了第一次表达孝心的机会。在无限的蒙眬中，他似懂非懂地抓住了它。

第二章

一

“我进来的时候，看见一个女人在外面站着。她是您的母亲吗？”

“你是从哪里来的？是直接从那个叫白蝴蝶的村子来的吗？”

“是的，在路上耽搁了一会儿。”

“没有在镇上的旅馆里住，也没有在临街的饭店里吃东西，是吗？”

“没有，您说的这些全都没有。”

“就一直从村子里出来了？”

“是的。”

“那真是一个白蝴蝶日日夜夜飞舞的村庄吗？ 天天都是那样？”

“不是天天都有。秋凉以后，冬天下雪的时候，它们就都不见了。”

“它们到哪里去了?”

“老人们说，有的提前飞到南方去了，有的还没来得及走就冻死了。”

“村子里大约有多少白蝴蝶?”

“您是不是说，在我的印象中，村子里大约有多少白蝴蝶?”

“是的，就是这个意思。”

“那怎么能数得清呢，也许和村子里的树叶差不多吧。天空中、房顶上、窗户上、院子里、树上，到处都是。无论走到哪里，都能看见它们在不住地扇动着翅膀。一些刚会走路的孩子，经常动不动就被包围起来了。包围得最严实的时候，连孩子的父母都会认不出来，只听见孩子在哭，却不知道在哪里哭。这还不是最严重的时刻。”

“我听说有人出门还要打着伞?”

“是的。是有这种事。他们主要是受不了白蝴蝶的追赶和煽惑。你在路上走，它们就像雪花一样在你的身体四周飞。”

“人们大多待在家里吗?”

“有时候你在家里坐着，只要看见门窗是开着的，它们就会大摇大摆地飞进来，有的一直不停地在屋里飞着，有的飞一会儿停下来，落在座钟上、缝纫机上，甚至米面上。”

“快要共同在一起生活了。”

“谁说不是！去年秋天大选的时候，一连十天，一连选了十天，还没有把村主任给选出来。所有的人都困得眼睛都睁不开了，有的人大白天坐在凳子上说梦话，有的人睁着眼睛，打着呼噜，流着口水。事情没有结果，谁也不能回去睡觉，更不能去干别的，人们就那样不死不活地困着。后来，终于有一个人站起来说：

"'实在不行，干脆选一只最大最肥、飞得时间最长、在众蝴蝶中德高望重的白蝴蝶做我们的村主任吧。从今以后就让它负责领导我们！只要肯干，它干得不一定差。'这时。又有人起来补充道：

"'应该有一个条件：大白蝴蝶一旦当选了，真正做了我们的村主任，应该立即考虑把它的大队人马全部撤走，以保证村子的安宁、清静和稳定。至于它们要撤到哪里去，我们不管，要知道，大批的白蝴蝶是它的嫡系，其中更不乏它的亲信或心腹，它要是在税收、生孩子、浇水、用电、集体提留诸方面不能一视同仁，我们怎么办？我们应该要求它公平，要求它一碗水端平，否则它将很快失去人心。历史的经验可以证明，没有我们大家的衷心拥戴和响应，它将什么也干不成！别说它是一只大白蝴蝶，它就是一头大白猪，一匹大白骆驼，也同样会一事无成。别忘了我们还有弹劾它的权利。'

"'我不同意大白蝴蝶做我们的村主任，它自己的年龄也不允许它这样做！（人群中有人议论：大白蝴蝶的年龄早已突破了被提升的界限，已垂垂老矣。我们选一个老家伙干什么？什么叫德高望重？我不知道它究竟能带领我们大家干什么？它懂得生猪屠宰如何纳税吗？知道女人采取什么措施才不至于被搞大肚子、再次怀孕吗？能弄清主任和副主任哪个更大吗，它会喝酒吗？不会，不明白，不知道，它几乎什么都不懂。它老态龙钟，眼花耳聋，咳嗽气短，血压不稳，颤颤巍巍，每年都有多少医药费用需要我们去替它负担？选择一个这样的带头人，难道我们吃多了吗？我们再也不能对自己不负责了。最主要的是，与上面的精神不符。我们应该推举一个更年轻一点的白蝴蝶，至少也应该是一个年富力强的。这样的一位，应该像下棋一样能明白村里村外的一切。知道这一片荒山属于谁，那一个果园属于谁；活跃在鱼塘里的虾米是谁的，王八又是谁的。还有，身体要好，不能把癌症、心脏病、艾滋病，以及各种名义各种性质的肿瘤统统集于一身。'

"这样一来，原先困得要命的人很快就都不瞌睡了，纷纷醒来。"

"大白蝴蝶当选了没有？它得了多少票？有没有超过三分之二？"

"那怎么会呢！就算我们选上了它，都投了它的赞成票，上面也不可能承认它，还得让我们继续重选。人们都怕得不得了，害怕再熬夜，所以，有人就提出来说：

"'随便找一个王八蛋，选上他算了。选完我们就能回去睡觉了。'

"您不知道，我们都快困死了，无论选上谁。我们都不在乎，根本不指望他能为我们做什么。只要他不害人就行了，那已经就值得谢天谢地烧高香了。我们早就想通了。"

"想不通又如何？真要是让大白蝴蝶当选了，那情景也会让我们感到难以接受：白蝴蝶村的村主任，扇动着软软的翅膀，飞到县里去开会，购买化肥，代领有关的避孕药具，争取一些小树苗；深更半夜的时候又回到村里，挨家挨户地敲门，一家一家地收钱。"

"'白蝴蝶村的村主任来了没有？请站起来，让大家认识认识——'"

"'李主任，请酌情付给该同志避孕套若干，国产的即可；但万万不可将过期的给他。即日。'"

“就这样，很快它们又回来了。”

“请抓住我的手，再紧一点儿。”

“为什么？这样行吗？”

“为了防止你走散。再靠紧一点儿。”

“我们这就要开始走了吗？”

“已经在路上了。”

“啊！我真是激动！我不知道该让自己说什么才好。”

“今天有雾，路上的人不太多。”

“啊！我又看见那家僻静的小旅馆了，它的走廊里有一面镜子，天气晴朗的时候，镜子的反光可以照到任何一间房里。”

“你的母亲生前也常打着伞出门吗？”

“不是经常，有数的几次。我的父亲不允许她那样出门。”

“他常说她：

‘你看你像个什么样子？’

‘什么样子？我什么样子？’

‘你像一只讨厌的蝴蝶，一只轻飘飘的蝴蝶，一心渴望被套住，渴望有人在路边钓你……这些撞大运的女人啊，真他妈的！’

“‘我已经被你套住了。我苦不堪言，我不会再稀罕任何一个垂钓者了。’”

“他把所有打着伞出门的女人，一律都看成是性情轻浮的花蝴蝶，水性杨花，想入非非。有一次母亲不在家里，他对我说：

‘你那个妈啊，真是一个老妖精！’”

“我对他说：‘你这样不负责任，对得起她吗？你怎么能这样议论你的女人？在背后说她的坏话，肆意中伤她？’”

“他说：‘我说得不对吗？我活在这世上，最难受的就是看见有人在水性杨花。’

“‘当然不对。她没有水性杨花。’”

“后来，他去世的时候，对母亲说：

“‘我再也不能管你了，再也插不上什么手了。你想干什么就干去吧。人生一世，不干自己想干的事情，那才叫真正的傻瓜呢。’”

“母亲说：‘我都这样了，还能干什么，以前也从没想过要干什么。’

“‘对不起，是我把你害了。’”

……

“前面的那个水塘旁边坐着一个女人，你看她是你的母亲吗？”

“是那个头发有些蓬乱的女人吗？”

“是的。你再仔细看看。”

“正是她！那正是我的母亲！”

“你可以过去和她说话了。”

“母亲——”

傍晚时分，又起了大雾。她听到有人在水蒙蒙的雾中叫她。

雾中传来了十分清晰的脚步声。

不知从什么时候开始，家里的人突然发现他们已经有很长时间没有看到过胡天的影子了。邬云娜隐约记得，她最近一次看见儿子是在一个下着小雨的傍晚时分，胡天穿着一件背心，两条胳膊裸露在雨里，他在门前的一棵树下站了一会儿，以后就再也不见了。现在想起来，那至少已经是一个多月以前的事了。这以后，邬云娜开始在一种不祥的预感中生活，但又努力抑制着，只要别人不提起来，她坚决不让自己往那些方面去想。她相信等待是一定能等待到结果来的。日复一日的等待使她总是尽量避免把它说出来，在她的周围几乎找不到第二个比她更坚强一些的人。她几乎问遍了附近一带的人们，但没有一个人能十分肯定自己见过胡天。他们有的含糊不清，不知所云；有的漠不关心，答非所问；还有的劝她消除疑虑，静候佳音，说不定他背着家里为自己的婚姻大事奔波去了，过些天突然将一个崭新的儿媳领到她的面前。邬云娜哭笑不得地接受着各种各样的说法，最后试探性地把事情告诉了丈夫。她满以为胡佛听到这个消息时会吃惊地坐起来，但他似乎早已洞悉了一切，因而显得遇事不惊。沉稳如初。事实上胡佛本人的发现的确要比邬云娜更早一些。胡佛对邬云娜说；“别为他操心了，他现在还在不在这个镇上都很难说。”邬云娜埋怨丈夫：“你早就知道了，为什么不早告诉我？我要是及早知道，我会限制他外出。”“愚蠢的做法！”胡佛对邬云娜说，“你能捆住他的手脚，难道连他的心也能一起捆住吗？”

这个大雾的晚上，家里的人正在吃饭。邬云娜刚坐下，突然听到一阵急促有力的脚步声正穿破大雾，越来越近。她放下手里的碗刚来到屋门口，就和飞奔进来的胡天撞在了一起。邬云娜吃了一惊！全家人也都停了下来。他们看见胡天浑身上下湿漉漉的，仿佛刚从水里出来，但他的身体却已明显地比一个多月前离家的那时候粗壮结实多了。邬云娜上下打量着突然归来的儿子，眼里流着泪说：“你可回来了！这一个多月你跑到哪里去了？全家人都快急死了。谁管你饭吃？晚上睡觉在哪里？你没有出什么事吧？”她忘了有人在雾中叫她。

胡天没有说话，他突然从身后抽出一把明晃晃的大刀放在饭桌上，然后轰的一声坐了下来。全家人都被吓了一跳。

胡瓶、胡雁、纸和小沙，几个孩子挤成一团，开始用十分敬畏的表情欣赏那把耀眼的大刀。邬云娜走过去，将孩子们拨开，拿起桌上的那把刀，想将它放到一个妥善的位置上去，一时竟想不起该放在哪里。她就那样用自己的两只手捧着刀，如一位从千里之外赶来献宝的人，正期待被审视，被鉴赏。

她声音急切地问儿子：

“你在外面干了什么？”

“我已经找到工作了。”胡天说。

“什么工作？带刀的工作？”邬云娜失态地看着儿子，又转身对丈夫说：

“你看出来没有？你知道他找到了什么工作？他活像是很多年前的那些闯荡江湖的保镖啊！保镖！你真的成了一名保镖？”

“什么保镖！我干的是革命工作，不了解情况就不要乱说。”

胡天不满意地看了母亲一眼。停了一会儿才用一种比较平缓的口气说：

“是的，你说得也不差，我是保镖，不过，我是在为新生的政权保镖，保她不被坏人钻空子，保她像铁桶一样永远不破。”

晚些时候，全家人开始用另外的一种眼光看着已经成长起来的胡天。在巡逻大队第四分队第十三小组里，胡天的职务是该组的第一副组长。在无数次的执勤中，每当从这一带的街上经过时，胡天总能看见家里的灯光和晃动的人影，甚至能听到从家里传来的隐隐约约的说话声。有一次他从街上走过时，看见最小的妹妹小沙被旋转的风门挤破了手指。小沙站在门外号啕大哭。行进中的胡天在那哭声中不知不觉地放慢了脚步。“好好干！你会有前途的，你和他们不一样。”刚满十八岁的胡天永远记着巡逻大队大队长卢经武对他说过的这句话。他是在一个十分偶然的时间里认识了卢大队长的，并不是所有的联防队员都有这样的机遇和运气，有的人在队里干了很长时间了，却从未见过卢大队长一面。事实面前，年轻的胡天不得不暗暗地相信缘分和命。他想起了从前在家里的时候，在他还很小的时候，母亲邬云娜教育过他的那些道理。她说的那些不一定全对，但其中的某些道理在今天看来不仅很对，有时在实践的过程中甚至逐渐表现出十分的正确性和十分的灵验性。母亲教育自己的儿女应该还是有一套的。“你和他们不一样……”那是什么意思呢？意思也许很明显，意思也许需要用时间来深掘。

吃过晚饭以后，胡天才慢条斯理地告诉母亲和其他的人说：

“那刀是假的。”

几乎所有的人又都吃了一惊，如同不久前见到它的时候一样。邬云娜将刀拿在手里，认真地掂了掂，果然轻得几乎没有什么重量。而最初拿在手里的时候，她觉得它重得接近于一段铁轨，像一口供几十个人煮饭用的大铁锅。胡天解释说，刀是用薄木片制成的，用一层银色的锡箔纸镶在外面就和真的一样了。当然不能细看，不能试探，否则破绽就出来了。躺在灯影里的胡佛忽然想到一件记忆深处的事，他的嘴无声地翕动了几下，但最终没有说出来。他尽量让自己不去想那些禁不起推敲的事情，他听见已恢复了常态的邬云娜对儿子说：

“这样的一个木头片子也叫武器吗？这能把谁镇住？”

“刚才还在发抖，转眼就忘记了。你、我，还有这几个孩子，我们大家，我们所有的人不是都被吓住了吗？都以为是真的。”胡佛对邬云娜说。“它杀不了一个人，但要是突然把它抽出来，也许会把那个人吓死。”他想起了多年以前见到的冯将军麾下的一支装备很糟的队伍，为了表现兵强马壮，为了使敌人恐惧，不战而退，士兵用毛笔在小腿上画上斑马一样的线条，远远望去，如同整齐威武的绑腿，果然就有小股的敌人看见他们便望风而逃。

“是的，它不实用，但有很大的象征意义。主要还在于象征，象征革命：寒光闪闪。”胡天将木刀拿在手里，像开会一样在屋里走来走去。他忽然停下来，对大家说：

“先给你们透露一个秘密的消息，你们能保证不说出去吗？”

他用警惕的目光看着屋里的人。

“我保证不说出去。”胡佛说。

“我也保证不说出去。”邬云娜说。

“我也保证。”胡地说。

“我也保证。”胡瓶和胡雁几乎同时说。

“我也保证不说。”纸说。

“我也保。”小沙说。

“我也保。”他们的祖父老胡麸在另一间屋子里高声说道，“保什么？”

“好！真是太好了！”胡天的脸由于激动而有些发红。他想表示高兴和愉快，却做了一个用力砍杀的动作。他说：

“没想到都是一些守口如瓶的好同志，我放心了。有这样好的群众基础，还怕有什么事情干不成的呢？上天去把月亮捉下来都有可能成为事实。现在，我告诉你们：可能很快就要给我发枪了——是真枪。”

几天以后的一个上午，一个在镇政府围墙外卖粉的人跑来告诉邬云娜，说她的儿子胡天与宣传委员梅布鼎发生了争执，梅委员大发雷霆。胡天突然抽出了插在身后的明晃晃的大刀……来人焦躁无比地诉说着发生在镇政府院里的事。“幸亏那把刀不起作用。”邬云娜想。来人说快去看看吧，要出人命了。她的眼前迅速地浮现出一个皮肤白皙得如女人一样的男人，脸上没有一根胡须，说话的声音像黄鹂一样清脆悦耳。尽管很难把那种唱歌一样的莺声与个人的怒火甚至权力堆砌到一起，邬云娜还是感到十分害怕，心跳得厉害。她立即放下手中的活儿，与那个报信的人一起跑到镇政府。

有两个持枪的岗哨站在门口，不让她进去。邬云娜对他们说，她要找自己的儿子，他正在里面。站岗的人问她：

“有介绍信吗？请拿出来。”

“什么介绍信？”

“证件也可以。”

“我什么都没有！”

岗哨对她说，没有证明找谁也不行，里面正在开会；里面即使不开会，也不能随便进去。说完以后就不再理她了，两个人互相看着对方身后的地方。

报信的那个人对她说：

“不好进呀！别看我常年守在这里，可从来一次也没有进去过。”

两个不通情理的哨兵让邬云娜感到生气。她失望地在门口转来转去，想通过那个光线幽暗的走廊向里面看个清楚，但她只看见了长着两株向日葵的花坛的一角。后来，两个岗哨看也不让她继续看了，她在门前不停地转来转去，使他们感到精力被分散得十分厉害，疲劳在困扰中不断产生。

“大婶，到别处去吧。”

听到他们喊自己大婶，邬云娜认真地吃了一惊。要不是她忽然觉得剩下的时间已经不多了，一种很特别的情绪会一直延续下去，正式出现在她的生活中，散发出久远的气息和影响。她停止了向里面的张望，盯着一名年轻的岗哨看了一会儿，忽然说道：

“你是小高楼吧？忘记你小时候怎么吃我的奶了？每次你的姑姑带着你来，你都像只贪吃的小猪一样吱吱地吸个不停。这会儿长大了，人模狗样地端起了枪，六亲不认了。”

“大婶，别这样。”

听到她这样说。那个叫小高楼的岗哨忽然脸变得通红。有些重心不稳似的站在那里。“那都是什么时候的事了，要说也得等我换了岗以后再说。里面什么事也没有。”

这一天是在沉默的不安中度过的。邬云娜始终没有见到儿子。昔日的小高楼为她进去看了一下，出来后告诉她胡天已经不在里面了。他向她保证不会有什么事。

她也再没提他吃奶的往事。

小高楼所担心的也正是这一点，见她离去后，顿时感到如释重负。他对站在自己对面的另一位年轻的岗哨说：

“应该告诉我们的后人，小时候不管有多困难，千万不要去吃别人的奶。”

“唉，一个人要想管住自己的嘴，是多么的不容易啊。”他说。

对面的那位岗哨说：

“我连我妈妈的奶都没有吃过。我吃的是一只黑山羊的奶。”

胡佛坐在窗前很少说话，他长久地朝对面的山梁上观察着。有两个人正在那上面的路上一前一后地走着，像是前去收税的，又像是索命的。他们仍然穿着白色的丧服。

到了晚上，先是一阵阴冷的风突然吹开了门。过了一会儿，随着脚步声的消失。胡天斜挎着一支枪从外面走了进来。

他的影子极大。

二

几个孩子立即围拢过去，他们以为他这次带回来的又是一支木头造的假枪。自从识破了那把用薄木片削成的假刀以后，他们已经不再对任何武器怀有先前的恐惧和不安的心理了。他们凭着对世界的认识，逐渐模模糊糊地意识到，只要是这个世上有的，差不多都可以仿制；世上没有的，说不定也可以造出来。思维敏捷的纸在这个晚上忽然想道：如果按照现在镇上的每一个大人小孩，再仿制一批数量相等的人和房子以及街道，很快就会立即又形成一个同样的镇子。不需要借助于镜子的作用，人人都能最直接最省事最清楚地看到另一个自己；每一户人家都有式样相同的两处房子，一处是真的，一处是假的，虚的；树木和街道也是成双成对的，一种可以走人，另一种只能远远地看；那时候，镇上将会出现两个纸，两个小沙，两个叫邬云娜的女人，两个一模一样的祖父，两个胡天胡地，两个胡瓶胡雁；两个父亲，一个坐在窗户前，另一个在街上走着……

然而，傍晚归来的胡天立即用严厉的神情和手势制止了几个蠢蠢欲动的孩子，他迅速地将带回来的枪挂到旁边的一面墙上，之后用同样严厉而迅速的声音对他们说：

“不许乱摸！这回可是真的。”

已经不再担任巡逻大队第四分队第十三小组第一副组长的胡天，刚刚被任命为第四分队的副分队长，并兼任第一组的组长。第一组是最重要的一个组，直接接受巡逻大队的领导和调遣，时常执行最重要的任务。一个人在巡逻队里有没有前途，那要看他是否与第一组有缘。临离开十三小组去第一组报到前，胡天怀着一种忧喜参半的心情与十三小组的兄弟们话别。“就要离开咱们十三小组了。真有点儿舍不得。”他说，“到了第一组，我还会想念大家的。”

众人纷纷说：

“祝组长高升!”

“日后多给我们一些光荣而艰巨的任务，我们干得不比第一组差。”

“那当然。”

胡天说，他的鼻子先是酸了一会儿，后来越来越感到畅通了。

晚上回到家里以后，对于上午发生在镇政府院里的事情，胡天只字未提，闭口不谈。邬云娜和胡佛两个人的充满焦虑、充满期待的心情落了空，他们白白地在煎熬与期盼中度过了几乎整整一天。胡佛向邬云娜使了一个眼色，邬云娜很快便从中读出了启示，得到了提醒。从此她不再指望从这个儿子的嘴里听到什么，也不再过问他不愿意说出的一切，她怀着一种希望破灭后的灰暗心情坐在那里。当后来偶然提及胡天的婚事时，邬云娜很快又显得忧心忡忡，束手无策。她多么想找到一条两全其美的捷径，遵循一个既不伤害他本人，又可使事情本身避免难堪，力求完美的原则。她像很多遇事没有主张的女人一样，怀着无比迷惘的心情徘徊在一种巨大的犹豫之中。谁能给我一个主意？最终，她终于想到如今的胡天差不多已是一个完全脱离了家庭的人，已有很久没见他在家里睡过一次觉了。偶尔回来吃一次饭，也是一副行色匆匆，心不在焉，浮躁不安的样子。于是，她无可奈何，顺水推舟地对坐在一旁的儿子说道：

“想必政府会为你选一个意中人，并替你操办一切。”

“错了，你们又错了！你们这是在推卸责任，上交困难。政府什么都管，却唯独不管这个。”胡天挥舞着一只手说道。“婚姻还得靠自己扑闹，怎么能依靠组织，麻烦政府？个人的私事、小事，与整个国家相比，它小得让人感到害羞，时常觉得拿不出手，说不出口。”

“不至于像你说的那么寒碜不堪吧？”躺在灯影里的胡佛忍不住对儿子说道，“什么人不结婚？结婚是一件光明的事情，一桩喜事，连管理国家的人每个人都有一个家庭，他们哪个人是打单身，独自过日子的？国家就是由一个一个的家庭组成的，怎么就成了拿不出手、说不出口的事，难道那是一桩不可张扬的丑事？”

胡天站起来，朝黑暗中看了一眼，然后摘下挂在墙上的枪，很快使在外面的夜色里消失了。临出门前，他很激动地说：

“谁也不能躺在政府的怀里向政府哭着要媳妇。那成了什么人？”

等邬云娜赶到门外时，已经看不到一个人影了。一只狗在黑暗的巷子那边神经质地叫着。邬云娜站了一会儿就回来了。

胡佛对她说：

“我不知道他害羞什么。我们让他躺在政府的怀里哭着向政府要媳妇了吗？”

邬云娜说：

“没有，我们没有让他躺在政府的怀里哭着向政府要媳妇。”

“听他刚才的意思，好像我们已经让他那样去做了。”

“我们没有让他那样去做。”

一个似曾熟悉的但又无论如何想不起其姓名的人来找邬云娜，先是站在街门外不肯进来，后来终于恍恍惚惚、期期艾艾地走进院里，小心翼翼地站在窗户的外面。

邬云娜问清了他的名字后，歉意地笑着，请他原谅她的记忆。

但这个名叫白积的人似乎对一切都很不介意，反而先是请邬云娜原谅他的冒昧和莽撞，之后方道明自己此番的来意。说着说着，他的无奈而悲伤的眼泪就流出来了。

邬云娜被一个男人的泪水深深地打动了。事情尽管十分荒唐，出乎她的意料，使她大为惊异，但她愿意相信这个名叫白积的男人所说的一切都是真实的、不容置疑的。她的脸变得越来越通红，仿佛制造罪孽的是她本人。

“无论如何求你管一管他吧，让他别再去了！他是你们的儿子，你们说话他总会听的。”名叫白积的男人向邬云娜恳求道。

邬云娜连声应承着，恨不得把所有的一切全都包揽下来。伤心的眼泪在白积的脸上无声地流着，也在她自己的眼眶里打着转。突如其来的愤怒使她忘记了自己的话也不是那么管用的，使她错误地以为自己和眼前的这个可怜的男人有所区别，是不一样的，他一筹莫展的事情，她可以轻而易举地手到病除。

“他还是个孩子呢。”白积说，“他有没有二十岁？我不愿意眼看着我的那个家和他本人都毁了。家虽说是个破家，一文不值，可也毕竟还算是一个家。我真难过。”

另外还有一些想要表达出来的东西，他却无法将它们宣泄出来。过分的裸露很让他感到不安，甚至羞于启齿。邬云娜气得说不出话来，眼前飘满了水蒙蒙的雾气。谈话中，她还了解到另外一个让她更加感到难过的事实：由于一次错误，这个叫白积的男人不久前刚刚被开除了公职，目前像一件无用的陈设一样闲置在家里，没有一个地方敢收留他、敢重新起用他。邬云娜立即联想到了他本人在家庭中的位置以及在妻子眼中的本来就非常不妙的形象，她不由得更加同情起眼前这个不幸的人来。可怜的白积！在现实生活中不断地遭到惨败，输得一塌糊涂，山穷水尽！他充满真挚地对邬云娜讲，他的名字实在应该叫白干，有无数个理由都可作为证明。邬云娜让他进屋里来坐一会儿，他表示不必了。邬云娜又端来一杯水，白积感激地接过来喝了一口。道过谢以后便迅速地离去了。

很长时间以来，一个女人一直鲜明而生动地在邬云娜的眼前频繁地晃动着，像演员谢幕一样不断地消失，又不断地出来，那是白积的妻子。事实上邬云娜本人并没有见过她，因而活动在她意识深处的只是一个漂亮而风骚的比胡天大很多岁的女人的形象。她仔细地想象她的模样和性情，常常让她越想越头疼。

“好狗日的！竟然干出这种下流无耻的事情。”胡佛对邬云娜说，“昨天晚上还跟咱们一本正经地讨论婚姻和国家呢。一个劲地唱高调，把自己打扮成一个无比高尚的人。一个只关心大事不注重小事的人。难怪他觉得拿不出手又说不出口呢，这种趁火打劫的事他又如何能说得出口拿得出手？”

说不出来的事，往往能不声不响地做出来，这就是他们的儿子。他几乎每天都要抽出时间去那里吃饭，白积说比他自己回家还要准时。一去了以后，像使唤奴仆一样使唤白积，派他出去买酒，吩咐一些乱七八糟的事情，纯属无事生事。他们沆瀣一气，需要把白积支走的时候就把他支走。“你说我活得还像个人吗？很难再挑出第二个像我这样的人了。”白积伤心地向邬云娜哭诉道，“连那些完全丧失了元气的、像老鼠一样的地主都比我幸福。”

“他们是什么时候勾结在一起的？”胡佛向邬云娜打听道。

“我怎么知道？”邬云娜说。

“他为什么不把他从自己的家里一脚踢出去，他怕什么？”

“他要是那样做了，还用得着跑到这里来向我们哭诉吗？”

“既然踢不出去，他可以在买酒的路上往酒里投毒，无论什么东西，只要放进去一点点就够了。他真是个笨蛋。上级不喜欢他，老婆不喜欢他，我不知道他还留恋这个世界的什么？活得连被打倒的地主都不如了。”

“那不把他毒死了？白积要是你，胡天早就没命了。”

“不行，我得出去找他。”她说。

邬云娜感到自己坐卧不安，无论什么事情都再也做不到心上了。她怀着无比纷乱的心情走到街上，一连去了好几个地方，但始终没有捕捉到儿子的影子。她觉得自己快要病倒了，她的那种有些异乎寻常的神色与举止引起了一些熟识她的人的注意。

那时候胡天与另外几个人正在镇子最末端的一间既不像仓库又不像办公室，既不像酒店又不像家的房子里一起吃饭。屋梁上吊着一盏白炽的汽灯，坐在灯下的几个人看上去像一些具有体积和头脑的影子。里面很静。

刚坐下不久，胡天忽然又站起来，脸色苍白地对那几个人说：

“我得回去一下。”

“怎么了？”他们问他。

“我们家年纪最大的那个人快要死了，我得回去帮他穿衣服。”

说完，他慢慢地拎起一件衣服。他的头碰到了一个东西，从屋梁上垂下来的那盏像一只大蜘蛛样的汽灯突然摇晃起来。他从那间古里古怪的有点儿四不像的房子里走出来，随手带上门，看见一条将荒草分开的路展现在眼前。

外面耀眼的暴雨一样的光线使他不情愿地闭上了眼睛。

有人在远远地叫他。

他回过头来，侄儿胡图已经来到了他的面前，对他说：

“胡符叔叔。”

这叫声使他的本来舒展的眉头皱了一下，仿佛有暗疾在身，露出一副十分疼痛的神情。他有些不悦地对胡图说：

“你能不能把前面那两个字去掉，直接叫我叔叔？我是叫胡符，这不假，可你不应该直呼它。跟你说过多少次，我和你的父亲胡天是同胞兄弟，我是你真正的不掺假的叔叔。”

“我改吧，我一定改掉这毛病。”胡图说，“那个女人是谁？”

“一个顾客。”胡符说，“打听这干什么，这和你没有关系。”

“你不说我也知道，我知道她是从哪里来的。”胡图看着自己的叔叔，笑着说道，“看那样子，她是满意而归。”

“你找我来就是为了说这个？”

“不，我是来看看你。”

“你已经看见我了，我很好。”

“胡符叔叔——”

“又来了！你最近在干什么？还在为上天做准备，做最后的准备？”

“唉，还没有走到那个阶段，还有些基础工作要做，不做不行。”

“哪些方面还不行？”

“零部件，螺旋桨。不过，我告诉你胡符叔叔，发动机已经完全没问题了，一开起来，声音特别正常，正常得都让我有些怀疑，有些不敢相信我自己的耳朵。”

“不要太乐观了。”

“那天，我想试验一下。我刚一打开发动机，附近的一些人们就纷纷抬起头朝天上看。你说说，那是什么意思？什么效果？那要不是飞机的声音，他们怎么会可能想起朝天上看。说实在的，是他们的举头仰望让我更加自信、乐观。因为我终于用土办法搞出了真正的飞机的发动机！让那些洋人看吧，让我们自己的人看吧，看看我在干什么。”

“你在干什么？”

“我要让整个世界都吓一跳，出一身汗。”

“你以为你真能飞上去？”

“那当然，这还用说吗。如果说前几年这个问题还是一个问题，还始终处于怀疑的阶段，那么，现在这早已不是一个问题了。我就是要让他们看看，他们不录取我，我靠自己的力量照样能够飞天上去，比他们飞得还好。”

“你是在做梦，可你已不是长身体的时候了。”

“这怎么能是梦呢？这是最清晰不过的现实。胡符叔叔，我在黑暗与无知中徘徊了多年，摸索了多年，从来没有一个人帮过我，连一个螺丝帽都没人送给我。现在好了，眼看我就要熬出头了，离蓝天和白云越来越近了。”

“离掉下来也越来越近了。”

“我早已厌倦了这里的生活，是制造飞机的事业硬把我留下来的。什么时候一旦真正穿云破雾，一旦真正进入大气层，我就不打算再出来了，不再回到这个镇上来了。”

“说说你来找我有什么事吧。”

“在现实生活中，你比我有用得多，你可以让死人活人相见，虽说相见的时间像探监一样短暂。你是大忙人，求你的人多，你能否帮我搞到一个降落伞，或者，做降落伞用的材料也可以。我不麻烦别人，可以自己动手缝制。”

“怎么，你要跳伞？还没有正式飞上去，你就已经在开始做跳伞的准备?”

“以防万一嘛。你知道，任何事情都有可能发生，有备才能无患嘛。多留一条后路总是好的，总比束手待毙要好，失败了还可以东山再起。留得青山在，不怕没柴烧。”

“在我认识的人中间，终像没有来自空军方面的。是的，没有，与空军素无往来。你是在给你的叔叔出难题呀。”

“不一定非得盯着空军不放，不一定就非得需要空军本人。空军的家属、同学、朋友（胡符插话：空军的朋友很有可能还是空军），三姑四爹，都是可以利用的。再说，还有民航。整个社会就是一张网，一块肉，你在这头搔痒，那边就会有人忍不住笑出声来；你在这边用力跺脚弹跳，那头就会有人突然翘起来——”

“那么，你想让谁翘起来?”

“我的叔叔，我是认真的：虽说我的年纪和你一样大，可我一直都是非常尊重你的。现在，你的侄儿遇到了前进道路上的困难，你站在一边袖手旁观是不对的，不对。”

“我真的很难帮助你。你以为我是什么——一张钱，随便拿到哪里都能贴一下，都能派上用场，让人眉开眼笑，想说什么就说什么，想干什么就干什么?我不是一张钱。”

“是的，是的，你当然不是一张钱。从大的方面来说是这样的，我们都很难做到互帮互助；你的工作是入地，而我的目标则是上天，完全不搭界，根本没关系。可是，你毕竟认识那么多人，那其中不乏有用之人。”

“你说你那天刚一打开发动机，附近一带就很快有人抬头朝天上看，是不是当时正好有一架飞机从那一带的上空经过?”

“啊，绝对没有！绝对不是这么回事。你说这话是什么意思，叔叔？不相信我的话，看不起我的发动机？你不该怀疑有飞机从上面经过。叔叔啊，对飞机最敏感的人应该是我，是的，是我！”

“这些天我也一直在想一个问题，假如有一天你真的把你自己和你的那堆东西都成功地鼓捣到天上去了，并且飞得也还不错，我就不得不怀疑学院里的飞机制造专业到底还有什么用？”

胡图有些愣怔地看着倒背着一双手的叔叔，他的那张因睡眠严重不足而显得十分憔悴的脸上迅疾地掠过一种既是惊慌又是失望的不可名状的神色。他们慢慢地往回走，快到家门附近的时候，胡图几乎是喃喃自语道：

“不管他们，有国家的支持，他们的各方面的条件要比我好得多，不必为他们担忧。”

他们在门前停下来。不远处，有一个女人正在怒斥一个孩子。

“奶奶好吗？”胡图向叔叔问道，“我就不进去看她了。”

“我劝你还是进去看看她吧，”胡符说，“老人了，看一眼少一眼。”

“奶奶她怎么了？要离开我们吗？”

“她很孤独。”

“可怜的奶奶！我怀疑她在有生之年已经没有机会乘坐她孙子的飞机了。”

“你弄成了，我也不敢让她坐。那多危险，那不是在要她的命吗。”

“你别这么说。我紧赶慢赶夜以继日，有很重要的一点就是为了能让奶奶坐一次，实现她生平的一个愿望：上天上去看看。那是她最高的一个愿望。这事你就不要管了，她生养了你们这些不争气的儿子，一辈子几乎什么都没有享受过。”后面的一句话由于打击面太广，他没有说出来。

“你进去看看她吧。”胡符对他说，“我还有点事，先出去一下。”

于是，他走进院里。

胡符从门外探进头来对他说：

“降落伞的事，我会给你记着的。恐怕一个不够用吧？”

这个几十年前曾经喧闹非凡的院落，早已在无边无际的倦意与困顿中平息下来。现在只有两个人住在这里，奶奶和她最小的儿子——也就是他最小的叔叔胡符，除去那些有目的的专门来找他的人，有时一年到头都是寂静的。

“奶奶！我的好奶奶！你在里面吗？我是专门来看你的，并不是受人之托。”他一路说着，伸手推开最西边的一道门，轻轻地走了进去。

三

“奶奶，你好吗？我今天主要是来看你的，顺便出来找几个几个螺丝帽。”

“找到了吗？”

“还没有。”

“我这里还保存着一把钢锯，你要是需要的话，就拿去用吧。”

“是的奶奶，用的时候我会来取。不过，还是您留着用吧。”

"我已经没有什么可锯的了，孩子。我是说一切都已磨平了。"

她面向窗户坐着，脸上始终保持着一种平静的微笑般的神态，但仿佛又时刻都在期待着一个消息或一件事情的到来。

胡图在她的身边坐了一会儿。他觉得不知从什么地方突然伸出一只很有力的手，一直在用力按着他的肩膀，压迫着他的心事，不让他立刻走。这情形使他有些不知所措。他看见祖母的脸一直都在面朝着窗户，于是，他让自己的视线也很快地做了调整，与她来到同一个方向。窗户上有她亲手剪出的一些吉祥的图案。她问起他们最近以来的生活。

他告诉她，与他们多年为邻的肉联厂在一场大雨中突然倒闭了，响彻了多年的杀猪声从此销声匿迹、荡然无存了。居住在附近一带的人们获得了一种从未有过的宁静。也许是来得太突然的缘故，人们普遍都觉得难以习惯，强烈地感到有什么东西已从生活中被突然抽走了。几乎每个人都有一种被剥夺之后的荒凉感，仿佛在一夜之间，所有的猪都不见了。处于昏睡中的人们被抛到一个荒无人烟的岛上，酣梦变成了噩耗。那家国营肉联厂的最后一名厂长离去的时候，手里挥舞着几根小辫子一样的猪尾巴，对周围的人们宣布道："你们好好睡吧，从此以后再也不会有猪叫声打扰你们的美梦了。"

然而，一些长期在此居住的上了年纪的老人们从此却成了真正的失眠者。他们夜不能寐，辗转反侧，常常不分钟点地起来，看到昔日的人欢猪叫的肉联厂漆黑一片，死寂无声，已沦为真正意义上的废墟。听不到几十年如一日的熟悉的杀猪声，是导致他们多数人失眠的真正原因，其伤心的程度不亚于晚年丧子。

在猪叫声消逝以后的不长的一段日子里，很快就看到有人变得神思恍惚，形销骨立；有的则闭门不出，将不久于人世。

“……就这样，他们成了那种真正的‘永远醒着的人’。”

“发生了这样的事，我竟一点儿都没听说，孩子，你不感到奇怪吗？”

“奶奶，您现在睡得还好吗？”

“我很好。”

“夜里分别要起来几次？”

“我很好。”

“奶奶，你知道我们那一带孝敬老人的最好的方法是什么吗？”

“让他们感到快乐。”

“奶奶，这太笼统。”

“让他们感到还应该活下去。别人敬重你，你就没有理由自暴自弃，不辞而别。我说得对吗，孩子？这难道不重要？”

“其实，许多无人尊敬的老人也始终在努力让自己活下去；别人不尊重自己，那就只有自己保重自己了，因为那种礼遇不能强求。奶奶，我说的是另外的一种事情。”

“那是什么，让他们再婚？”

“那还不是最重要的。”

“那的确不是最重要的。”

“奶奶，我告诉你，最好的方法莫过于半夜起来，到外面去学猪叫——学猪在被屠宰之前的那种最惨痛最绝望最悲愤的叫声；谁学得最像，模仿得最逼真，谁的孝心先就到了。失眠的老人们会在恍惚中以为肉联厂的夜班又开始了，从而证明生活未曾小断，仍在正常进行。”

“真有这样的事吗?”

“前几天还有人在半夜里起来，是一位接到父亲病危的电报后从很远的地方赶回来的儿子，但糟糕的是他学得并不像，可以说一点儿都不像。人们一致反映：跑调和怪声怪气还在其次，他的缺乏勇气和严重的害羞心理，是导致他失败的最直接和最主要的原因。以上几个方面如不克服，他将永远无法比自己学得像个样子。他本人也深感问题就出在自己的身上，并非是他不孝，关键是没有充分地将自己放开，放松。有了这样的一个坏前提，再加上坏情绪一直都在时刻伴随着他，再好的嗓音也会得不到超常甚至正常的发挥。第二天凌晨以后，他又让自己试了一次，但结果还是不行，像是一种轻轻的呼唤。第三天，同样的时刻里，他又试了一次，结果还是像前两次一样糟。”

“也真难为他了。他也许做梦都没有想到猪叫声会给人以安慰和希望，让人振作。”

“于是，他的母亲说：‘别难为他了，多少年都没有回来过，他哪里能学得了这个?让老三替他吧。’

“老三是他的一个弟弟，精于此道，一出手就明显感觉不一样，学得惟妙惟肖，与真的没有什么两样。但他仍然感到不安，老三叫得再好，到头来只能代表老三本人，而他自己的那一份呢?他只有拼命地花钱。用这样的方法来抵消自己的愧疚与不安。”

“你也常常失眠吗?”

“说实在的，奶奶，我本人也很怀念猪的叫声。耳边常响着那种朴素而憨厚的熟悉的声音，你才会意识到自己还活着，仍在生活中忙碌，为得意的事情而高兴，为不顺利甚至根本行不通而烦恼、痛苦，自以为生不逢时，轮到自己打更，夜就显得特别漫长。”

不久以后，他从里面告辞出来。临出街门的时候，突然又转身返回来。院子以一条平铺着的甬道为界线，象征性地分为东西两个部分。他踮起脚，轻轻地向东边的窗户下走去。一边走一边飞快地想道，胡符叔叔要是在家的时候，不喜欢别人以这样的一种方式从外面打量他。这样想着的时候已来到窗户前，正要向里而张望，身后忽然传来一声叹息。他觉得有人来了，于是，飞快地转身走出了院子，在外面消失了。

老胡麸面对着一盘毫无转机的死棋，口里的喃喃之声在自己毫无察觉的时候早已成为一种真正的含糊不清。他的两只眼睛隔一会儿睁开一次，仿佛不是出于自己的主观意愿，而是迫于无奈被风吹开的。一切都是被迫的，静止不动的。他早已忘记了输棋的滋味，因而对输赢已全不介意。很久以来，只要家里没有其他的人在场，父子两人便会不失时机地厮杀一局甚至数局。“快起来想办法怎么对付我，我等着‘杀’你已等了很久了。”老胡麸并不清楚儿子胡佛早已掌握了他的一切甚至一举一动。胡佛不说破，佯装不知，他就一直蒙在鼓里。每当走出理想的一步后，老胡麸先是得意地大叫一声——有几次还用兄弟般的动作使劲拍打儿子的肩膀——之后哼起了欢快热烈的地方小戏，接下来便是无限的惊愕与一段惨痛的哀鸣。他们互为敌手又互相感染，都要遭受面对面的暗算，都要受到对方情绪的影响。走到酣畅淋漓的时候，胡佛也时常会忽略自己与父亲之间的关系，而忘形地冲着老胡麸说：“你小子，这回你死定了。你已是热锅上的蚂蚁，看你他妈的还往哪里走?”偶尔也会遇到老胡麸预先设下的埋伏，痛不欲生的胡佛在中计之后叫苦连天：“狗日的！还有这一手?”接连不断的咳嗽是由于一次又一次的胜利引起并带来的，使他的笑声听起来不再像笑声，似已掺入了更多别的东西。他得意于自己的圈套，热衷于卧薪尝胆，放长线钓大鱼，不急不躁，谦虚而谨慎，宁静而致远，循序渐进。一个又一个的圈套上充满了荣耀，连接着鼓舞，直接通向最后的胜利。

老胡麸坐在儿子的对面，闭着眼睛，在经过一阵喃喃自语后他忽然不再动了。他的一只手停留在棋盘上，久久不愿离去，显出一种恋恋不舍的样子，另一只手紧紧地握着。胡佛以为父亲已经走过了，于是便看准时机，集中精力走出了自认为最阴险最诡异最蓄谋已久的一招，这一招将直奔要害，一针见血，置老胡麸于死地。棋落定后，胡佛很难掩饰住自己内心的激荡，他用一种听起来有些很特别的声音，急不可耐地连连督促父亲：

“轮你走了，快走！先想好了往哪儿放再走，不准悔棋!”

他要求他一步到位，又希望他不假思索因有勇无谋而覆水难收。然而，老胡麸坐在那里没有一丝声息，仿佛已沉入了遥远的梦中。胡佛以为父亲已看破自己的居心，又拿定主意要悔棋，声音不禁变得越来越焦急而狂躁。他已铁了心，这一回绝不再姑息他迁就他。败局已定，老胡麸已经山穷水尽，七零八落了，束手就擒才是他唯一的出路。这个时候再突然变卦，真正让他感到不甘心。胡佛连声催促着父亲快走，又伸手去推他，老胡麸忽然像一捆轻飘飘的干草一样向后面倒下去了，几乎没有发出任何声音。老胡麸的手心里还握着一个棋子：胡佛掰开他的僵硬的手指以后，吃惊地看到那竟是一个炮。

“爹呀！手里有炮为啥不拿出来用？”胡佛伤心地哭着说道，“没见过你这样的人，捧着金碗到处乞讨。”

胡天从外面刚走进院里，就听到了父亲的哭声。他立即就明白某些过于准确的、不像日常生活的事情，在他回家的路上就已结束了。他在院子里稍事停留，警觉地环顾四周，有一种被震惊被触动的感觉使他的脑子里突然发出几声怪叫。祖父的安详的如熟睡般的遗体非但没有丝毫的恐惧色彩，反而不断地让他回忆起从前的一些事情。他并没有打算去抓住昔日那些片断；那些东西，对他这样的人来说，基本谈不上有什么意义。

“你回来得正好，赶快帮你爷爷把他的新衣服穿上。”

“我正是为这事回来的。”

胡佛正在让自己的两只手试图恢复力气，将老胡麸身上的平日所穿的那套旧衣服剥下来，因而他没有听见胡天所说的话。看见胡天突然从门外走进来，他完全忘记了近来因他而引起的一系列麻烦，他的多少有些混乱的意识里也许只剩下一个比较清晰的概念：从门外突然进来的这个年轻人是他的儿子，是眼前这位已经死去的、身体正在逐渐变冷变僵的老胡麸的孙子，其他的一切他没有去多想。他的声音和神情里有一种胡天所不熟悉的东西。

他一边剥父亲的衣服，一边对儿子说：

“没有比我更糟的人了。我以为他什么都没有了，才一直冲了过去。”

“发生了什么事？”

“他的手里还有一个炮，却始终不拿出来用。我真是不明白。”

“你说谁有一门炮？”

“你的爷爷——这位糟糕的老先生，我不知道他为什么不拿出来用？兵到用时方知少，他这是在干什么？隐蔽？他要是把他的炮摆在那里，我说什么也不敢贸然过去。”

“这还不明白？他是怕你太劳累，太伤神了，让你少用一点脑子。”

胡天笑着说道。费了很大的劲，他总算听懂了父亲的一番话。

“好像不是这么回事。”

“你想知道他为什么不出炮吗？那是因为‘偷来的鼓敲不得’。”

“你胡说什么？你竟怀疑那个炮是他偷来的？你这样想？”

“不排除有这种可能。”

“不像话！你凭什么怀疑他？你只是他的一个孙子，而我是他的儿子，无论从哪个方面来说，我都比你更了解他。凭我与他多年作战的经验来看，无论输得多惨，他从未动过那种念头。是的，他怎么可能想到去偷一个炮？那还不如偷两匹马呢。他难道不明白哪个更重要？”

“好啦，我不过随口说说，偷了又怎么样？他的腰带在哪里？”

胡天将手里的黑衣服展开，暂时看不见那边的胡佛了。他说：

“我早就发现他是个老糊涂了。有一天，我正在屋檐下剪指甲，他忽然拄着一根棍子来到我的面前，对我说：‘儿啊，你在吃什么？’”

“我把一根剪指甲的手指举起来让他看，告诉他说：‘我不是你的儿，你认错人了。’”

“你怎么能对他这样说？”

“我为什么不能对他这样说？我当然不是他的儿。本来就不是，我能冒充吗？”

“你没有提我吗？”

“没有。”

“你怎么不提我？我才是他的儿。”

“我不提你，你就不是他的儿了吗？”

老胡麸的身体已经完全凉透了，这个周身上下见不到一点儿脂肪的人，现在看上去更像是一根冻了很久的木头——不是伐木场里刚刚运来的最新的现货，而是从风雨飘摇的老房子里自己掉下来的木料，上面带着蚁穴和壁虎，带着老鼠们生前的业绩和许多人为的烙印，躺在强烈的光线与尘埃之中。他原以为自己会死在父亲的前面，现在，老头子竟一个人不声不响地先他而去了。几天以后的一个下午，胡佛正在窗户前向对面的山梁上眺望，忽然看见一个人拄着一根棍子站在门外的那棵树下。胡佛吃惊得差一点儿叫出声来，那是他的父亲！他如同看到了一位去而复返的客人。老胡麸站在树下，沉默不语地望着家里的窗户。过了一会儿，掏出一块用了很久的旧手帕缓慢地擦拭自己的眼睛……趁那个间隙，胡佛喊来了邬云娜。邬云娜在窗户前站了一会儿，她看见对面的那棵树在往下滴水，是前一天积存的雨水。

“他怎么又回来了？”胡佛用一种协商的口吻对邬云娜说道。“不像是回来找什么东西的，也不像是要与我杀一盘。我实在没看出他想要什么。你认为他想要什么？”

“也许只是想要几块新手帕。”邬云娜说。胡佛点点头，她的分析不无道理，老头子的愿望也许正停留在这一层上。老胡麸曾经是一个注重体面、喜欢庄重的人，只是直到去世的前一两年才把自己的生活与时间搞乱了，变得马马虎虎、昏昏沉沉，有意无意地忽略一切、紊乱一切；穿裤子前后倒置，戴帽子也是如此。有时候套上外面的衣服，扣子也大部分系好以后，才会猛然发现里面还什么都没穿，从袖筒里吹入的风直接掀动他的松弛的皮肤，使他由衷地承认“今天的衣裳像铁甲一样”异常寒冷，不能承受。

于是。丧事之后剩下的一些金银纸又一次派上了用场。邬云娜将它们全部找出来，裁成无数块大小相等的“手帕”。“足够他用一百年的。”邬云娜说。当天夜里就全部拿出去烧了，地点就在老胡麸曾经伫立过的那棵树下，那也是他生前时常停留的地方。

几个孩子都不敢出去，他们都声称自己“怕鬼”。胡佛说：

“他是你们的爷爷，怎么就成了鬼？谁说他是鬼？他不是鬼!”

“所有的人死了都是鬼，爷爷凭什么就不是鬼?”孩子们说。他们挤成一团，纸忽然发出一声尖叫，小沙被吓哭了。

“还是我去吧，我不怕鬼。”邬云娜说。她拎起一个篮子出去了。

透过窗户，胡佛忽然看见一堆红黄而复杂的火光像盛开的鲜花一样怒放在树下，在阴气缭绕的湿地上持续了一段时间，之后渐渐熄灭，化为一缕青烟，随风而去了。此后，有很长一个时期内，老胡麸好像真的销声匿迹了，再没有自作主张地回来过。“就算他是个鬼，这样看来也是个好鬼。”胡佛想，所有不给人添麻烦的鬼都应该算是好鬼。然而，尽管如此，每次在窗前向外眺望的时候，他仍然心有余悸，感到不安，担心不知什么时候又会突然看见老胡麸出现在那棵时常滴水的树下，神色无限惆怅地望着家里的窗户，打着语焉不详的手势。这样的忧虑使他每次打开窗户的时候都充满了顾忌，变得小心而痛苦。因为每一天都有可能与前一天不一样，而同一天里的午后与傍晚时分也完全是不一样的。

四

树下突然出现的那丛红黄而弯曲的火光使正在夜巡的巡逻队第四分队第十三小组的几个人停下了脚步。最初，有人以为自己眼花，看到了盛开在夜晚里的海棠花。一个从前在保安团里混过多年的老兵油子立即按捺不住内心的冲动，率先叫了起来。黑暗中虽然看不到他的喜形于色的样子，但每个人都听到了他的声音：

“弄不好我们可能要交桃花运了！运气要是来了，挡也挡不住。”

“是海棠花，不是桃花。这时候哪来的桃花？”眼花的那个人纠正道。

“傻瓜！我又没说是桃花，我说的是桃花运。”

“就是海棠花，我看见就像海棠花，不可能是其他的花。”

“谁也别说话！小心给吓跑了。”

但很快就又发现什么花也不是。他们挤在一起，都意识到出现了异常的情况，与此同时，一些意料之中的完全陌生的、完全不可能的、甚至不堪设想的情景迅速而残暴地从他们的脑子里飞快地掠过，并留下了严重的擦伤。几个人先后都不约而同地嗅到了扩散在夜晚里的很浓的血腥气，有一个人甚至条件反射地惨叫了一声，仿佛落入陷阱之前的最后一声呼喊。他们平日可以说都是一些有胆量的人，但此刻，手中那把镶着银色锡箔纸的木刀却不能不让他们感到心虚。在距离那棵树不远处，他们的身体若即若离，相互之间用体温和不同的气息传递着恐怖、不安而又为之冲动的信号。谁也不敢断然否认这不是一个立功的机会，谁也不敢肯定这个貌似寻常的夜晚不是自己的劫数和末日！各人手中的武器恐怕连一只鸡也杀不了。

红黄而弯曲的火光在不祥的黑暗中持续了一段时间后突然熄灭了，一个人慢慢地从树下站起来。第十三小组的几个人立即从两边迅速包抄过去，他们把银色的木刀高高地举过头顶，这是他们在短暂的培训期间掌握到的仅有的一点作战常识。他们不知道什么叫“攻坚打援”，什么叫“预备队”，预备队是为什么而预备的？他们使用的最得心应手的一件武器——如果那也能叫武器的话——是能够发出亮光的手电。

现在，他们中间的两个充当临时负责人的人突然齐声叫喊着，并迅速打亮了手电，直射着黑暗中站着的正准备离去的那个人。很快，在强烈而粗暴的光线中，他们惊讶地认出了正在被不礼貌地照射着的人。他们看见副队长胡天的母亲——身材瘦高的邬云娜站在他们的对面，拎着一只小巧的竹篮子，篮子里除去一盒火柴，别无他物。

第十三小组的两个临时负责人面对面地斟酌了几乎一夜。第二天天亮以后，他们终于还是把这件事情作为夜巡中的一个偶然事件汇报了上去。不过，他们是越级汇报的——他们越过了掌管他们的第四分队，直接汇报给了巡逻大队。

有一天晚上，胡天回到家里。邬云娜没有多少把握地、抱着一种试试看的态度问他是否在家里吃饭，胡天不置可否地点了点头。见儿子答应留下来与全家人一起吃饭，邬云娜的心里顿时充满了一种不可替代的喜悦之情。她决意要将这一顿晚饭准备得比平时更像样一点，要知道，现在的胡天更像是这家里的一个难得一来的客人，稀客，贵客。邬云娜还希望这顿饭的时间能延续得更长一些，她一直不停地做下去，全家人一直不停地永远吃下去，很难设想究竟什么时候才轮到散场，面临灯火阑珊以及更深入的黑暗。另外，不管气氛如何，她还想和他谈谈那个可怜的名叫白积的人，作为一名被开除了公职的干部，他生活在怎样的一种沉重之中？而要提起不幸的白积，就不能不提到他的那个风骚漂亮的妻子，有许多事情都无法绕开她，否则将全是空谈。对于邬云娜本人来说，要认真谈论一个根本不熟悉的而又从未见过面的陌生女人，不仅存在着很大的概念模糊上的难度，而且在其他一些方面也让她觉得难以将这类事情认真而深入地追究下去。“可是，要是连我自己都不闻不问，还有谁去插手、关心这类事情？”自从有了这样的一种态度以后，她不再感到那么莫名的害怕了，有些原来一直被遮掩着的甚至迷乱的部分开始逐渐变得明朗、坦白，如同阳光下的一片清澈见底的池水。“有什么不能说的？”她一边在厨房里忙碌，一边反反复复地询问自己，自己给自己设想未来的障碍，自己再帮助自己找答案，寻觅出路，谋求着一种又一种两全其美的有效途径。这样的努力是非常不轻松的，甚至让一直干练的她由衷地感到手忙脚乱。

晚饭是在胡天的一阵轻松而不掺假的笑声中开始的，胡佛躺在最里边，很认真地陪着儿子笑了几声。虽然他根本不清楚问题的根源所在，心里一直留存着一些化不掉的谜团，但他还是愿意相信，并固执地认为，胡天的笑声是从哪里发出来的，他自己的笑声也就是从哪里发出来的，不存在异域之分，说不定也正是一回事哩。这样的思索很让他感到顺心和舒畅，他让大女儿纸扶着他坐起来。

过了一会儿，胡天对他们说：

“我就要走了。”

邬云娜飞快地看了丈夫一眼，发现胡佛也正在看着她。鉴于以往历次的经验与教训，他们很快地抑制住了自己想说话的冲动和急于弄清楚一切的愿望。他们紧闭着自己的嘴，内心焦虑地看着引而不发的儿子，不知道他什么时候修炼成这样一副慢条斯理的温暾暾的性情。他们没有立即问他要去哪里，甚至发生了什么事。“还是让他自己说出来的好，这样他就再没理由怪谁了。”邬云娜这样想着，发现丈夫的眼神里也正传递着类似的信息。谁也不敢肯定，要是抢着问询儿子的行踪，慌慌张张地打听、探明他的去向，究竟会不会让他误以为这个家庭已不再需要他稀罕他，而时刻盼着他早一天离去呢？这样的误会不仅三言两语，甚至长篇大论也很难解释清楚，而且会变得越来越深，越来越黑，永无清白澄明之日。“还是等他自己说吧。”邬云娜拿定了主意，也要力图让自己在未来的日子里修炼成一个不急于抢先讲话的人，而这样的一种“内功”将肯定会给她带来种种前所未有的不适和痛苦。

然而，过了不久，还没等他们修炼出一点儿眉目来，他们的那种在无奈支配下的沉默和期待很快便引起了他的不满。“你们就不问问我要去哪里？”他看看他们，又委屈又无限沮丧地说道。“我去哪里你们都不关心，不过问，无动于衷。你们的眼里很早就已经没有我这个儿子了，看来我真的该走了。该走了。”

邬云娜脸色潮红地站起来，感到眼前和背后的一切都在开始松动。正在尝试中的修炼突然被宣告结束，很快又被迅速瓦解，分崩离析。她似乎听到一种哀痛的哭声正在远远地到来，经过辨别，她发现与自己有关。他一连说了几次该走了，似乎早已将自己送到离家很远的某一条路上，这使他们的沉着和等待变得可笑而又面目全非。他们自以为堵住了一头，可是事情却从不曾预料过的另一面出现了裂缝。最害怕的事情终于来到了，最不愿意看到的沟壑出现在他们的眼前，最终还是没有绕过去。处于烦躁中的邬云娜忽然感到了胃的存在与涌动，那是一种非常恶心的感觉，自上而下地在她的心里形成一条貌似无形的粗浊而浓重的直线。胡天用一种少有的息事宁人的口吻说道：“我走了，往日一切的不愉快也就全跟着我走了。”

过了一会儿，他又说：

“请不必想念我。”

“祖宗，你到底要去哪里？”邬云娜十分冲动地说道，“你到底要干什么？”

全镇共有二十四个年龄相仿的小伙子都参加了志愿军，军服及部分日用品也已如期运抵镇上。但临行的前一个星期，胡天的名字忽然从已经定好的新兵名单上被划掉了，取代他的是一个家庭成分不好的名叫董银旦的年轻人。他几乎和胡天一样年轻。包括宣传委员梅布鼎、组织科长尹宗昌在内的几个人都是这件事情的始作俑者，他们不放心将胡天这样的人放到异国的土地上去，以免给那个兄弟般的国家留下不良的印象。一个微不足道的小兵，要连累一个体面的大国，并使她蒙受耻辱——一想到这些，他们就觉得更加不安，深感责任之重大，问题之严重。没有人可以保证他在兄弟国家里能不能安分守己地做人，别无杂念，一心杀敌，这一点若是不幸被突破了，胜利也难免会逊色。另外，谁敢肯定他不会跑到敌人那边去？他的母亲、一个教育他长大成人的女人，深夜出来在树下烧纸，给死人寄“手帕”，说明了什么？说明她承认这个世界上有鬼魂存在，这无疑是对唯物主义的极大嘲讽与挑衅。呼唤亡灵出现，迷信鬼魂，给正常有序的生活人为地涂上宿命而恐怖的色彩，没有认真追究，就已经是极大的麻木与温情了，怎么还能够继续允许他去兄弟国家的土地上折腾？“没有别的过节，我们就是对他不放心。”宣传委员梅布鼎对胡天的支持者卢经武说，“我不仅要对即将输出去的新鲜血液把好关，而且更要对朝鲜人民负责。”“怎么证明他要出去折腾？”“老卢，我们的部队无论如何不能带着‘病菌’出发！“可是，谁又能保证他不会在爱国主义和共产主义的旗帜下得到真正的锤炼？”两面飘扬而至的旗帜使胡天得到了庇护，也使他的尚未来得及穿的军服又失而复得。之后，卢经武又向宣传委员梅布鼎询问；

“你说的那个董什么旦，难道真是一个不带一点病菌的新鲜血液？”

“是董银旦。”梅布鼎纠正道。他几乎很难掩饰住自己内心的痛苦，他的那种看上去十分难受的神情让在场的几个人都以为他病了，很快就要倒下了。“当然，他的出身不太好。可虽说是从旧血管里出来的，也还算新鲜。”

“他是从一根乱七八糟的脏管子里流出来的，新鲜什么？我看他一点也不新鲜。”

但名叫董银旦的年轻人自认为还是够得上新鲜，甚至比较新鲜的。特别是当他兴高采烈、激动不已地穿上刚刚发到手的新军服以后，左看右看，就更觉得自己才刚刚出水的样子。全家人的笑容经久不息，他们情不自禁地将全家这个唯一与进步沾上了边的年轻人看成是一朵浮游于污泥之上的荷花——美丽的荷花，脱离了乱七八糟的污泥的荷花，从此再不可能重新沦为污泥的荷花。谁也没有理由不这样看。“只要有一个沾住了，其他的人也就都好办了。”重新翻身做人的可能还是有的，并非永远漆黑一片。他的父亲，一个自己将自己比喻为臭狗屎的人，在不久前的运动中有幸保住了一条命，所失去的只不过是一对耳朵和一只眼睛。从此以后逢人便说：“损失不大，比起那些被枪毙了的，比起那些被砍掉头的，我的损失算是最小的了，甚至可以说几乎没有一点儿损失。”侥幸与感激之情溢于言表。这样说也并非是没有道理的托词，两只耳朵在一个人的身上到底起着什么样的作用，扮演着什么样的角色呢，既不用它吃饭，也不通过它呼吸，更不可能依靠它生儿育女，繁衍后代，不过是一种无用的小摆设罢了，至多相当于闺房中的某一块手帕。该有的都有了。一个人要两只——要那么多的眼睛干什么？有一只也就足够了。看到的听到的越多，麻烦也就越多，命保住了，幸存下来了，就值得感谢！并非人人都能够丢掉芝麻，保住西瓜。他的叔叔，一个什么都不愿意舍弃的人，最终什么都没有保住，雨还没有停，就被拉出去处决了。“叭叭”两声——干瘪的两声，声音在途经家门口时仅仅颤动了一下，以后就在雨里永远地消失了，再也没有看见过他从外面回来时留在院里的一长串泥泞的足印。

镇里的一个十四五岁的通讯员忽然冒着雨来找董银旦，要他立即赶去。年轻的董银旦立即就意识到可能是出发的时间又提前了，不然不会在刚吃过午饭就开始集合。小通讯员一走进来，家里的人全乱了。董银旦疾言厉色地告诉他们："你们别积极，谁也不要跟我去！这不是去走亲戚，谁都可以去。"听到他这样说，众污泥们——他的母亲、两个姐姐、两个嫂子和一个哥哥都停住不动了，有的人手里还拿着准备出门的衣服。

董银旦临出门的时候，又特别告诫身为大污泥的父亲：

"你尤其不能去。"

听儿子这样说，失去两只耳朵和一只眼睛的父亲忽然听到一阵咝咝的撒气的声音，声音来自他的体内，来自心灵的深处，很快就使一直存在于他心里的一些念头全部湮灭了。他没有问为什么，因为那完全是多余的、不言而喻的，明知故问会使在场的所有人都感到毫无意义；另外，它只能让他出发的时间受到拖延，给荷花般的儿子带来诸多意想不到的连累和麻烦，还不仅仅是于事无补。这样想着，他先前涌起的一点点难过很快就随着时间的过去而烟消云散了，他感到自己一下子又回到了从前，又成了一个自由的人，一个如释重负的人，一个成天笑盈盈的人。他不难过了，用一家之主的身份和语气对全家人说：

"你们也不能去！咱们都不适合去！因为我们都不是什么有脸面的人，不要坏了他的事。让银旦自己光荣去！他生下来就赶上了恶时辰，几乎从来没有享过什么福。"

"我们都不去啦。"众人异口同声地说。衣服又被放回原处。

董银旦和镇里的小通讯员冒着午后的雨出了门。他的叔叔被拉出去处决的那一天，镇上也下着这样的雨。灰的天空，同样色调的雨雾，仔细看上一会儿后还会发现到处都有些微微发红。街上很少能见到人，街道突然变得比平日漫长荒凉了许多。一路上，董银旦几乎没有向镇里来的小通讯员打听什么情况，唯恐因问了什么不该问的事情而节外生枝。身边走着的这个满脸稚气的小孩子使他担心自己所说的每一句话都会毫无保留地走漏出去。好不容易才从那个令人绝望而窒息的泥潭里挣扎出来，再要重新沉下去，回到原来的生活中去，就再不仅仅是噩梦的延续了。以前，他总是梦见别人在袭击他，不放过任何一个消灭他的机会，梦却从来没有沿着相反的方向走出一步；无情的喊声和杀声回荡在他的四周，呈现在眼前的全是别人的资本和背景，属于他自己的那一份则完全是一种无法掩藏住的痛苦，时时令他感到发窘。

他没有看见其他那些前来等候集合的人，雨水将青砖的庭院洗刷得焕然一新，像秋日的天空一样晴朗。两名岗哨穿着雨衣站在雨里，乌黑的枪管暴露在雨中。进门的那一刻，他的脑子里忽然凭空掠过一丝不祥的念头，但走进铺着青砖的院子里以后，那个念头已像一只匆匆路过的鸟一样不见了。外面下着雨，所有等待出发的人都集中在某一间房子里。他这样想道。沿着一条长长的雨廊，每经过一间房子的外面时，他都要透过窗户朝里面看一下。有很多房间都是空的，甚至连能够证明有生命存在的凭据也不是特别的充分。有的房子里只有一个伏在桌子前昏睡的人或者一只水壶。在最近短短的几天内，已经有过几次紧张的集散，都是由于消息不准确而引起的。有一天夜里，队伍突然在半夜时分紧急集合起来，在雨里等待了一段不算短的时间，天快亮的时候又宣布解散，每个人都可以回到自己的家里去，与家人一起共同迎接新的一天，但不准出远门，不准到离家很远的短时间内无法赶回来的地方去。每个人都应该多长一个心眼儿，耳朵更灵一些，反应更机敏更快一些，随叫随到；不要担心走不了，最终总有出发的那一刻。

董银旦在寂静的雨廊里走了一会儿。当后来突然意识到整条长廊里只有他一个人在走的时候，才发现那个小通讯员不知什么时候已经不见了。另外三条长廊下也没有人。这个时候了还没有看见一个人，董银旦忽然产生了一种不祥的预兆。他首先怀疑自己来晚了，由于来之前一家人的纠缠和他们的渴望尾随的强烈心情，这种可能不是没有，时间如水一样迅速逝去，而他还得停下来对他们进行劝阻，将同样的意思一遍又一遍地进行重复。劝说别人，主要的手段就是重复说话，语言如同转动的车轮。队伍也许就在那时候冒着细雨走远了。

年轻的董银旦将对家人的怨恨与自身的不幸迅速地转化为一种十分伤心而悲愤不已的表情，他让自己的身体靠在一根圆形的门柱上。这个生来腼腆、从没有骂过任何人的年轻人忽然感到自己很想高声说一句最粗野、最恶毒甚至最下流的话，自从有了这个突然涌来的念头之后，他的身体使开始了紧张不安的摇晃与颤动，无法遣词造句成为他眼下最大的困难和最棘手的事情。“骂一句什么呢？”“究竟骂一句什么才最好最能表达他此刻的心情呢？”他的眼前渐渐地湿润了，出现了水蒙蒙的雾霭。最终，从他的身体里流出来的只是两行凄楚而无声的眼泪。

但不久，他又有些惊喜地想道：

“说不定又是一次假集合。”

这个处处散发着往昔岁月气息的大院里飘荡着浓郁的花香。让年轻的董银旦感到迷惑而奇怪的是，除去茉莉花的香气之外，很大程度上是夜来香的香气在雨里缭绕，弥漫。难道这时候的天已经黑了，这一天已进入了夜晚时分？在董银旦的印象里，还没有听说过在午后就开放的夜来香，这样过于性急的夜来香，倒很像是刚刚穿上新军服的董银旦本人。也许不是夜来香。而只是它分出去的一个旁系，它的名字叫午后香？董银旦的脑子里乱糟糟地想着，他看见西边一排厢房的其中一个门开了，一个穿着发白的旧军装的人从里面走了出来。董银旦不认识这个人，在他试图猜测他的身份时，很快又有一个人随后走了出来。董银旦的眼前猛烈地跳了一下，他马上认出了卢经武大队长。雨水在灰蓝的青砖上响着，董银旦看见卢经武大队长的脸上布满了不可预测的灾难和不祥之兆。

“是董银旦同志吗？”前面的那个人走了几步，忽然停下来问道。

“是。”董银旦将身体立正，站得笔直，大声地回答道。

“很好。”那个人飞快地笑了一下，看上去显得很满意。他有一口很白的牙，他回头看了一下身后的卢经武大队长，很快又回过头望着董银旦身上的衣服，对他说道：

“请把它脱下来吧。”

“为什么？”董银旦听到自己的声音因惊讶而有些变形和走调，仿佛有另外一个人突然插了进来。“为什么要我脱掉？”他还是不明白地问道，“我穿着很合体的，不长不短，不肥不瘦，好像就是专门为我做的。”

“恐怕再合身也不行。穿着合身是一回事，脱掉又是一回事。叫你脱就脱下来吧，合不合身对你已没有多大意义了。”

那个人的很白的牙齿十分遥远地在董银旦的充满疑问与不安的视线里闪烁着，雨在旧时的长廊之外不断地织出浅灰色的雾。另一个人站在一扇从里面推开的窗户下面，一直没有任何表示，像一个对下雨期待了多年的人。

“首长，难道我来晚了吗？”

“不晚。”

“那么我们的队伍是不是已经出发了？家里有一些糟糕的事情，把我缠了一会儿。”

“部队还没有走。不过，无论什么时候走，你都不走了。”

“为什么？出了什么事？”

“你还年轻。你要记住，无论什么时候，不该问的就不要问。”

“我不知道我又做了什么蠢事？”他说。这个时候他已经在开始动手脱掉自己身上的衣服了。他的眼里含着泪，耳边传来纽扣迸裂脱落时的响动，几乎像爆炸声一样巨大，震耳欲聋，以至于那个人在面对他脱掉衣服之后发出的惊讶与同情之词几乎成了一种自言自语：

“你里面只穿着一件贴身的小背心？董银旦同志，雨下得这么大，快回家去吧。”

五

那辆上面蒙着草绿色篷布，遍体缠绕着疏密的绿麻和线网的卡车是傍晚以后驶出镇子开走的。雨还在下着，一直没有停，街上空荡荡的。很多人还没有开始吃晚饭。有的忙于送行，重复而紊乱地往返于家庭与汽车之间的路上。有的直接成为热闹的参与者与旁观者，忘记了时间。时间被不断地往后推去。

邬云娜戴着一顶遮雨的草帽，从镇子中心的一个旧日的操场上一直走到镇子最东边的护城河前，目送着那辆仿佛草编成的卡车最终消失在远处的雨里。事实上，当她赶到护城河边以后，卡车早已不见了，她最后送别的只是一种远去的声音。与她一同来的还有一些人，所获得的结果也完全一样，但没有人抱怨。只有一个人在高声说话或喊叫，但声音里暴露出的明显的醺醺醉意使他像雨中的水泡一样转瞬即逝，成为一次可笑的毫不引人注意的发起，因而很快便再也听不到他的声音了。河水低回地向南面流去。两边不时有在雨中崩溃瓦解的泥土带着嗵嗵的闷响掉进河里。

回家的路上，邬云娜的眼前不时地浮现出那辆摇摇晃晃的绿色卡车，耳边偶尔传来几声刺耳的刹车声，仿佛那辆具有很大隐蔽性和牺牲性的卡车在距离她身后不远的地方突然停住了，在绿色篷布和绿麻线网下的人纷纷从中跳出来，无声无息地落到地上——那其中就有她的胡天……如此的一种在某一个地方必定暗留着殷红血迹的情景是她不由自主的臆想带来的，它出现在雨中的空荡荡的街道上。沿街一些房子里透出来的灯光使那些一定区域内的雨失去了自上而下的垂直和分明，而变成了一大片一大片的陈旧而发黄的水雾，有的则一片苍蓝，或者在无限的混沌中隐隐发红。从附近的一座房子里传来一个女孩子的脆厉的哭声，街上仍然没有人。邬云娜听到自己的单调的脚步声里充满了使她感到难受的琐碎与不耐烦，还有惆怅与孤独，只是缺少思念。

胡佛和几个孩子都还没有吃晚饭，一直在等她回来。胡佛趴在窗户前，除了灰色的雨线之外，他几乎再没有看到什么，一切的面目与表象都收起来了。事实上，灰色在夜晚里是不存在的，那只是他对白日里雨水的一种记忆和印象的延续。因而在所见甚少之时，他丝毫没有意识到黑暗已将临，改变了白昼的一切，后者发生并完成在他心驰神往的时候。又过了一会儿，他们听到了邬云娜回来的声音。小姑娘小沙从屋里跑出去迎接母亲。

邬云娜湿漉漉地出现在屋里，灯光使她的脸庞既瘦削又富有光泽。

“已经走了？”胡佛说。

“都走了。”邬云娜点点头。坐下以后，她才忽然感到身上很累。很快，胡瓶拿着一条毛巾，来到她的面前。

“你的草帽呢？”胡佛说，“我记得你是戴着草帽从家里出去的。”

邬云娜擦了一会儿，将毛巾从脸上拿开，她看见胡佛正在很注意地看着她。他说：“我听见发动汽车的声音了，那是一种让人很难受的声音，好像一直鼓捣了好半天。为什么发动不起来，是不是下雨使汽车受了潮？”

“汽车不是火柴，是淋不湿的，根本不怕雨淋。”胡雁对胡佛说，“你没看见上面刷着一层厚厚的油漆吗？”

“你知道什么？你见过几辆汽车？”胡佛对儿子说。这个孩子虽然有时语出惊人，不知什么时候会冒出一两句像鞋里的小石子一样硌人的话来，但正是那些东西往往使他感到难堪，甚至无法正常前进。妨碍人走路的小石子不在于多少，有一颗就足够受的了，因为它始终在你的脚掌下滚动。很快，他又看到女儿纸在那里信口开河。她听说有一种车，从水里出来以后也不休息，也不需要等着晒干，马上就又能到天上去盘旋、翱翔。

小沙看着姐姐，吃惊而又担心地问道：“那不把咱们都淋湿了吗？”

“那就得走路小心，尽量躲着它，或者待在家里不出去。”纸说，“因为，它才不管你是谁呢，淋到谁头上就是谁。”

所有的人都在胡说。胡佛想。他相信汽车受潮与否，其奥秘不在于油漆，油漆只是给予外人的一种表象。他隐隐地感到有些头疼，他本来就有偏头疼的毛病，睡到半夜时分，没有人叫，自己忽然就醒来了，心明眼亮，浮想联翩。一些简单明了的事情，经过他的过滤与想象以后，开始变得复杂无比，甚至异常凶险。不久以前，雨里传来的沉闷的鼓声和笙管合奏的乐曲使他听了既振奋又难过。几乎全镇上的人都在为应征的年轻人送行。他不知道今晚负责敲鼓的是什么人，一个有气无力的人？鼓点虚得像蜻蜓点水一样。“为什么选了这么一个糟糕的人为年轻人送行，他没有吃东西吗？”他问邬云娜。除此之外，笙管合在一起吹奏，从单孔里流出来的那种猫眼一样的声音让人听了既高兴又伤心，仿佛只是为了赚取人们的沉默和眼泪。假如不是身体出了问题，假如他比现在再年轻十岁，再年轻二十岁，今晚离开镇子，冒雨出发的年轻人中间，一定有他的身影。人们会在黑暗中辨认他的模样，搜寻他的声音，直至把各种温度的手伸向他。

一直目睹了送行全部过程的邬云娜知道，今晚既没有敲鼓，更没有人在现场吹奏笙管，几天来连绵不断的阴雨使三月间就已拟定好的一切议程和计划都不得不临时取消了。很难设想，当有人带着可笑的鼓乐出现在人群里的时候，他们不会被人们认成是几个趁机起哄的疯子或流落街头的杂耍艺人。不管怎样，这个晚上实在不适宜拼命地敲打，甚至摇头晃脑的吹奏。因为，几乎所有的事情都是在沉默中进行并完成的，仿佛人人都在努力而又小心地维护着一个共同的秘密。除了极个别的因控制不住自己的情绪而无法让自己安静下来的人之外，没有人高声说话，大喊大叫。没有更多的灯，因而展开在每一个人眼前的一直总是一种人影幢幢的情景；每个人都觉得别人很模糊，甚至像不可捉摸的鬼魂一样缥缈而不实在；人与人非得借助于亲手触摸，才能看清对方，进而才可以得到沟通或了解；纵然如此，相互之间的乱撞乱碰仍然成为每一个人都不能避免的一桩苦差事；人人害怕别人撞到自己，而丝毫没有意识到与此同时自己正在使别人痛苦，躲闪不及。事实上，在这个阴雨连绵的晚上，最绝望的，真正感到苦海无边的要数董银旦一家人，他们麻烦得不得了，看什么都是灰的。其父的硕果仅存的那一只眼睛已经不再具有余光，眼前全是一些不太长的直线，充满了一段一段的距离；只要能看清一米远以外的一件东西，他就已经高兴得不得了啦，自己劝自己相信所看到的那就是世界的全貌。

黑暗中，邬云娜听到有人说：

“这雨把咱们都害了。”

早已准备好的一支由十八个姑娘和十二名已婚妇女组成的秧歌队挤在大门附近的一间小屋子里，她们普遍都因职业的需要而穿得很单薄，湿漉漉的衣裤像肠衣一样紧紧地裹在她们的身上，使她们在曲线毕露的同时又如一群不耐寒的鸡一样亲密无间地靠在一起，挤成一团，发出令人齿寒的叽叽咕咕的叫声。这支秧歌队在历经三个月的训练之后，已完全成熟了，几乎可以拉出去应付各种各样的庆典。从某种意义上来说，她们更是一支令人感到快慰的、携带着欢乐与希望的急救队，哪里有她们，哪里就有发自内心的笑声，哪里就有幸福和欢乐。当她们突然出现的时候，就是人们愁云消散、精神抖擞的时候。

可以这样说，没有她们的存在与参与，任何人都无法将事情本身推向高潮与巅峰。然而，尽管生活本身也离不开她们，这个晚上她们却真正成了多余的人，游离于生活之外，被集中在一个狭小而昏暗的空间里，第一次被集体遗忘。与沉默而沮丧的姑娘们相比，已婚妇女们更多的是悲愤与不满，还有强烈的不甘心。她们像成熟的母鸡一样在认真而刻薄地诅咒这样的雨水连绵的天气，她们用“淫雨”“脏水”之类的词表达她们的切肤之痛；她们甚至隐隐地感到一种行将被扑灭的危险，仿佛她们是一片正在熊熊燃烧的火。是的，并非是某一位领导反对她们出去跳，不是的！否则，当初请她们来干什么？那也是对训练初衷的一种违背或摈弃；也不是来自人群中的某种不怀好意的呼喊；是悒郁的天气在限制她们，阻止她们出去扭动自己的腰身和满腔的理想与隐秘激情，阻力正是来自这些方面。

“不行，我们老这样像鸡一样挤在一起会被憋死！”有人说。

“谁有什么好办法没有？”

谁也没有什么过硬的好办法，谁有多大的本领和抱负也都无法施展，难以发挥，因为她们始终没有接到集合——列队的命令。

“你是没有希望了！你再会扭也没有什么用了。”

“好像你有希望似的。”

就在她们感到一筹莫展的时候，有个女人忽然将自己的声音拉得长溜溜的，说不清是快活还是痛苦地号叫了一声。

……

早已等候在外面的高跷队遇到了与秧歌队几乎一样的命运，长长的木腿使他们在避雨的时候遇到了极大的麻烦和前所未有的困难，附近一带几乎找不到能够容纳他们的地方，他们本身也不可能像秧歌队的女人一样挤在一间小屋子里；他们拖着细长的“腿”到处寻找能够避雨的屋檐，摇摇晃晃，真正成了羊群里的骆驼。有两个人被人群冲散，因路滑而躺倒在雨地里，与其他的队友完全失去了照应与联系，很长时间内没有被人发现。一个无所事事而又到处乱窜的人最终发现了他们，但很快被那两个在雨地里拼命挣扎的几乎是彩色泥塑的人吓得魂飞魄散。

站在门口的哨兵被不断地推来搡去，像喝醉了酒一样东倒西歪，很难保持一贯的立正姿势，有时，他们的身体仿佛在蛙泳。一名热衷于讲话而又苦于得不到注意与支持、几乎无人理睬的激进分子，在个人情绪波动得最为厉害的时候，不慎跃进了庭院中央的一个茂密而潮湿的花坛里，这是他唯一引起人们注意的一个举动。当他带着明显的硬伤从里面爬出来以后，周围立即有人上去帮他摘取他身上的残花败叶，关切地问他的情况，摔着了哪里，什么部位碰破了？“语言不如行动，语言永远不如行动！”这是他从花木深处出来后最直接最强烈的一种感受。说什么都没有用，丝毫不起作用；无论任何语言，无论多么动听，无论多么治病，千言万语都不如一次实实在在的身体力行，甚至不如无意与不慎中栽出的一个跟头！激进分子这样想着，却又顾不得看一下脸上的伤痛，很快又旧病复发，故伎重演，想抓紧眼前的有利时机，向人们灌输，但是刚一开口，人们纷纷转过脸去。人们挽救他，只是基于最普通的人道与善意，并不是稀罕他的那套理论。与其这样不依不饶，令人失望而又可怕，还不如继续让他在潮湿泥泞的花坛里一直趴着，把这样一个聒噪不休、见缝就要插针的人救出来有什么意义？救他上来，难道就是为了再一次重新受他的折磨？人们的沉默与不合作使激进分子最终放弃了对理想的贩卖与兜售，使他于不经意之间腾出了痛定思痛的时间。“罢了！我这是何苦呢，把自己跌成这样？我还是回去找几贴膏药给自己贴一贴吧。”

劝解的声音，分辨的声音，商讨的声音，哀求声，命令声，以及痛苦的声音和快活的声音，都是在整体的沉默中进行的，都以一种悄悄话的方式在黑暗中嘁嘁喳喳地传播着，雨水使在场的人们变得异常肃穆而寡言。没有人对邬云娜说过任何内容的悄悄话，邬云娜也找不到一个可以与自己嘁嘁喳喳一番的对象。但是，邬云娜忽然感到有一只来历不明的沉默而坚决的手悄悄地来到了她的两条腿中间，在她的身体受到触摸，在那只手试图进一步转动——深入的时候，邬云娜如梦方醒，但那个人很快变成一条黑影混入人群里消失了。邬云娜不仅没有看清是谁，甚至连他的体型和身高都没有分辨清楚，一无所知。她夹紧只隔着薄薄一层衣服的腿，并让自己靠在一面墙上，这样可以避免身体再一次从背后受到侵袭。

不久以后。她又听到秧歌队的姑娘们和妇女们发出的近乎崩溃与绝望的尖叫声，无疑地，有人去了那里，进入了她们的中间。

“这雨把咱们都害苦了。”

很长时间以后，这句不知出自何人之口的话仍然清晰如初地在邬云娜的记忆里回响着。她的记忆是潮湿而泥泞的，无边的黑暗中依稀存在着一些微弱的青光。在胡佛的面前，她从来没有提起过那些具体的令人战栗的细节，她隐去了那只幽魂一样的使她的下身皮肤感到绷紧和跳跃的手。她想彻底忘记它，但总是苦于难以做到，不断地有意想不到的障碍出现，让她绕不过去，难以穿越。以后很多年，她一直注意留心一些认识和不认识的男人——她相信不会是一个女人所为——留意的重点始终停留在他们的品行和手上。品行是一种很难看清楚的东西，尤其不能够一望便知，有时耗尽一生，也不是事事皆有结果。但要观察一只手就容易多了，几乎不存在任何障碍。

她甚至发展到关注所有人的手，这样的一种不知不觉的变化是她在无意之中发现的。因而连她自己都感到惊讶和不可思议。不管遇到的是男人还是女人，她都已经无法改变自己的习惯，以一种秘密的不为人知的方式去注意他们的手，并或多或少地研究一番，对方的其他一切都被全面地忽略，像众多日常的飘忽的琐事一样被降到一种根本不曾存在的位置之上。在她的眼里，在一个时期之内，一双手就是一个人的象征或全部，除此以外，那个人不过是一团时聚时散的空气，再无实质性的东西可言。

有一天，她正在屋后的菜园子里拔草，一个以前从未见过面的陌生的姑娘忽然出现在她的旁边。姑娘向邬云娜自我介绍，说自己叫辞云，她的家住在镇子东面的护城河边。胡天离开镇上的前夕，曾嘱咐她在他走了以后的日子里要常来这个家看看，能帮邬云娜干一些活儿当然更好，因为迟早是要成为一家人的。

邬云娜从菜地里直起腰，她很想问问这个叫辞云的姑娘与自己的儿子胡天是一种什么关系，但念头刚一浮起，很快又不破自灭了。她的眼前飞快地掠过一些白色凌汛一样的，既模糊又确定而又难以把握的东西，还没有来得及正视它们，一切又都像流动的浮云一样很快就过去了。她两手空空地站在离自己最近的一棵小树旁，望着眼前这个向日葵一样的姑娘，问了一句于事无补而又愚蠢至极的话：

“你认识他？”

“我们是朋友。”名叫辞云的姑娘笑了一下，大方地说道。

“我事先一点儿也不知道。”

“我的父母也一点儿也不知道。”名叫辞云的姑娘对邬云娜说，“您现在已经知道了，可他们至今还一直蒙在鼓里。”

“这么说，我比他们还要强一些？”邬云娜在心里问自己。儿子在外面做些什么，早已超出了她的想象与预料。应该说事事都让她感到诧异而又平静，可当这个姑娘突然一下子出现在她的面前时，她还是忍不住感到非常吃惊，因为她丝毫没有想到。“……迟早是要成为一家人的。”这一定是他对这个姑娘说的，像他的话，却又不应该是他这个年龄的人说的。不知他还向她许诺过什么，邬云娜一概不得而知，她没有办法也不愿去核实，因为看来已毫无必要。而且，这个名叫辞云的姑娘还知道她的名字叫邬云娜，这又让她大吃一惊。

“他把家里的一切部告诉你了？”

“只是一些大概的事，不是一切。”

“他还向你吹嘘过什么？”

“他是一个很实在的人。”姑娘说。

大概的差不多就是所有的。想到一向话不多的儿子不知触到了哪个机关，如汇报工作一样，老老实实地、滔滔不绝地、倾其所有地将家里的一切说给别人听，邬云娜的心头忽然浮起一种挥之不去的赊账的感觉！她发现很难找到一种有效的方法使自己平静下来，不动声色地面对事情的发展。她终于发现并不是每个人都能够做到不动声色，谁想让自己不动声色就不动声色，自己管不了自己，自己指挥不了自己的时候多得是。心情十分不平静的邬云娜看着自己来到门上而又勤快娴静的辞云姑娘，欣欣向荣的姑娘已开始动手帮她干活了。邬云娜默默地在心里告诫自己，她的那种不出声的言语更像一种正式的祷告，带着隐秘而又空泛的心愿。

辞云告诉邬云娜，为志愿军送行的那天晚上，她在人群里看见了戴草帽的邬云娜，邬云娜脸上的神情像山上的岩石一样肃穆，仿佛整个送行的情景与她无关，她成了一个真正的袖手旁观者。“什么？当时你也在场？”邬云娜吃惊地问道，“那个乱极了的晚上你也去了？”

辞云点点头。凡是能走动的人，几乎都去了，这在很大程度上加重了那个晚上的复杂性，使之成为一堆越抖越乱从而完全不可收拾的线团，成为每个人记忆中的最混乱的一种回忆。无论什么时候提及，人们都会记忆犹新地想起那天晚上，“要多乱有多乱！”连绵不断的雨水既是骚乱的背景，同时又是始终贯穿、渗透在其间的佐料。天不下雨也许不会乱成那样。出于姑娘的本能的羞怯心理和对未来的某种不可名状的状的回避，辞云没有让自己走到邬云娜的身边去。再说，她也没有理由拨开纷乱的人群，主动去与那个表情严肃的女人搭话，更早一些的时候，她还不知道她是谁呢。胡天站在草绿色的汽车篷布下面，指着远处一个身材瘦高的女人，对她说：“看见了吗？那就是我的母亲。”从那一刻起，邬云娜的形象很快在她的心里树立了起来。

看着眼前的辞云，邬云娜不由得想起了那些被湿衣服裹着的形体毕露的秧歌队的姑娘们，包括她们的那种在黑暗的雨里回荡着的近乎绝望与崩溃的尖叫声；当她们集体以一种被侮辱与被损害的形象呈现于灯火阑珊之中时，邬云娜的一颗不安的心顿时又悬了起来，有无数只诡异而罪恶的手从她的记忆深处纷纷伸出来——

于是，她试探性地看着辞云，对她说："你们秧歌队的姑娘们都被淋湿了吧，我听见不少人都在尖声尖气地叫着。雨下得那么大，一定有坏人往你们那里挤，想混进去——"

"我不是秧歌队的。"辞云平静地说道，"我不会像她们一样扭。"

邬云娜轻轻地啊了一声，她的那种十分不自然的笑容连她自己也觉得难看。"那有什么呢，"她说，"连我都会，还能难倒你们年轻人？"她收起了那种糟透了的笑容，感到心里有一种东西正在松动。辞云不在秧歌队里，那群像不耐寒的鸡一样相互挤在一起的女人中间也没有她！辞云站在一个什么位置上呢？一个脱离了秧歌队的位置，一个远离拥挤、远离生活旋涡的位置？倒是她自己在一副严肃的面孔下面，实实在在地遇到了一只不知从哪里游来的、让她终生难忘的手！岩石般的肃穆并没有给她带来应有的坚固与安全。那只手毫不介意什么严肃与庄重，甚至荒唐与冷漠，它满怀热情与力量地出现在她的背后，轻车熟路，一针见血。最终她还是被搞垮了，在异常的眩晕与不安之中，被狠狠地捞了一把。

从这一天开始，每隔几天，家住在护城河边的辞云就要来一次家里。全家的人很快便都与她熟了，几个孩子都叫她辞云姐姐。在得知辞云与邬云娜第一次见面说话竟是在屋后的菜园子里时，胡佛不断地埋怨邬云娜：“这么好的姑娘，为什么不立即领来见我？在菜园子里能说个什么？那不纯粹是在浪费她吗？”有时候镇里通知各家派人去旧日的操场上开会，听形势报告，邬云娜正好有事放不下，小孩子们又不作数，不能算人头，胡佛就对邬云娜说：“迟早是咱们的人，不如再让辞云替咱们去开一次。”开会回来以后，辞云把听到的一切都告诉他们，有时还要加上她自己的一些分析和判断，等于又开了一次会。黑流水镇有一个人刚刚自首了没几天，突然又在一个雨夜里逃跑了，至今下落不明，杳无音信，估计是躲起来了，也不排除死亡的可能。主持会议的人说那个人是旧病复发，贼心不死，本性难移。但辞云的分析是：政府内部有人在暗中对他施加压力，威胁他，甚至想杀人灭口，这是造成他再一次逃跑的根本原因和直接因素。胡佛很赞同辞云的判断；在此基础上，他甚至把威胁者可能说的话和可能有的手段都设想了出来，仿佛他本人就是那个隐藏在政府内部的威胁者。

冬天到来的时候，镇上已先后有六户人家收到了浸满寒意的阵亡通知书。本着“成熟一个，命名一个”的原则，他们又在不同的时间里成为意义相同的烈属。只有一个家庭没有领取抚恤金。当初一起从镇上离开的二十四个年轻人，现在还有十八个，他们在雪里埋伏的情景令世代久居北方的父辈们也感到不寒而栗。每当一个遥远的消息来到镇上，邬云娜都要失眠到天亮。她怀着一种唯有母亲才有的心情去看望那些不幸而又光荣的家庭，主要是那些家庭中的母亲们。战争使一些原本素不相识，甚至一生都不可能相遇的人越走越近，变得越来越熟悉而亲近。她们见面后总要在对方的影响下掉一阵泪，然后再说一些宽慰勉励的话。有一天，邬云娜在一天之内竟哭了七次：

前六次是陪着别的母亲一起哭；后来，在回家的路上，自己忍不住又哭了一次。

她明显地感到自己的生活被搅乱了。回到家里以后，时常无缘无故地发火。有一次胡佛竟做了一个荒谬而不可饶恕的梦，梦见自己一夜之间也成了烈属，邬云娜与他大吵一通。做父亲的岂能盼望失去儿子？邬云娜正在气头上，她对他说："你可以让你自己成为烈士，但不准你成为烈属！"前一种结果是以牺牲他自己为代价的，他倒情愿拿自己去为这个家挣得一个名誉。梦不能代表他的心情，那只是一种长期的困扰之下的突变，犹如窗台上生长起来的一棵恶草。邬云娜说他眼红别人当烈属。他竭力向她表明自己的并非荒唐的心迹，难道那也是一件让人艳羡的事吗？在反复的证明、列举与表白之下，他几乎把自己变成了一个负罪的人。

自从天冷以来，辞云已经有很长时间没有来过了。小沙问母亲：

"辞云姐姐怎么不来了？"

胡佛也说："是呀，咱们怠慢她了吗？咱们没有怠慢她呀。这两天，我认真地想了很久，我没想起在什么地方怠慢了她。"

"谁说你怠慢了？"邬云娜说，"就不准别人也有事吗！"

入冬以来的第一场雪下来的时候，辞云忽然又来了。是一个傍晚时分，空气中反常地弥漫着一种微微的暖意。邬云娜拴好菜园子边上的木栅栏以后，感到整个镇子都在轻轻摇晃，如同一架巨大的木制的风琴，从四面八方的一些角落里传来呜呜咽咽的回声。

没过多久，整个镇子都白了。

六

他听到了狗的叫声。他看了一下屋里的表，这时候正是傍晚时分。

过了一会儿，又有一个女人来找他，她几乎是披风吹进来的，头发和身上都落满了雪花，她一进来就对他说：

“好几年了，没下过这么大的雪。”

女人说的下雪的消息使他吃了一惊，似乎她说的是一个无源的谣传。不久以前，他只注意到天色有些阴暗，以为夜晚即将来临，从未想到过要下雪。他从心里承认，这个乘风而至、冒着雪进来的女人让他在一定程度上又看见了过去岁月中的某些情景；那些有时相接、有时又不连贯的零散片段忽远忽近地在他的跟前浮现着，他甚至听到有人在那里面叫他。

这又是一个在男人那里受到挫折后，开始疯狂地思念母亲的女人。母亲生前在冥冥之中对女儿的选择感到不安，从一开始就表示反对，而且从未停止过对女儿的劝阻，虽然那一切有时是在茫然与怀疑中进行的。几年后，她带着满腹的忧虑与无奈离开了人世。现在，做女儿的急于见到自己的母亲，想告诉她：自己错了。那时候她是多么的幼稚与不懂事，无知而又自以为什么都懂，随便遇到一个体面一些的男人，就以为是牛黄狗宝，从未把他们与败絮放在一起想过，从未想到过他们本身就是一堆败絮。

身上的雪花在屋里全部消融以后，她脱去自己的外衣对胡符说：

“我有一个设想——”

“哪方面的？请说吧。”

“如果有可能，如果情况允许，再加上母亲的挽留，我在见到母亲以后，就不再回来了。母亲留我，恭敬不如从命。”

“这可不行，这完全不行！这样一来，等于直接将我送上了刑场。”

“为什么？”

“因为你从生活中突然消失了，成了一个下落不明的人。说是去邮政局寄包裹，只出去一小会儿，从此却再没有音讯，好像是把自己也一同寄走了，永远寄没了。”

“没有人知道我来这里。我只说出去寄一包瓜子，咱们本地出产的那种。”

“你这是要让我完全负起一种刑事责任。你走之后，明天，也许是后天，我就会被传唤、审讯，然后被定罪，最终一枪毙之。因为是罪有应得，因而我会很卑鄙很糟糕地死去。我不愿意那样去死，因为没有理由。你明白吗？”

“我明白。他们要找我会到邮局去找，不会到您这里来。”

“我看你不明白。邮局只负责查询丢失的东西，而且多半没有结果，从来不负责找人。难道你是一封信？一包已经寄出的瓜子？谁家里的人不见了，都到邮局的窗口前去打听，拿出原始的凭据——一张小纸条儿，要求查询。你不觉得这种事情本身有多么可笑和滑稽吗？”

女人忽然不说话了，有些吃惊地看着他。原先她没有想那么多，一直在简单中穿行、停留，承受变得有点儿像轻飘飘的观赏。虽然在傍晚时分的雪里走了很久，但一直荡漾在她身体里的那种骚动与燥热仍然没有去掉多少。现在，眼前的这个人使她逐渐冷静了下来，他左脸颊上的那片树叶状的棕色印记尤其让她感到凉爽。在这样的一种时刻里，她觉得自己得到了很好的休息与反省，甚至是一种良好的教育与锻炼。这样想着，她不禁有些心花怒放，心驰神往，开始期待一种更加安慰更加舒适的时刻的到来。

“我不能让自己出任何事情，我向往平安，从来没有停止对它的维护与修缮。”他对她说，“我也有个母亲，她一生抚养了七个孩子，现在已经很老了，需要我来赡养她。在她谢世之前，我哪里都不想去，哪怕是天堂！”女人很认真地听着，她感到有什么东西正在消融。她安静地坐在那里，有一种温暖和煦的微风从她的面前吹过：在这个冬天的晚上，她感到奇怪而又饶有兴趣。她想起从外面进来的时候，曾恍惚看见一位老太太正站在傍晚时分的雪里，翘首眺望着远方。后来看到他脸上的那片树叶状的棕色印记时，她顿时感到一种十分熟悉的东西扑面而来，几乎是在倏忽之间，她想起了一张脸，那是她的父亲：父亲本人的脸上也有一个印记，也是棕色的，微微有些发红，只是不像树叶的形状那么分明，更像是于无意之间留下的一个匆忙而慌乱的指印。有一次，他喝醉了酒以后，曾答应将它取下来送给自己的孩子们玩。“我要这也没用，没必要成天佩戴着它。”但第二天酒醒以后，又不认账了。当时还是一个小姑娘的她，很伤心地哭了一阵。

“对自己的男人失望，究竟能算是多大的一件事情呢？”他说，“当你如果知道所有的男人几乎都是一样的，你又该如何呢？那种时候，你难道真的不再打算活下去了吗？”

“我不知道。”她有些惊恐地说，“我一点也不知道该怎么办。我总是一个人在背地里哭，哭完以后就开始想我的妈妈，想她对我种种的好，温暖，慈善，甚至溺爱。越想越厉害，越想越伤心，越想越没有办法，然后又开始哭。”

“所有的女人都是一样的。”他用一种听上去异常悲凉的语气说道。

“我的一个姐姐，目前也正在受苦，几乎天天都在赎罪。”

“您的那位姐夫，难道也是一个糟糕至极的人吗？”她说，“我想，他即使再糟，还能糟过我的男人去？总应该比他好一些吧？我知道您是在说气话呢，他不至于很糟，是吧？顶多是那种一般的糟，还不是最糟的。”

“不！完全不是！不是你所说的那样。他还要更坏一些，因为他是一个真正的不掺一点儿假的坏人。你不该对你的丈夫不满意，你的丈夫与他比起来，可以说是世间的一个大好人（女人插话：您怎么了，您怎么反倒为他开脱，说起好话来了，他怎么能算是好人？好人不是那个样的。您又不认识他，怎么敢肯定他就是好人？就算他比您的那位姐夫稍微好一些，我也早已铁了心不再跟他一起过了。）是的，就是这样。他简直糟透了，要多糟有多糟。”他有些愤怒地说着，举起一只手用力地在空中挥舞了一下，之后又有些不知所终地落下来。他的动作将正在认真倾听而又情绪十分激荡的女人吓了一跳，几乎让她忘记了来此的目的。

过了一会儿，她见他平息下来之后，终于鼓起了勇气，小心而又不解地问道：

“生活中为什么有这么多的坏人？他们是从哪里来的？”

如此真挚的疑问为她带来了由来已久的困扰，使她的心跳迅速地加快。现在，她自己的丈夫和他的那位不知道是何人的姐夫正占据着她的心，她正不知道如何清理他们，将他们干干净净地从自己的心里打发出去。疑问与困扰像月经失调一样让她感到烦躁而难受，她有一种不断地被拖回到过去的感觉，那是一些淅淅沥沥的阴雨天气，需要她去重新面对，一分一秒地再从头度过。那两个人别无选择地成为一种代表，被她用来泛指所有的坏人。她感到自己的清理在某种意义上已获得了令人意想不到的成功：至少，她已将他们如两个不便打开的包袱一样转交到了他的手里，而她丝毫不想知道那里究竟裹着些什么。

“东西”交出去以后，一直守候在外面无事可干的意念又迅速而仔细地将她的内心和周围认真地清扫了一遍。她感到自己比原来轻松多了、洁净多了，身上已没有不舒服的地方。这时候，她听到他用十分抑郁的低音在说：

“不提他了，我不想再提起他，一点儿也不想。我将在另一个世界里对他进行无情的甚至灭绝人性的揭露与控诉。”

她不知不觉地将两条腿分开，腹部以一种弧线的形式呈现在他的眼前。

“你的母亲还没有睡觉吗？她是不是还在外面的雪里站着？”

直到此时，他才发现她的唇上有一圈黑森森的但又不太明显的……毛。他称它们毛，是因不能确定它们到底应该叫什么最合适。如果是男人，那无疑是胡子，但她是一个女人，女人唇上长着的那种东西也应该叫胡子吗？他踌躇着，感到完全不能确认，模棱两可。

于是，他站起来，走到她的面前，看着她那上唇，用协商的口吻说道：

“应该设法将它们剪掉，或者剃去，这样会增添你的风韵。”

“什么?”

“这个。”他伸出一根手指在她的唇上掠了一下。“这才是美中不足。”他说，“即使不剃，至少也应该将它修剪得像个样子，这样不割爱不行。你以前从未想过剪去它们吗?”

“没有。”

“去掉它们吧，剪掉它们。”

她突然用自己的两只手抓住他的那一只手，惊恐万状地看着他，说：

“不！求求你，别动我的‘胡子’！这样别人会看出来的。”

他在地上走了一阵，最终放弃了自己的打算，对她说道：“好吧，既然不愿意割爱，那就让它们永远留着吧。”

她用手捂着自己的上唇，眼睛看着他，声音有些模糊飘忽地说：“有胡子和没胡子是一样的。”

第二天清晨，他尚在睡梦之中的时候，她已经走远了。“我真是一个傻女人呀!”她边走边想，“多年来竟一直糊里糊涂地以为自己不幸福。”她感到自己快要飞起来了，两条大腿仍然像昨夜一样显得太过于有力。

胡佛以一种别人看上去替他十分难受，而他自己却觉得很舒服的姿势趴在窗户前，一个用两根长木条和八根短木条、一张土布幔和三块皮子组成的奇形怪状的装置放在他的身边。这个可疑的东西既不是一把躺椅，又不像任何一种常见的家什；作为一种难以命名的、吱吱作响的基础，它只供胡佛向远处——主要是对面的山梁上眺望，不过，他很少依靠它。

雪后的黄昏，惨淡的光线从外面照进来。他睡不着，在窗前不断地走神，伸到雪景里的目光很难集中起来，像以往一样凝结成一条既使他愉快又处处散发着诱惑气息的视线。他认为自己能看见雪景里飘走的冷空气，还闻到了人们宰杀绵羊的气息。他的眼前渐渐洇出鲜血，粉红的身体，还保持着一定温度的骨肉。他忽然想起一件事情，自己先回顾了一遍，然后情不自禁地笑出了声。他曾经在一个十分宽松的时候对邬云娜讲起过，但他忘记了，以为世界上只有他一个人知道。秘密地独享着特殊而又仅有的一份。邬云娜回来的时候，他甚至没有看见她的身影，沉浸在一种久远的快乐中。

雪在她的脚下发出面粉一样的声音。

冬天里的一个晚上，他们的在外面读书的第二个儿子胡地忽然骑着一匹马回来了，全家人都非常吃惊。邬云娜看着儿子从马上下来，他的身体看上去比他的哥哥胡天还要结实许多。跑了很多里路程的马在院子里打着响鼻，咴咴地叫着。邬云娜走在后面，仔细地打量着儿子的背影。胡佛用一种近乎绝望的声音对正在从外面走进来的儿子说：

“祖宗，你是不是把学校里用来搞副业的马偷着骑回来了？”

“谁说是学校的马？这是我的马。”胡地说，“我已经提前毕业了。”

他的身上斜挎着一个棕色的牛皮公文包，上衣口袋里插着两支模样完全一致的笔，但一支是自来水钢笔，另一支是圆珠笔。他的头几乎碰到了低矮的屋檐。笼罩在雪景里的这个镇子使他感到既陌生又亲切。当马蹄声迅疾地掠过熟悉的街面时，他的心情是无比复杂而又非常简单的。胯下的马在那些散发着久远气息的街道与房屋之间咴咴地鸣叫着。街上看不到什么人，灯光像无数的小黄花一样一盏一盏地亮着，在远处和近处无声地闪烁着。还有半年多的读书时间没有度过，但他已提前毕业了。胡地是被从学校直接挑走的，跟随一位姓丁的部长。丁部长骑着一匹大马，胡地骑着一匹小马，他们经常往乡下跑，往各个县里、区里跑。天近黄昏的时候，在邻近的一个区里，丁部长被一位昔日的朋友挽留住了。作为丁部长身边的一个影子，胡地也理所当然地受到了热情的挽留。但丁部长说，就不要留他了，他的家就在附近的一个镇上，趁这个机会正好让他回去看看。已有很长时间没有回过家的胡地牵出了自己的小马，雪地上的蓝色的反光照着他的脸，使他的年龄远远地超出了实际的岁数。

几个弟弟妹妹都在家里。胡地一一地看着他们，微笑着说：

“大了，都长大了。革命后继有人，不怕青黄不接。”

但还有一个人，他不认识。她坐在一张桌子旁，清晰的轮廓呈现在他的视线里。于是，他转向自己的母亲，问她：

“这位女同志是谁？”

“什么女同志，你应该叫她辞云姐姐。”邬云娜走到胡地的身边，对他说道，“很快就是你们的嫂子了。”

胡地认真地看着这位尚未正式过门的嫂子。辞云在他的注视下低下了头，但很快又抬了起来。胡雁瞧着那个棕色的公文包，禁不住用手摸了几下，之后不无羡慕地问道：

“这是皮子做的吗？”

“当然是皮的。”胡地看了一眼，漫不经心地说道。

“枪也放在里面吗？”胡雁说。

“乱弹琴！枪怎么能放在这里面？”胡地对胡雁说，“说你长大了，这么一问，可见你还是个孩子，你没长大。”

在大妹妹纸的恳求下，胡地将自己的那支心爱的自来水笔借给了她。纸将笔拿在手里，马上掂出一种完全不同于铅笔的沉甸甸的重量。纸用哥哥的自来水笔工工整整地写了一篇作文，怀着必胜的信心准备明天拿到学校去交差。之后，胡地又将自己的圆珠笔借给小妹妹小沙，小沙用红蓝两种颜色的圆珠笔画了两幅画。

“为什么你一个人竟有两支笔？”胡佛不解地问儿子，“没有多拿别人的吧？”

“怎么可能呢！”胡地说，“这完全是工作的需要。我是丁部长的秘书。丁部长本人有七支呢，难道也是拿了别人的？”

“这我就放心了。”胡佛说。

“不过，丁部长现在只剩下六支笔了。”胡地说，“有一位县长，睡觉时不小心把自己唯一的一支钢笔压断了，醒来后发现钢笔断了，狠狠地打了自己几个耳光，哭了一阵，据说还要让通讯员用绳子把他的身体捆起来，被人们劝住了。他把那支断笔勉强用胶布缠好，用了一段，忽然又丢了。我们去时，他一边向丁部长汇报县里的情况，一边用自己的手指在地上写字。丁部长觉得很奇怪。就问他：

“‘我的县长同志，你在干什么？为什么不在纸上写？难道是在捉蚂蚁吗？’

“县长红着脸对丁部长说：‘实在不好意思，我没有笔。’

“于是，丁部长看他可怜，又考虑到工作，就把自己的给了他一支。”

她们又画了一会儿，胡地渐渐地有些坐不稳了，他开始向她们要自己的笔。胡佛说：“机会难得，让她们再画一会儿吧。”

“实在不能再画了，这已经占了公家很大的便宜啦。我很难受。”

“不让她们画了？”

“不是我小气，舍不得让她们用，实在是我们没有理由占国家的便宜。”胡地红着脸说道，“我们的国家现在还很穷，各方面都不行，一个钉子、一滴墨水，都来之不易。另外，还有帝国主义和一切反动派，都在等着看我们出洋相。这种时候，我们尤其不能自己折腾自己，因为我们的家业根本禁不起折腾。”

“我没想到事情会这么严重。”胡佛说。转而对两个女儿说：

“都不能再折腾了，赶快把笔收起来还给你们的二哥。再画，帝国主义和各种反动派很快就又都要回来了。要知道，他们刚走了不久。”

“丁部长知道了会说你吗？”邬云娜问儿子。她有些担心，“他会不会发现钢笔里面的墨水已经被用得不多了？”

“说我，是应该的。”胡地说，“什么也不说，那是对我的宽容。”

邬云娜望着窗户想了一阵，忽然说道：

“能不能先在钢笔里掺一点水进去？先把眼前蒙混过去再说。”

“这是什么妙计？这是馊主意。”胡佛对她说，“这是墨水，不是酒，可以随意勾兑，想掺多少水就掺多少水。”

“问题是钢笔里面的墨水确实不多了，那圆珠笔的油也开始变浅了，淡淡的，不像刚回来时那么浓了。”邬云娜忧心忡忡地说，“我们确实做了不该做的事，我们占了国家的便宜。”她忽然看到纸和小沙坐在一旁，像听人讲故事一样在静静地听着，不由得对她们说道：

“你们这两个小挨刀的！不去睡觉还坐在这里干什么！又看上什么啦？”真正占了国家便宜的，正是她们两个。这时，其中的一个忽然哭了起来。

“什么时候你也能骑上大马，那就好了。”胡佛对儿子说道。

“什么大马？”

有风，有青草，还有阳光和洁净而坚实的甬道——胡佛描绘出一幅情景：胡地骑着一匹高头大马在前面走，他的后面跟着一个甚至若干个骑着小马的人，也可以说是一些忠实追随者。“那说明什么？说明你已经行了，已经在这个世界上完全站起来了，别人再想弄倒你也很难了。不像刚出壳的小鸡，一阵风就吹没了。”

“爹，你的思想很可怕，很危险啊！你每天在家里就琢磨这些？”胡地吃惊地看着父亲，对方落后得像一个野人。“你所描绘的，你所憧憬与展望的，完全是一幅剥削阶级的生活场景。”

“那时候，就再也不用考虑钢笔里还剩多少墨水了，圆珠笔里还有没有油，珠子是否还在转，管它剩多少，管它转不转呢！那一切都已经与你没有任何关系了。”

“你让我感到难过。另外你还让我明白了什么叫小人：自己过好了就万事大吉。”

“难过？如果我没猜错的话，你们的那位丁部长最初也是从骑小马开始的，骑着骑着，慢慢就变成了现在的大马。不是说马长大了，而是他的身份发生了变化，是不是？人生在世，不琢磨不行。你什么都不琢磨，我才感到难过呢。你没心。人不能没心，我没有看见你的心。”

“我再说一遍：革命不是为了骑马，骑马只是革命过程中的一种需要。丁部长几十年来出生入死，从来没有琢磨过什么大马，他的马是国家配给他的。爹，不要用普通老百姓的观点庸俗地理解革命，革命的意义绝非如此！革命不是算计，不是低着头只顾在那里扒拉自己的小算盘，一切都远不是你说的那样。”

革命在这些人的眼里成了什么？他掩饰不住自己内心深处的不安与失望。

“我该走了。”

辞云忽然站起来说道。

她既是对邬云娜说的，也是在向大家告别。邬云娜没有挽留，天已经很晚了，路上又有雪。刚走到门口时，胡地忽然对她说：“让我的马送送你吧。”“我们都不应该占国家的便宜。”她半是玩笑半是认真地说道。她没有提到坐落在护城河边的家，而是一再强调自己的家离这里并不远。以往，在没有他骑着马回来的那些日子里，她一直都是一个人来，一个人去，从未想到过让什么人护送。她很快地推门出去了。当胡地后来从家里来到街上时，辞云的身影早已消失了，仿佛从来不曾存在过一样。街上空荡而寂静，与大地凝结在一起的雪已不再张扬，形成了一些平滑坚实的板块状的整体，风从上面刮过时，犹如从封冻的冰面上吹过，看不见荡起的雪尘，只听到风声不断地远去，又反复地回来。附近一带的树木也挂满了雪，在夜晚里看上去如同一些处于强烈光照中的照片底片。胡地在雪上站了一会儿，直到忽然感到冷时，才回到家里。

天还不亮的时候，胡佛突然醒了。他意识到胡地已经不在家里了，于是，叫醒了邬云娜，低声地向她询问。邬云娜充满倦意地嗯了一声，但他把那种含糊其辞的回答看成是对他的应付与搪塞。天还没有亮，大地还漆黑一片的时候，他们的儿子就已经不声不响地离开家走了，沉入到遥远的黑暗与寒气中。胡佛躺在光线晦暗的屋子里，睁着眼睛，从天上想到地下，从身边想到遥不可及的远处。他不停地看着熟睡中的邬云娜，奇怪她对一切都一清二楚，而他自己什么都不知道。窗户在他的注视与期待下渐渐从深色过渡到灰色，瓦灰色，浅灰色，银灰。

于是，他再次将邬云娜叫醒。“天还很黑，他怎么就匆匆走了呢?”他对邬云娜说，“你没有给他弄点吃的东西，让他吃完再走吗？天太冷了。”他的嗡嗡的声音像几只早起的苍蝇一样回荡在邬云娜的耳边。“我不是他的后娘。我做了，他不想吃。你想吃了吗?”邬云娜深闭着眼睛，被他弄得既疲倦不堪又心烦意乱，她的声音里仍然蕴含着很深的睡意。“如今他的肩上也有一副不轻的担子。”她说，“你还能让他像小孩子一样无忧无虑地一觉睡到天亮吗？成人不自在。”“他已经到了那种不把一切都讲出来的年龄了。任何事情都只让我们见识一部分，甚至完全见不到。”她多少有些悲凉地说道。这时候，窗户发白，天已经全亮了。邬云娜的眼前浮现出浑身冒着热气的儿子和他的那匹同样散发着腾腾热气的小马……她睁开眼睛，无法再继续睡了。一边起来穿衣服，一边有些恼怒地望着躺在窗户下的那个人。仅仅在不久以前，距离天亮还有一会儿的时候，她送走了儿子，才刚刚躺下。那渐渐远去的马蹄声并不是一支可以催眠的曲子。

有一天，来了一个面色灰白的人，仿佛有暗疾在身。那是一个十分具有女性气息和特征的男人，虽然脸上也长着不算少的胡子，但根本不管用，甚至完全不能证明什么，整个人给人一种介于中年和老年妇女之间的阴湿的感觉。说话时的挥之不去的尖音与细声，哀怨婉转的语调，一颦一笑，举手投足之间，无不流露出女性的细腻与媚态，甚至令人难以忍受的某种柔情和琐碎。他像说悄悄话一样对邬云娜说了一些藏头露尾的处处散发着不祥气息的事情。邬云娜将自己的身体挡在街门口，始终没让他进来。她觉得眼前的这个可疑的人和他的那些阴阳怪气的话同样都不吉利，一种即将着手操办一次丧事的感觉远远地袭来。腐烂而恶浊地来到她的心上。到后来，她已无法再让自己注意他的表情了；她的躲闪不及的目光不断地移到别处；她明白很多东西又被搅乱了，变得异常起来，很难预料需要多长时间才能再度恢复如初，刚刚好起来还没多久。然而，尽管如此，他最后还是因心愿未遂而像一个生气的女人一样离去的，一边向远处走，一边频频回头望着邬云娜。邬云娜迅速关上街门回到家里。

胡佛听到她在柴房附近呕吐。

他以为她吃了什么不洁净的东西。她作呕时的声音很吓人，每呕吐一次，胡佛放在胸前的一只手就要惊骇而不自然地抖动一下。连续几天，邬云娜感到自己像一只瘟鸡，整个人仿佛被抽走了所有的力气，做什么事都不顺手，甚至缺少了精明和细致，做不到心上。有时候一件事做着做着忽然就不知不觉地停了下来，再过一会儿就全忘记了。她不断地出来进去，像是在寻找自己的魂，脸上挂着某种神经质的笑容。那样的一种带笑的表情尤其让做丈夫的人感到害怕，感到不安，不可理解，不明底细。她为小沙的衣服钉扣子，钉好两道后她转身出去了，过一会儿回来后看见小沙仍然光着胳膊坐在那里，问小沙为什么不把衣服穿上，小沙说："我的衣裳还在你的手里拿着呢。"究竟什么事使她变成了这个样子？胡佛觉得也许应该找找巡逻队的年轻人们，他们的儿子胡天曾经当过他们的队长，他们不会不帮忙的。

她问了住在附近的一些平日与她要好的街坊，听完她的描绘，他们都承认印象中从来没有见过那样的一个人。有的人听了她的话以后，显得比她本人还要焦急。他们纷纷帮她出谋划策，讨论的中心是：当那个人再度出现时应该怎么办？一位曾经善于飞檐走壁，现在患有严重胃病，名叫贾玉的街坊则肯定那个似男非男、似女非女的人不会第二次再来了。一个女人问他为什么？贾玉说："很明显，他要是打听到我就在这一带住，他还敢再来吗？他要是真的再来了，你就提我。"上一次也许他不知道这里住着一位贾先生。街坊们都注意到邬云娜明显比以往瘦多了，很少再见她大声说笑，她以前的那种对待生活的劲头不知都到哪里去了。

有一天，巡逻队忽然抓获了一个人。有人立即来通知邬云娜，让她去辨认，看看是不是她说的那个人。如果是，正好新账旧账一起算，不怕他不低头不服罪。胡佛也想陪邬云娜一起去，他想让人抬着他去，但没有多余的人抬他，只得趴在窗户前瞪大眼睛向外面使劲看。赋闲在家的旧日的武术师贾玉在胃部感觉良好的情况下，自告奋勇地愿意陪邬云娜一起去认人。还有街坊里的几个女人也要同去，她们像一群准备出远门走亲访友的人一样大声地吵嚷着。有一个女人还飞快地跑回家里换了一件平日很少上身的、只有过年时才拿出来穿几天的新衣服。早已等得不耐烦的贾玉说：

“不要搞得太复杂！又不是要嫁人，换什么衣服？”

“我愿意！你管得着吗？”穿上新衣服的女人一边恼怒地看着胃病暂时没发作的贾玉，一边手忙脚乱地想将衣服上的褶皱抚平、抻展。很多人因此都被惊动了，纷纷跑出来看。一位七十多岁的老太太搬着一只小凳子，颤颤巍巍、摇摇晃晃地跑出来，问众人：“哪里要唱戏？”众人轰地大笑，连邬云娜也情不自禁地笑了。

巡逻队抓到的那个人骑着一头毛驴，头上围着棕褐色的头巾，身上穿着一件早已过时的紫花大褂，用青布裹着腿，扎着裤脚，冒充一位去看望自己闺女和外孙的老太太。邬云娜他们赶到时，看见一头瓦灰色的毛驴被拴在一棵树下，毛驴安详地吃着地上的草，丝毫不因找不到主人而急躁地踢腿、甩尾、嘶叫。在整洁的青砖庭院里，它一边愉快地进食，一边畅通无阻地排泄着。它的主人是一个让邬云娜感到完全陌生的四十多岁的男人，此刻正绝望而悲愤地坐在地上，坐在一堆凌乱的柴草与煤炭之间。一个民兵上前踢了他一脚，使他很快像一个弹簧一样从地上站了起来。在众目睽睽之下，他自己动手解除了身上的那些荒唐可笑的伪装；棕褐色的头巾乌云一样飘落到地上，古旧的紫花大褂散发出很强的蝙蝠的气息。与邬云娜一起来的那些人都站在她的身后，有的人还没有搞清是什么使他们这些信心十足的人忽然间变成了一群好奇而安静的围观者，很快又都没用了。在邬云娜看来，眼前的这个陌生人注定是要失败的：他的虎背熊腰的体魄，他的硕大而坚硬的喉结和遮掩不住的墨青的胡茬，是他的身份招致暴露的主要原因。

第三章

一

四月间，又有一长串人被绳子拴着，像出殡一样慢慢走到返青的河边。胡瓶和胡雁与许多放学回家的孩子们簇拥在一起，跟在后面。在已经过去的十几个月里，这样的情景每隔一段时间就能遇到一次，往往走着走着就忽然不让走了。河边的蒲草正在明晃晃的水中向上长着，孩子们听到人们在谈论许旅长、杨司令、苏三姐，但他们根本分不清指的是谁，不屈不挠的争论在他们的中间不断地展开，火星一样时爆时灭。有时候霞光的颜色映照在水里，让一些事后赶来的人也感到吃惊。

时光的流逝使邬云娜心中的那团一直跳跃不止的火焰渐渐地变成了一种水一样的思绪。于是，她开始注意到孩子们的心常常被一些诸如“活埋”“跪雪”之类的字眼儿从平静的书本里不知不觉地引渡出来。她起初曾带着惊讶与不安认真地警告过他们几次，以后竟慢慢地流于视而不见。她一边在门前淘米，一边想着些与做饭毫无关系的事。在斑驳的光线里，孩子们陆续从外面回来。

已走进院里的胡瓶和朗雁并不急于摘下肩上的书包，仿佛根本没有注意到在门前淘米的母亲。他们将路上没有弄清楚的事情一直带了回来，像两位手中握有重权的官员一样面对面地站着，彼此严肃地看着对方。一些生命像风中的草人一样纷纷倒下；另些重新回到土里，整个身体只剩下一双眼睛还留在外面，渐渐地眼睛也不见了，只剩下一片头发显现在土上，如同出生时的情景。这次就这样了，先不活埋了。为什么这一次不搞活埋了，主要是由于时间来不及了。夜长梦多，这样做纯粹是为了节省时间。子弹可以多多地造，而时间却无论如何造不出来。

“你们还知道时间?”邬云娜大声地冲他们说道。哗哗的水声像时光一样从她的手中传过来，流出去。“给你们的糊涂老娘说一说，她还不懂得时间是怎么一回事呢。”兄弟两个在空荡荡的院子里愣了片刻，很快卸去了官员的伪装，恢复了学生的本来面目。胡雁拎起两个人的书包，胡瓶将淘米水倒进一个方形的石头槽子里。邬云娜没有看他们，端着米起身回屋里去了。吃饭的时候，他们忽然对她说：

“我们再也不敢了，我们听你的话，以后再也不看埋人了。”

“埋什么人?”胡佛不解地问道。

几乎每一个夜晚里都有一种悲戚的哭声如时断时续的细雨一样回荡在镇上，但没有人能确切地指出其方向和位置。一直处于繁忙事务中的邬云娜直到有一天突然翻来覆去地合不上眼的时候，才偶然闻到那种哭声的。哭声使她感到惊讶，很快就摆脱了失眠带来的烦躁。她仔细地凝神听了一会儿，忽然觉得自己肯定见过那个发出哭声的人。她的眼前黯淡了一会儿，不久以后便不知不觉地睡着了，眼睛却一直睁着。在梦中，她看见一些向阳的木阁子，每一个木阁子里至少有一个以上的人存在，各自做着许多不同的事情：打瞌睡的，弹琴的，饮酒的，谈话的，向远处眺望的，埋头制作手工艺品的；一位妇女睡在一张看不清轮廓的床榻上；一名心事重重的僧人在她旁边的地上慢慢地踱着步，轻轻地走来走去……

她清楚地记得，从那个女人的身体上方垂下一种粉红色的幔帐似的东西，虽然只有很短的一小部分，但却鲜艳无比。

僧人的一双脚被她忘记了。

她打开家里的柜橱，将一只手伸进去。不久，有人来找她。

这天下午，她从一个双目失明的年轻人那里意外地得到了她的胡天被提升的消息。这个让她既惊讶又喜悦的消息是在一阵哭哭啼啼的声音里逐渐显露并完善起来的，善于听话的她很快就从中抓住了事情的核心和关键。双目失明的年轻人叫孙岳，是雨夜里出发的那二十四个年轻人中间的一个。他的母亲坐在他的旁边没完没了地哭着，一只眼睛里已经有了一种灰蒙蒙的乌云似的东西。

双目失明的孙岳看着不存在的、漆黑一片的屋顶，用充满焦虑与不安的口吻对他的母亲说："我已经瞎了，你要是再把两个眼睛也哭瞎了，谁来照料我？谁又能照料你？大账你不算，就知道像数铜子儿一样掉眼泪。"

"我要是瞎了，那是因为你才瞎的。"她没敢告诉儿子，她的眼前老有一扇推不动的屏风。

知道胡天的职务被宣布的时候，孙岳的眼前已经什么都看不见了。命令来得多少有些突然而草率，如同他的眼睛失明的过程。躺在雪上的孙岳闻到了草的味道和大米的味道，甚至还闻到了一丝职务的味道和喜悦的气息。

孙岳告诉邬云娜，他最后一次听到胡天的声音，似乎是一个立竿见影的命令。孙岳感到自己的身体正在由低处向高处运动——事实上那是野战医院的护士们正在把他抬上一辆汽车，准备运走。一位十六七岁的小护士唯恐积雪刺坏孙岳的眼睛而将自己的防风镜摘下，之后又迅速地用被单蒙住了他的脸。“他要是能感觉到晃眼，还用被送走吗？”孙岳感到自己的身体在空中忽然停住了。有人在附近说话。

孙岳听到了风吹布匹的声音，布匹发出很大的声音，像急促的水。

有一种越来越清醒的意识告诉他：自己也许要乘着异国的飞毯回到故乡。

孙岳的母亲哭哭啼啼地对邬云娜说：“你的儿子变成官了。我的儿子却从此什么也看不见了，连他的妈是什么样子也不知道了。他谁都不认识了，像刚生出来时一样。”

“他哪里是什么官！”邬云娜用这样的话来安慰她。面对她的一番悲恸的哭诉，邬云娜感到自己像做了什么亏心事一样难过。雨夜里同时离开家乡的两个年轻人，如今一个带着永远的黑暗回来了，另一个却有了新的结果，这使她无法继续向孙岳打听有关胡天的任何事情。在这位痛哭的母亲面前，邬云娜宁愿自己的儿子什么也不是，她的刚刚涌起的一丝喜悦在哭声中很快就湮灭了，她也变得像一个内心悲恸的人一样。眼前的情形不允许她喜形于色，对儿子的任何一种打听，都无疑地会成为一次有意的炫耀，成为与眼前气氛相悖的残忍卑劣之举。

“还不能说是什么官。”孙岳纠正道，“现在只让他指挥三四十个人。我听得不是太确切，也许只是临时代理。”

“能指挥三四十个人还不是官吗？”哭哭啼啼的女人看着自己的儿子。“我的儿呀，你又能指挥几个人呢？”之后，又对坐一旁的邬云娜说，是万恶的美国人夺去了她儿子的一双眼睛，她要天天向菩萨祷告，降灾给他们，让他们都变成没有眼睛的瞎子，全部死去。

“听说美国人也不全是坏人，也有少数的好人；就像中国人不全是好人，也有……”邬云娜话到嘴边，犹豫着，但最终没有说出来。她注意到孙岳的母亲正看着她。她觉得自己没有任何理由为她们共同的敌人说话。她只是担心一种过于遥远的可能：菩萨是中国的菩萨，一向只能决定中国人的命运，难道也可以奈何美国人甚至其他外国人的命运吗？若真如此，邬云娜觉得自己也应该另起炉灶，天天祷告，让那些雨夜里离开家乡的年轻人完完整整地回来，重新出现在镇上，出现在一直都在旋转、运动着的时光里。

晚上，他们沉浸在一种节日般的喜悦中。

喜悦如宁静的月光一样流泻在每一个人的脸上，使他们听不到房子外面的任何动静，忘记了家庭以外的一切。胡佛吃了一会儿饭，后来突然抬起头，望着月光与灯光交织在一起后形成的一片虚线，那雾蒙蒙的光中也有安慰存在。这个看上去有些不异常的夜晚，仿佛不知在什么时候为他无声地开启了无数扇通向遥远的窗户。在时光的虚线中，他惊讶于自己的发现，越来越清晰地意识到一种令人欣喜的弧度：即自己能够代表某一个方面！他差一点儿喊出来。继而，他将这种发现所得的光泽逐渐扩大，差不多是均匀地辐射到所能记起的每一个人的头上。正在做功课的纸，正在吃饭的胡瓶、胡雁和小沙，都听到了一种不可思议的声音。小沙还是个孩子，代表所有未成年的人。正是这样的一个提示在突然之间启发了胡佛，给了他无限的勇气和兴趣。不久以后，他们都被他叫到身边。正是因为出人意料，他觉得某些时候已提前来到了。他对他们说：

“你们的大哥，名叫胡天的人，现在已经是军队里的排长了。知道排长有多大吗？等一会儿再详细告诉你们。我的意思是，他能代表所有拿枪、正在冉冉上升的人！”

“有什么不同意见没有？没有？”

“你们的二哥，胡地，代表所有骑马的、前程无限广阔的人。”

“也没有不同的意见，是吧？”

“下一个该轮到胡瓶了。”他看了一眼坐在一边的胖乎乎的胡瓶，说道：

“胡瓶代表富人，怎么样？”

“我没意见。”胡瓶腼腆地笑着。

“胡雁代表什么呢？我看胡雁可以代表所有有礼貌的人。”

“这是一种什么样的人，我不明白。”胡雁说，“什么也没有，光有礼貌？我实在不明白我自己的这个身份。”

“君子呀，我说的是为人称颂的正人君子呀。”胡佛说，“你要是不喜欢就算了，另外再给你找一个。为什么不愿意做君子？我很难理解……我看胡雁可以代表一个有良心的人，一个高尚的人，一个纯粹的脱离了低级趣味的人。”

“该轮到纸了。”

“纸，你说你想代表什么呢？一位受人尊敬的，又传统美德的良家妇女？”

“不!”纸十分干脆地否决道。

“那么，一位有知识的良家妇女?”

“怎么总离不开良家妇女?”纸说，“我代表了良家妇女，让我妈代表什么呢?我不想代表良家妇女。给我换一个吧。”

“你想代表什么呢?”

“我要代表拥有钱币最多的人。”纸说，“我就代表这个。”

“拥有钱币……最多的人?那不就是富人吗?不行了，在你之前咱们家里已经有一个富人了，你不能再富了，再富下去就要出乱子了。还是再想一个其他的吧，啊?离富人近一点的。”

“我什么也不想代表。”纸说。

胡佛看看一心想拥有最多钱币的纸，又看看在场的那唯一的一位“富人”胡瓶。他终于下定决心，要改变一下结构。于是，他用十分委婉的口吻向那位胖乎乎的“富人”建议道：

“胡瓶，能让让你的妹妹吗?她一心想成为一个富人。只要你同意了，又不感到委屈，这事就成了，她的愿望也就实现了，好不好?富了的是你的妹妹，不是不相干的外人。”

“我没意见。”胡瓶说。

“纸，从现在起，你就是拥有钱币最多的富人了，不可以再闹了。”

“也不能太委屈了你，胡瓶，你的妹妹成了当今的富人，你呢，仍然还是一个富人，不过，你是一个从前时代里的富人。”稍停一会儿，他忽然又有些难过地说：“我只是没有想到你是一个被分了浮财的富人，我疏忽了时代。你富的时候，正赶上人们已经觉醒，你一定被整得够呛吧……孩子，你富的不是时候。”

“不要紧。”胡瓶说，“我很好。”

“你说的那是什么？那是土豪劣绅。”胡雁提醒父亲，“分了浮财就没事了吗？恐怕没那么便宜，没那么简单。这样一来，他马上还面临着被处决的危险——枪毙，活埋。”

胡佛吃惊地看着胡雁。他突然感到事情在很多方面部被一下子截断了，他被孤零零地滞留在一个不能表达又无法通向任何方向的地方。他注视着眼前的那种可以将一只手甚至一个完整的身体全部融进去的虚线，散乱的月光和灯光夸张着他的遭遇。

这时，他们问他：

“你自己代表什么？”

“我代表能吸引所有女人的人。”

仿佛一笔蓄谋已久的财富，凭空悬置了多年，现在终于在这样的一个时候平安顺利地、有惊无险地来到了自己的名下，然而，过于年轻的孩子们似乎还完全不明白那是一种什么样的差事；因此他尤其感到眼前需要一些缓冲，需要一些很有必要的说明和注释。他对他们说：

“我不行了，恐怕只能代表这个了，别的看起来很难胜任。”

“有什么不同的意见没有？没有？”

他稍微清理了一下有些纷乱的思绪，将目光转向窗外大声说道：

“你——邬云娜，代表所有姿色正在迅速流逝且永不可挽回的女人。”

正在屋门口洗衣服的邬云娜完全不知道自己已被贤妻良母的角色遗忘了之后，很快又成为某一个方面的代表。面前的水声和四周的月色将她带回到很远的过去……母亲曾告诫她不要在晚上尤其是有月亮的晚上洗衣服。从前时光里的笑声和青草在她的眼前交替出现，铃兰花和葡萄藤狂喜而阴森地蔓延，一直没有停止过伤心而复杂地攀缘；一些似曾相识的东西不断地打着滚，翻着颜色纷杂的泡沫，转眼之间被生活淘掉；人的性格监护着自己的表情，时刻都在谋求独立的表情开放纷乱而魂飞魄散。那时她最先看到的是一个人的头，像一个经过变异，又经历了吸收、排斥和重新融合之后的硕果，毫无根基、来历不明地出现在不远处的一片飘摇不止的青草之上。

她从心里承认，阳光下的那些起伏不定的青草如同一片活水，尽管对她来说那一切看上去显得非常模糊，甚至酷似一个梦境或白昼里的一种幻影。中午已过，她仍沉湎于其间。

胡图站在她的后面，将她的衣服向上卷起。他的手在她的肋下不远处突然触到了她的乳房——那是两个了无生机的、稀松下垂的东西，此刻仿佛正在沉睡！他不禁被吓了一跳，像害怕惊醒它们似的，很快将自己的两只手抽了回去。他手足无措地站在她的后面，忘记了一切。

过了一会儿，她突然说道：

“你在干什么?”

“啊，奶奶，我正在找剪刀。”他有些慌乱地说。她的头一直朝着窗户，与他说话的时候也没有转过来，然而，他却觉得她一直都在严厉地看着他，这也是造成他慌神的一个原因。“事实上她一直都在看着窗外的东西，并没有看我，是我自己把事情搞得复杂了。”他心里想。他没有找到剪刀，用自己的牙撕开了那些小塑料袋子，动作笨拙得连他自己都感到吃惊。

她的背后因裸露而突然哆嗦了几下。这次，她回过头来对他说：

“你还在等什么，为什么还不赶快给我立即贴上？想把我彻底晾凉了，是吗？我的身上越来越冷，我会受风的。”

“奶奶，请息怒。这就要贴了。”

“我不知道你要剪刀干什么？”

“啊，不用了。已经不需要它了。现在已经完全用不着了。”

“我不需要你给我剪头发，并不是因为我已没有多少头发可剪。”

“奶奶，你误会了，我不是要给你剪头发；我又不是你请来的理发师，剪你的头发干什么？我只是想把装膏药的袋子剪个口。”

“啊，你真啰唆，用牙撕开不就行了吗？就这还要发明飞机？发明出来我也不敢乘坐。幸亏你至今还没有结婚，我敢说所有的女人都会对你感到不满意。你想知道为什么吗？”

“我不想知道。”

“那你想知道什么？”

“奶奶，你这样说我，我感到很难过，但我不在乎，不介意。昨天，我正在制作螺旋桨的时候，有两个女的忽然来找我，其中的一个说我是她的未婚夫，可我根本不认识她。”

“她长得什么样子？是不是一个大眼睛的姑娘，皮肤上有一些雀斑？”

“好像是的。”

“那就对了。天哪！她终于自己找到门上来了。孩子，是有这么回事。”

“不！我对天发誓，我一点印象也没有！奶奶，这真是一件奇怪的事。”

“你从来也没有见过她吗？”

“没有。”

“可惜的是，我也竟忘了她叫什么名字，也不记得她是哪里的人了，我只记得有过这么一回事。可是你不应该忘得一干二净，因为事关你自己。快帮我贴上吧，我要打喷嚏了。”

于是，他将每一片止痛膏药都从袋子里抽出来，仔细地揭开，以她的脊椎为界线，分别均匀地贴到她的脊椎两侧。老人松弛而多皱的皮肤让他感到有些触目惊心。她一边闭着眼睛接受敷贴，一边发布着准确而抽象的有些形而上的命令：“这里，不对！那里。太靠下了，再上去一点点，一点点——对，就是这里。”她指到哪里，他就贴到哪里，但她还是觉得他有些笨，因为他经常不得要领，处于似懂非懂之间。渐渐地，她感到一层新的“皮”在她的身上产生了，也许更像一层甲。最后，她记起了自己的一些关节部位。

然而，这时他忽然向她报告说：

“奶奶，所有的膏药都已经贴完了，一张也没有了。你感觉好点吗？”

“我感觉不好。还有好多地方都没有贴到，有些还是主要的地方。”

“可是已经没有膏药了。”

“我很难过。”

“我不知道这些地方怎么会疼痛，不舒服。它们看上去好好的。”

“我也不知道为什么会这么痛。”

“奶奶，你得承认，人在退化，动物都在退化，谁也没有办法阻止这类事情的发生。我听说将来的人都要退化得像老鼠那么大。”

“孩子，你这是听谁说的？”

“不管是谁说的，这并不重要，重要的是事情本身，这未必就不是一件好事。奶奶，你想想看，到那个时候，人们再也不用发愁没有房子住了，一间二十平方米的房子，完全可以住二十个甚至三十个老鼠一样的人，大家既是亲亲热热的一窝，又丝毫不感到拥挤和相互妨碍。”

“我不想退化成老鼠那么大。”

“恐怕我帮不上您这个忙，谁也帮不了谁。奶奶，你知道吗？恐龙的后代是壁虎，你看它们的变化有多大！已经不能用‘惊人’这样的词来说明、形容问题的严重性了。”

在她的一阵唏嘘声中，他笨手笨脚地帮她穿好衣服，并答应在最短的时间之内再帮她搞到一批用于止痛的膏药。“越多越好。”她说出了自己的希望，“它们总不会发霉，像鸡蛋一样变坏。”她完全不顾药物的有效期，经常连续使用，因为频繁地更换很像是一种惊人的浪费，甚至无论怎么看，都无法与罪孽本身分开，这会使她感到一边治病，一边又在人为地招来新的灾疾。

“奶奶，等你的疼痛基本消失以后，等我的飞机试飞成功以后，我带你去看望我的姑姑，她一定想象不出我们是怎么来的，给她一万年的时间，她也想不到我们竟是飞去的。”

“你说什么？”

“是的，我们要去看望你的女儿。难道你不想看见她吗？”

“谈何容易，孩子，谈何容易！”

“奶奶，你为什么从来就没有相信过我？你应该放下包袱，相信我。我们的旅途将是一次不可避免的飞翔，它的名字叫‘幸福’，它会让无数的人感到眼红而又无奈。”

“你到底想要说什么？”

“我是说我们会像鸟一样快，像鸟一样自由，想在哪里落就在哪里落，想从哪里起飞就从哪里起飞。就是这样。”

院子里传来一阵说话的声音。由于屋里听不清楚，胡图来到门前，透过门上的玻璃向外面看着。过了一会儿，他说：

“他又送走一个女人。真他妈的。”

“不许这样随便议论你的叔叔。”

“我没有议论他，我自己的事还忙不过来呢。奶奶，难道你真的不想看到你的女儿？不想让自己变得像鸟一样自由？”

二

一个大约比邬云娜年轻十岁的女人站在雨里，隔着窗户与胡佛说话。胡佛趴在窗前，看着在垂直落下的细雨中徘徊的女人。窗户是敞开的，雨丝带来的凉爽之气一直飘拂在他的脸前，使他有一种贴近水面的亲近之感，仿佛正坐在河边。他小心地呼吸着，留心着雨中的情景。过了一会儿，他突然注意到了女人的那身始终保持着干爽的衣服和鞋子。多么干净的装束！他的脸前忽然感到燥热起来，并不完全是由于对方有意无意地提及的某些往事。女人充满哀怨地站在接近于透明的雨里，对院落周围的景色视而不见。他自知没有看出她此番的来意。胡佛将脸探出窗外，身体的下半部分仿佛停留在十几年前的一个漫长的雨季里。在对面的山梁上，在灰蒙蒙的雨雾里，的确有两个人正沿着蜿蜒而精湿的小路朝镇子的方向走来。站在雨里的女人不时地向那一带眺望一阵，幽湿而纷繁的泪珠在她的目光里打着转，无声无息地滴落在雨里。她的愿望像漂浮在雨地里的水泡一样一个接一个地相继破灭。有人正在喘息。胡佛不相信此刻正在对面的山梁上和细雨中行走着的那两个人是他自己和眼前的这个淋不湿的女人，他确信他们早在十几年前就已经沿着那条发白的小路走回来了。多年以来，无论外面的光线或明或暗，他经常能从敞开的窗前看到至少两个或两个以上的人在对面的山梁上行走，有的面朝着镇子往回走，越走越近；有的渐渐消失在路的尽头，永远地离开了身后的房屋错落、炊烟袅袅的镇子。几天前的一个光线黯淡的午后，他忽然看见一个人在对面的山梁上策马奔驰，他以为那是他的第二个儿子胡地，他让邬云娜出门去看。邬云娜在外面等了一阵，骑马的人终于进了镇里。骑马的人是一个脸色苍白的年轻人，单薄的身体贴在马背上，似乎已没有多余的力气挺起腰来。

那不是他们的儿子。邬云娜的描述将他吓了一跳。“幸好不是。”他对邬云娜说，“咱们的儿子要是那样回来。事情就麻烦了。”

他看着远处那两个在雨里时隐时现的人，对站在窗外的女人说：“那怎么会是你和我呢？不可能。你再仔细看看，难道我们会分身吗？”女人的头发在雨里呈现出一种飘扬的姿势。“那不会是我们，我们不是早就回来了吗？已经回来十几年了。”

一些日常的器皿在轻轻地摇晃，一些月白的光斑到处闪烁。

她的那双干净的鞋在雨里显得尤为突出，仿佛一种别出心裁的陈设。胡佛感到自己的目光犹如蒺藜一样被黏附在上面，他的脸色变得越来越黑。就不看她的那身干爽的不可思议的衣服了，他想。对面山梁上的那两个人还在雨中一如既往地走着；在菜园子里干活儿的邬云娜也许就要回来了。天气是从前天下午开始变阴的，已经有两天了，他没有看见过令人充实而安心的阳光，他像一只被湿气和乌云笼罩着的蜘蛛一样晃荡在窗前。

“咱们速战速决，抓紧时间把要说的话都说完。”胡佛对站在雨中的女人说，“我老婆很快就要回来了。你没有见过她，她叫邬云娜，她是一个很难应付的女人。”

“我不能不怕她。”他又说，“没有办法不在乎她。现在，是她赡养老人一样养活着我。”

穿过菜园边上的一道小门，邬云娜回到院里，她看见胡佛趴在窗前，正在异常焦躁地说着什么。院子里没有人，她看见细雨中的地上有一种清晰的花纹，如同一种车轮过后留下的痕迹。她来到窗前，对丈夫说：

“你在和谁说话？和雨？”

胡佛看着邬云娜，他的一只手忽然触到了她的胸脯，并感觉到了她的体温。来自手中的震颤使他的表情变得陌生而复杂，他的目光越过邬云娜的肩膀，看着她身后的地方。过了一会儿，他忽然抓住邬云娜的一只手，问道：

“白菜长得好吗？有没有虫子？韭菜、黄花和萝卜呢？”

第二天，雨停了，地上的那种花纹消逝得干干净净。孩子们上学走了以后，邬云娜忽然觉得有些潮湿的屋里很刺眼地亮了一下。起初她没有在意，后来，很快地又亮了一下，从她的胸前和脸上极快地掠过。邬云娜抬起头寻找了一会儿，终于看见一个白亮的圆片子在屋里飘忽不定地跳动着，墙上、家具上、地上，每一处都短暂地停留一下，很快就又跳到别处去了。邬云娜没有告诉胡佛，她用自己的眼睛追逐了一会儿后，那个白亮的圆片子忽然不见了，仿佛是一面害羞的小镜子。

她来到蒸腾着湿气的院里，听到街上传来一阵锣声。嘹亮的铜锣声在她的眼前慢慢浮起，使她想起了旋转在梦里的葵花。踏着满地金黄的叶片，一个未带雨具的人来到他们的家里，来人出示了一张干净而并非风尘仆仆的脸，像一张用途广泛而具有无限说服力的凭据。

有很多的人在锣声中走着。

在强烈的光线下，土地被肉眼和某种观念裁成无数小块，有的甚至像家用的毯子，而雨水又使其始终连接在一起，从来没有分开过。街道、店铺、作坊、树木、农具、幼儿园。雨过天晴，人们奔走相告。邬云娜有一种隐隐的预感，晴朗的日子不会持续多久，附近一带的房屋和树木将又会倒映在她的菜园子里，变成她的一种虚幻而永远无法接近的财富，一种只能欣赏而不能收起来带走的湖光山色。

有人告诉邬云娜一个办法，用较细的皮管子可以将藏在蔬菜内部的雨水逐渐抽走，这是避免腐烂的唯一途径。小学教员辞云从自己的家里拿来一根一米长的管子。住在护城河边的人们几乎家家都有几根甚至几十根抽水用的管子，但用来抽掉藏在蔬菜内部的雨水，这样的管子普遍都显得粗大而不适用。胡佛对邬云娜说："并不是所有的东西都粗了就好，大了就好，要是没有那些小巧精细的东西，这个世界不知会发生多少尴尬狼狈的事情。不能设想，难道可以用擀面杖在织锦上绣花吗?”“难道可以用绣花针做饭吃吗?擀面杖可以让刺绣的人不被饿死，永远活着，一直绣下去。”笨法子一个接着一个，细小的事物开始在他们的脑子里闪现。

这年夏天，他们添置了几件家具，还有一些瓷器。邬云娜认为过日子就得有个过日子的样子，不能缺了大致的规模和轮廓。几件瓷器来得轻而易举，几乎没花一分钱。但是在往家里搬的时候，一只青花的坛子被打碎了。四分五裂的残片使邬云娜觉得一个命薄的人是无论如何都不能贪多强求的。那些伤心的碎片被她带回家中，用黏性很强的白浆土黏合，拼接了整整一天，到第二天上午终于又恢复了原形，但从此却成了一件谁都不能碰一下的危险品。胡佛时常望着它，远远地观察着它的动静，他甚至觉得它不知哪一天会突然爆炸。“一个明摆着的麻烦”，时常发出可怕的嗡嗡声。邬云娜用自己的心劲、体温和理想又让它重新活了一次；第二次诞生使它的原本平滑无恙的表面和经历具有了一种特殊的纹理与意义，获得了一种异乎寻常的身价。

每隔几天，在小学里教书的辞云就要来一次家里，除了言语明显地减少外，其他的一切都还像从前一样。邬云娜不知道什么能使这个年轻的姑娘感到开心而安慰。早在几个月之前，她们就已听说了停战的消息。镇上陆续有人回来，有的佩着勋章，有的披着颜色土黄的军大衣，大衣下面露出木制的拐杖。第一个向邬云娜报告停战消息的人，因其身份的不同而让邬云娜对消息的来源及消息的可靠性表示极大的怀疑。那人就是那个双月失明的年轻人孙岳的母亲，一个希望美国人都死得一个不剩的老太太。她的儿子孙岳提前一年回到她的身边，邬云娜不能不怀疑她的冲动是来自于惯常的感情用事。她怎么会及时地知道这种事情？镇长都未必听说过。邬云娜至今都忘不了孙岳母亲的那份心情，她走了大半个镇子，就是专门为了告诉她这件事情。

那天下午临近黄昏的时候，孙岳的母亲突然出现在院里，由于走得匆忙，她连头巾都没来得及围。其时，邬云娜正在屋门前借着稀薄惨淡的光线挑选菜籽，几只鸡环绕在她的脚边，看着她的手。她的手指缝一松，它们就立即低下头去寻觅、争抢，叽叽咕咕地吵成一片。

由于坚信自己是方圆一带第一位真正的知情者，孙岳的母亲带着一种能预知未来的兴奋来到邬云娜的面前，她匆匆瞥了一眼环绕在邬云娜脚边的那几只鸡，鸡们立刻都不动了。但平心而论，她没有看清那是些什么，也没有看清邬云娜在干什么，只是觉得她在认真地数着一种东西。于是，她小声而又忍不住大声地对站在屋门口的邬云娜说道：

“他们终于不打了！”

“一切都完了。”

邬云娜抬起头，左手握着一把挑选出来的粒粒饱满的好菜籽，她明白孙岳的母亲在说什么，这消息使她震惊了一下。震惊过后，她开始不信。孙岳的母亲尽可能详细地描述着那种掺杂着感想与传闻的消息，她毫不客气地将几年来事情的结果——停战，完全归功于自己日复一日的在神祇面前的无穷尽的祷告。谁说美国人不畏惧穿着丝绸、披着桑麻、摇着羽扇、听着箫管的中国的神？有他们害怕或慌乱的时候。她的祷告灵验的时候，就是他们不得不罢手的时候，就是他们垂头丧气地往回走的时候。她一定把他们都弄疼了。

当天晚上，辞云从所在的学校直接来到家里，这使黄昏时分的那个虚无缥缈的消息完全得到了证实。孙岳的母亲说的是一种事实，已经发生并最终形成了，她的冲动不完全是感情与想象的驱使。辞云告诉邬云娜，她见到了当初在雨夜里离去的好些人，除了已经死去的和另有明确去向的，该回来的都回来了。辞云说完之后，与邬云娜对视着，她看到泪水在邬云娜的眼里打转。只有胡天没有回来，这是个不言而喻的事实，她们都小心翼翼又如临大敌地面对着，但谁也没有首先提出来。过了一会儿，邬云娜握住辞云的手，轻声说：

“我猜他正在路上。”

从那以后，八九个月的时间不知不觉又过去了。每次看到形影孤单的辞云，邬云娜都禁不住要耳热心跳。她还能对这个姑娘说他正在路上吗？八九个月的时间里，他在路上干什么？住在后街纸坊院里的一个年轻人告诉心焦如焚的邬云娜，他亲眼看见胡天与他一起上了车，坐下以后，胡天对他笑了一下，这个停战以后的细微的印象至今仍然保留在他的记忆里。

邬云娜说；“他没有对你说什么吗？”

“没有。”

纸坊院里的年轻人记得，胡天没有对他说话，只是朝他笑了一下。以后，胡天的脸就转向别处去了。车里的光线越来越暗。

上午，她在靠近窗户的地方睡了一会儿，后来被一阵狂呼乱叫般的歌声惊醒了。她没有任何办法让自己听懂最近以来的种种声音。以前，胡佛时常通过这里向外面眺望，多数时候，他的发现只有他自己知道。她脸朝窗户躺着，过了一会儿，她听到一阵脚步声，门被推开了。

“再过一会儿，有人来找我，不管问起什么，你都要说不知道。”

“我能知道一下吗？他们要问我什么？”

“你也不必知道。你睡吧。他们要是看你睡着了也就不问了。”

“我不想再睡了，我刚刚睡醒。”

“你不会假装再睡吗？”脚步声又远去了。

于是她假装闭上眼。后来竟真的又睡着了。

三

春天里的一个晚上，辞云梦见自己在一幅地图上旅行：草绿色的山区，酱色的平原，橙黄色的丘陵，棕色的盆地，一切都洁净而柔软，致使她的行程一直都保持着严肃与谨慎。她小心翼翼地走在随时可能被自己的速度和重量践踏的国土上，多数的时候处于徘徊与观望之中。阳光穿过树木，一种很热的光线不知不觉地照亮了她的脸。白山黑水之间的枪声已渐渐稀疏了，大地重新恢复了平静，变得像丝绸与锦缎一样洁净。在琅琅的书声中，一些历史上布满污点的人心事满腹地站在生活的边缘，一遍又一遍地回忆着往昔的天空。四月的天空如同它下面的河山一样绚丽而迷乱，光线时明时暗，不定期地呈现出种种令人眩晕的景象。她看见了农民，迷惘的农民，已经卸甲归田的士兵和正在转业的各色人等，他们像不死的蚂蚁与昆虫一样在国家的领土上蠕动，嗡嗡地飞翔，来路上暴露出暗红的血迹和严重的擦伤。没有人能告诉她一个确切的消息，护城河和所谓的民间大道变得像丝线一样缥缈而接近于虚无。有罪的人站在一边，散落在一些阴暗霉湿的角落里，等待姗姗来迟而又说不定什么时候会突然降临的巨大的磁铁将他们一个一个地、一批一批地纷纷吸出来。锈迹也救不了他们，那原本就是时间和空气中的叹息，可笑的伪装与残渣余孽。黑白分明的铁，小商小贩，盐，明亮锋利的犁铧，菠菜，妇女，在粗大的路线中起伏沉浮，时隐时现。

金色的麦穗浮在人们的头顶上方，周围充满了令人安心的暖意。

有一种口音严重的地方戏，多在大雪与寒风中演出。剧中的角色与艺人的真实身份时常发生令人惊悸不安的错位，主要人物及其活动在边缘的面孔全部使用假嗓子，平静的日常生活常因此而被缩短、变形，似是而非。

远在另一个村庄里的胡地也在做梦，屋顶上陈年的泥土在距离他身体不远的地方簌簌地下坠。初春伊始，他跟随丁部长来到这里，这个结构纷繁、情况复杂的村庄让他们伤透了脑子。丁部长有失眠的毛病，随着时光的流逝，胡地慢慢地也被传染和影响，常常睁着眼睛躺到天亮——如同乘火车旅行一样，每天的清晨成了他们的终点或中转换车的必经之处。

当窗户开始发白以后，一直闭着眼假寐的丁部长就会对同样也在假寐的胡地说："到站了，咱们也该下去活动活动了。"

时间会使一切毫无关联的东西逐渐变得熟悉亲近。现在，他们已经知道最先将沉睡的村庄唤醒的是哪家的鸡。住在他们前面的是富裕中农杨伟，他家的一只鸡有时会抢在所有的鸡的前面，第一个嘹亮地叫起来，然后周围一带的其他的鸡才跟着此起彼伏地欢呼。但根据胡地和丁部长的观察来看，富裕中农杨伟的这只鸡情绪极不稳定，并不是每天黎明时分都能够准确而一如既往地将沉睡的村庄唤醒，多数的时候，它想叫的时候才叫，不想叫的时候就一声不吭，或者与大多数的鸡一起混声唱和。丁部长对它的评价是“头脑简单，四肢发达，尤其喜欢感情用事”。相比较而言，住在村西的朱瓦灰家的几只鸡就比较专一而又有规律。胡地和丁部长在白天的时候都见过它们。

在写给母亲邬云娜的一封信里，年轻的胡地这样写道：……总之，这里一切都很好。复杂当然是不言而喻的。但要是不复杂，一切都风平浪静，那还要我们来干什么？我们正是冲着复杂而来的，是的，我们——主要是我和丁部长——每天都要坐火车，坐的还是夜车。”

信的后半部分，邬云娜不甚明白，基本没有看懂。她不知道自己的儿子在干什么。几个弟弟妹妹听说他们的二哥差不多每天都要坐火车，眼里充满了无限的惊羡之色，每个人都盼望自己能够以与时光和年龄不相称的速度尽快长大，从而前去赶乘那列神秘而遥远的火车。

每天吃过午饭以后，只要时间和条件许可，丁部长都要或多或少地打一个盹，靠在行李上或椅子上迷糊一会儿，以弥补昨夜的旅行般的时光。还不到四十岁，他的头发就已白了不少。这个参加过无数战争的人很善于睡觉，很会睡觉，往往只需要打上十分钟盹，然后就可以几天几夜不睡而不感到疲劳。“你们不行，你们根本不会睡。”丁部长对年轻的胡地说，“睡觉关键是要讲求质量，注意提高质量，不能在数量上打转、做文章，不以入睡的时间长短而论优劣。有的人终日睡着，但仍然打不起精神。为什么？因为他们完全是在瞎睡。”

是的，有很多人都在瞎睡。他们的房东是一个名叫肖全银的中农，这个讨厌的人打呼噜能从天黑打到天亮。胡地几次恳请丁部长离开肖全银的家，另换一户安静的房东，但丁部长不同意这样做。“不能因为群众打呼噜，我们就疏远他，不明不白地从他的家里搬走。”丁部长对胡地说，“那样一来，群众会怎么想？还以为我们难伺候，在什么地方得罪了我们呢。打呼噜又不犯法，为什么不允许人家打？要打，可以打，何况还是在人家自己的家里。”

丁部长利用业余的时间在椅子上打盹的时候，没有午睡习惯的胡地便踮起脚从里面走出来，回头将门掩好，然后坐在院里的台阶上。有时候出了街门，在附近一带走走。他开始变得细心，很注意观察一些事物。春天里的一个安静的午后，他看见了一件自出生以来他认为最奇怪最不可思议的事情。房东肖全银像中了邪一样在一棵树下鞭打自己的一头牛，牛在刚开始的时候瓮声瓮气地叫着。四周一带的枯枝有的已泛出浅色的绿意。胡地站在不远处看着那个人的疯狂的举止，听到自己的声音还没有到达树下便已提前湮灭了。

“你在干什么？”耕牛渐渐趋于沉默，望着空寂的田野。这是一个极其平常的日子，但空气中却仿佛隐藏着一种不祥的东西。不久以后，胡地突然出现在树下，恼羞成怒的中农吃了一惊，胡地本人也感到了那种突如其来的惊异。他伸出手去夺那根井绳一样的黑鞭子，中农像乡间的顽童一样忽然将鞭子藏到自己的身后。他什么也没有捞着。树下有阴影，给每个人的脸上和身上都不同程度地涂了一些。

“你会打死它的。”胡地说。

“我给它吃给它穿，关键的时候难道打它几下也不行吗？”中农肖全银说着，又将鞭子扬了起来。胡地说：

“它穿过你的什么？棉布，丝绸？

“胡干部，这件事你就不用插手了。这是咱们自己的事，不敢麻烦外人。”

“就算它的命一文不值，你自己难道就不怕赔本吗？”

中农肖全银看着浑身披挂着阴影的胡地，一种莫名其妙的疼痛使他怀疑自己被眼前这个得理不饶人的年轻人抽了一鞭子，他脸上的肉痛苦地抽搐了几下，嘴里发出咝咝的声音。经受了鞭笞的牛跟在主人的后面朝一个熟悉的方向走去。到了家里，它很快卧在地上。

胡地坐在台阶上，他看见它的眼睛周围流满了泪，那种与它的形体和脾性相吻合的粗疏而庞大的泪水使他感到心悸、难过。树下的中农在自己的屋檐下重新恢复了房东的身份，但更像一个背井离乡的漂泊的魂。他端着一只碗，在距离胡地不远的门前晃了一下，很快又不见了。山墙上有一些树木般的影子。

院子里只有胡地一个人。牛慢慢地回过头来，胡地觉得它是在看他。

这样持续了一会儿后，胡地从屋檐下站起来，走到它的身旁。寂静中，他甚至觉得自己听见了整个村庄都在吃力地转动的声音，一些脆弱的东西纷纷遭到无情的剥落。牛的头明显地受到一种看不见的牵引，一直在向上举，像受潮变形的门扉一样发出吱吱呀呀的叫声。“你要找什么？”胡地摸着它湿润的鼻子，低声问道：是在找那个无情的人吗？他无法肯定。有一道清晰的白印如不久前刚刚完成的拓片一样贯穿在它的整个脸颊上。它的眼泪像春天里榆树的眼泪一样透明而黏稠。胡地看见自己的两个手指在它的脸上不停地跳着，不安分地弹起来，很快又落下去，不久又弹起来。就在这个院子的中央。它的头向上举着举着，举到一个让人无法预料无法判断的时候，突然昂起来，不再动了—— 一个马蜂大小的、状如小牛的东西从它的一只耳朵里飞了出来，嗡嗡嘤嘤地在空寂的院子里绕了一圈，越过墙头消失了。

胡地从台阶上跳起来，追到街门附近。那时，他忽然听到丁部长正在正面的一间屋子里叫他，丁部长的声音很急促。

有一对同胞兄弟，名叫吴发、吴天，两个人都在离家一百里以外的速成大学里接受为期四个月的专业训练，一个学习爆破技术，另一个学习烹饪，完全陌生的知识与技艺使他们感到新鲜而刺激。春天的一个夜里，他们的母亲突然从熟睡中睁开眼，借着已经西斜的月光，看见两个多月不见的儿子面壁站着。吴天的背上写满了众多白色的潦草的字，都是她不认识的一些文字，字迹的四周有许多白色的小牛。吴发的背上开满了花，枝叶繁茂，鲜艳而老成，肩膀上的黄菊花像两盏点亮的灯。就在吴发回头向后看的时候，他肩膀上的那两盏灯突然同时都熄灭了。他的母亲看得真切，黄菊花转眼就不见了，不禁大声叫道：

“吴发死了！”

他们的父亲一直在清冷惨淡的月光中熟睡着，但此后不久便被惊醒。这个在昏暗的夜色中勉强睁开一双眼睛的人，如同刚来到人世一样，对一切都不明白。时光变得令人惊讶，房子的轮廓与格局越看越古怪，越来越陌生。

第二天早晨，他们起来后不久，还在议论昨夜的事情，就听见街门外有人在说话。在一阵短暂的问候与寒暄之后，两个年轻人忽然出现在院子里，站在清晨的霞光之中。那正是他们的吴发和吴天，每个人都携带着自己的一点简单的行李。两个做父母的人以一种仓促紧张而又荒唐的姿势迎出去，经过一番惊讶与喜悦之后，他们轮流向突然归来的儿子问道：

“学会爆破了？”

“学会炒菜了？”

“炸药点着后，人跑出去多远才算安全？躲到哪里最万无一失？”

“糖醋鱼难道非得放醋？放别的就不行吗？”

两个人快要吵起来了。按照他们先前的预计与推算，需要再有一个月左右的时间，吴发、吴天的学习才能结束，现在他们提前回来说明了什么？吉凶都在他们想象的范围之内。开小差？被辞退？半途而废？但更有可能是心灵手巧，无师自通，一看就会，因而提前一个月毕业了。从他们的脸上，除了一种走夜路的迹象，几乎再看不出什么。他们心疼地站在早晨的霞光里，将昨夜的经历忘得干干净净。

吴天放下手中的行李，对他们说：

“我们不学习炒菜了。”

“什么？不炒菜了？”他们的父亲说，“炒得好好的什么忽然又不炒了？”

“我们现在已经是兽医了。”吴天指指自己，又指指站在他身旁的吴发。“兽医炒什么菜？”他说，“你们见过哪个兽医在炒菜？最多把鸡蛋搅匀，灌进马的嘴里或小牛的嘴里。当然，还需要把药捣碎了加进去。”

做父亲的警觉地看着吴发，问他：

“你呢，也不爆破了？也要拿着勺子给小牛喂鸡蛋清？”

“形势需要我们改行，我们不得不改。”吴发说，“我们有十四个人都变成了兽医，也只是杯水车薪，远远不够，根本不能满足眼前的需要。还差许多呢。”

“医生不比爆破好吗?”做母亲的说，“再也不用担心被炸伤了。”

“是兽医，不是医生。据我看顶多算个郎中。”做父亲的不耐烦地纠正道。片刻之后，他又对两个突然改变了身份的儿子说：“说当兽医就当上兽医了？你们知道一匹四岁的马有几颗牙吗？知道母牛是怎么一回事吗?”

“别吓唬我们。”他的儿子吴天对他说，“我们又不是牲口贩子，它有几颗牙关我们什么事？虽然学得不多，但母牛是什么，我们还是知道的。那是投错了胎，要是投了人胎，会是一个健壮的女人。抓住它的乳房，会挤出奶。”

“谁生下来就是兽医?”吴发又对他的父亲说，“我们只能一边干一边学了。不要替我们着急，我们会搞好的。”

他们在路上整整走了一天一夜。哀鸿遍野，两个人越走越伤心，越走越坚强，他们发誓要尽自己最大的努力将那些能够救活的牛全部救活，而没有办法对已经死去的负责。当又一个崭新而吉凶难卜的早晨到来以后，从他们的脸上和身上却见不到一丝一毫的倦意，相反，却在他们的眉宇之间呈现出一种不可思议的光泽，举手投足之间传达出一种强烈而混沌的雾状的现象，二者皆是上了年纪的人感到困惑而不能理解的，仿佛是一种全新的又接近于迷幻的技术。

不久以后。他们走进已经阔别了几个月的家里，很随意地坐下，简单而心不在焉地吃了一点东西。接着，又分别打开各自的行李。转眼之间，两个人如同变戏法似的各自都将一件白色的大褂穿在了身上。

“医生！”有人惊呼了一声。

“这不是医生又是什么？难道是送信的？”他们的母亲在一旁低声地对他们的父亲说道，“你还敢说他们不是医生？”

在有雾气的光线里，这一天的早晨正在结束。吴发、吴天对周围的一切都不曾理会。现在，他们正在收拾一个颜色暗旧的小布包，每人一个。解开一根捆扎的带子后，里面躺着几件医疗器械，旁边是药，他们清点了一下。之后，兄弟两个用很专业的如同外国语一样的术语简单地交谈着。整个过程，他们的父母一直站在一旁不放心而又饶有兴趣地看着，有时很想大声地说点什么，却又一直插不上嘴，寻求不到一个理想恰当的时机。他们无所事事地站在那里。两个儿子目不斜视，如同做法一样专注而又出神。平心而论，做父母的一直不明白他们在干什么，但不管怎么样，他们终于能干自己的事了。很多时候，神秘与寻常之间的距离仅仅只隔一张纸。在那些外人难懂的术语中间，有一个词，如果翻译成日常用的字眼儿，十分简单，这样一说，在山上放羊的孩子也能明白，但吴发吴天拒绝明白，而是说了一个他们根本不可能听懂，更谈不上理解的生词。当一切都收拾妥当以后，吴天对他们说：

“我们这次回来主要是看牛的，顺便看看你们二老。”

说完以后，他们就拿着小布包一起离开家，出门去了。

沿途到处都能看到死去的牛，有的主人与自己的死牛或病牛蜷伏在一起，抱着牛头或牛腿也躺在那里，水沟里倒映着他们的影像。胡地和丁部长不时地从马上下来，每遇到一个不幸的人，丁部长都要走上前去，焦虑不安地问道：“没希望吗？一点希望都没有了？”他细心而又难过地看着他们的眼睑。失去耕牛的人们目光空洞，脑上布满了死气沉沉的气息。很多时候，丁部长的询问没有预期的回音。

坐在田边或树下的人们仿佛什么都看不见，而唯独对死亡或死前的征兆与挣扎刻骨铭心，如触及灵魂或护短一样敏感得要命。一段时间以来，胡地跟着丁部长一个村庄一个村庄地走，在人们的哭声后面，他们时常在恍惚中看见自己坐下的白马摇晃得十分厉害，似乎也在打摆子，似乎要幻化为某一种形状飞走或消失。“牛瘟会影响到马吗？”丁部长问身边的年轻人。胡地没有多少把握，但他隐约感到也许不会。他对丁部长说，因为他记得瘟鸡对猪就没有什么危害，它瘟它的，与它近在咫尺的猪却照吃不误，照睡不误，活得健壮而充满滋味。丁部长谦逊地看着自己的属下，而从中得到的一丝安慰却无法与他的强劲的忧虑相提并论，他不知道眼前的景象还会持续多久。牛瘟像一个隐形而又无处不在的幽灵，从一开始就让他感到奇怪。

医疗小分队白色的影子四处出没。趁丁部长不注意的时候，胡地经常向那些陪着死牛的人们提出些问题。“看见过这么大的一只小牛吗？会飞。”他对他们说。他用自己的小拇指比画出一个很小的东西给他们看。面对他们的茫然不知所措的表情，他又用自己的印象补充道：“像马蜂一样大，飞得很快。”

胡地认为这才是导致眼前这场灾难的真正原因，从房东肖全银的那头牛的耳中突然飞出的那个马蜂大小的小牛使他终生难忘，一闭上眼睛，他就能听到一阵愤怒的嗡嗡声。“这是一次真正的报复。”夜深人静的时候，阳光灿烂的时候，他总是这样对自己说。他从来没有对丁部长说起过，仿佛是一件羞于启齿的丑事，他知道丁部长绝不会相信。丁部长心急如焚，说不定会批评他信心不足，用神怪之说造谣生事，瓦解人民的精神与热情。丁部长见不得这种事情，每当面对视野中的那些混乱而静止的瘟牛，他总会发出祈祷般的感慨：

“我们现在多么需要兽医方面的人才呀！有多少都不够用。”

有一次，他甚至动员胡地去学习兽医，胡地对他说：

“我不能离开你。”

“糊涂！牛重要还是我重要？”丁部长极其认真地说道。房东肖全银也是一个满心委屈的受害者，在新来的兽医吴发、吴天对他的那头牛进行了认真治疗的时候，他的眼睛一直望着有些微微发红的天空。牛瘟在一个有雾的早晨开始流行，退回十几个小时之前，他正在离家不远的树下鞭笞他的那头牛。牛像他的孩子，动手打几下又有什么呢？他打的是自己的牛，又不是在打这个社会。近来，胡地时常冷眼看着他，甚至不再像从前一样与他打招呼了，这使他不由自主地感到自己似乎是一个罪人，但又不明白自己做错了什么。他怀疑事出有因，仿佛沙子在牙齿之间搓动。午后的屋檐越来越低暗。两位兽医治疗的最后结果是，那头受过鞭笞的牛彻底不呼吸了。

四

八月的天气里，十几个农民在临近山谷出口的一片地里斗殴，难以调和的摩擦和经年的积怨使他们敌我不分地相互混战在一起。一个略通一点儿拳脚和棍术的、名叫王没水的人扬言要大战三百回合，最终闹个水落石出。早在十几户人家刚刚组织起来的时候，王没水的眼前就时常频频地出现错觉和幻觉，他忘记了自己的身份是个获得土地和农具不久的农民，而直觉得自己饱经风霜，闻名遐迩，手中惯使一根神出鬼没的混铁棍。现在，在八月的天气里，在橙黄碧绿的庄稼附近，他与另外两个龇着牙的人一起追赶一个名叫韩富士的人。“明年的今天就是你的周年！”王没水将手中的扁担——误以为是他的著名的长棍——使得呼啸作响，大声地对落荒而逃的韩富士说道。他们拔掉了写有韩富士姓名的木制地桩，很快又像老鹰抓小鸡一样缓慢地盘旋，飞快地瞄准。韩富士是一个身体瘦弱、脸色苍白的人，跑出去没有多远，一道有水的壕沟使他很快坠落其中。在情形最危急的时候。韩富士的妻子、一个名叫高家燕的女人急中生智，突然脱下了自己的裤子。以王没水为首的几个人突然都停住了。高家燕分开两腿，用一只手拍打着自己的下面，巨大的眩晕与惊愕使那几个人突然变得瞠目结舌，以至于他们完全没有听到她在说什么。

麦粒般的黄蚂蚁顺着他们的身体蜿蜒而上，远近一带的庄稼大多数都已经熟了。趁着秋天里的混乱之际，他们十户人家共同拥有的三头牛窜入五颜六色的庄稼地里。一个姓黄的中年人被另外两个姓黄的人打倒在垄下。他的八岁的儿子提着一只红瓦罐来为他送饭，见状后不禁大哭起来，红瓦罐斜仄在一边，里面的稀饭汩汩而出。不久，惯使一根混铁棍的王没水又与两个姓黄的人纠缠在一起，被误作为长棍用的扁担不能很好地发挥作用，王没水在蒙眬中感到自己不断地吃亏受挫，有一种步兵与骑兵交错作战的不适之感。严重的错觉几乎妨碍着每一个人的行动。一个叫温冰片的人坐在已经成熟的土豆地里，凄厉的哭声变成了对这个秋高气的季节的一种诘问或推测。这里的——眼看就要丰收的——土豆到底属于谁？属于我？属于他？属于这乱七八糟的十几户人……这一年的秋天很快就过去了。第二年春天到来时候，他们主动而自觉地合到了一起，人数比过去翻了一倍，谁也没说什么。并非事情本身不烂不化，而是火候不到，时候不到，时候一到，不用扬鞭自奋蹄。一个好好的正常的女人，谁没事愿意脱下自己的裤子？纯粹是他们逼的，迫不得已才出此下策。河开燕来，胡家的柳树正在由鹅黄向葱绿过渡，腰弯得像同族中年纪最长的老人。谁代表大家在说话？还有比他的话更有分量的吗？好消息是伴随着越来越暖和的天气一起到来的。这里的土豆属于大家，莜麦属于大家，农具和牲畜也属于大家，不属于大家还能属于谁呢？实话告诉你们，连树林子和鸟都是大家的。特别需要指出，尤其是鸟，在比人们高出很多距离的地方飞着，各种各样的鸟，像背井离乡的流浪的孩子，像心比天高、命比纸薄的女人，这样的一种有趣的事物，这样的一种既能随时飞走，又可以突然落下的无比自由的财产，无论从哪个方面来说，都应该是公共的，大众的，它既不姓张，也不姓李，谁有本事逮住就是谁的。是的，就是这样。

一年、两年以后，人们都没有脾气了。

胡佛听到有人在号啕大哭，声音里充满了铜色的锈迹。临街一带的手工作坊迅速地聚合，不久又飞快地分裂，像梦里的事。金属在街上闪光，人们的表情和身体轻重不同地弯曲在迷乱的光里，那其中叠印着邬云娜的忧心忡忡的影子。午后，她从街上回来，半道上遇见一个熟人，一直走在她的身边，向她讲述着一件不久前发生的事，她竟没有注意到那个人是谁，更记不起听到的是一件什么事，只有一种嗡嗡的低语，像是小动物的声音，贴着街道留在她的大而空的印象中。回到家里以后，她首先向丈夫讲了辞云的变化，附带提到了回家路上的那件事。前一个变化是一种长久的令人不安的现象，连胡佛听了也有些坐不住了，而后面附带提及的只是一种暂时的疏忽，无关宏旨。邬云娜的神态与语气使胡佛觉得她硬是要让他帮她回忆起路上遇到的那个人，包括那个人的大部分的情况和所说的一切，仿佛胡佛是刚刚与她一起回来的。胡佛用一种十分艰难的表情面对着正期待一个答案的邬云娜。他想，当某一个部分受到邪风吹拂的时候，女人就会突然变得不讲道理。他对她说，我又没看见，怎么会知道那是谁，如何能回想起来？一个人坐在家里，岂能看见外面发生的事情。有时候他连传到耳边的某些声音都懒得去辨别。她的气色有些不大好，仿佛是一路喘着气跑回来的。她把几件毫不相关的事情人为地搅到了一起，之后又想在紊乱中理出某些头绪，伸出手去抓住。她自己把自己弄乱了。胡佛感到自己的话快要收不住了，而邬云娜的脸上却还是一副空阔而不满足的神情。她的身体回到了家里，魂魄似乎仍然停留在那间门前栽着柳树的房子里。

那间单身宿舍被布置得如同一间病室，仅供隔着窗户认真或马虎地瞧上一眼，而却无论如何不适宜穿着带土的鞋子走进去。包括一个水杯和一副眼镜在内，几乎一切都是白色的，洁净的。邬云娜走进去以后，不禁大吃一惊，以为自己走错了地方，她没有多耽搁，甚至没有看清大致的格局和基本的陈设，很快就退了出来。她站在窗外的柳树下，重新辨认着，向周围一带打量着。青草连接着树木和远处的围墙，秋千和紫藤的软梯仿佛从天而降，不生根，不发芽，与地面没有任何直接的关系。甬道蛇行，红瓦的教室里跳跃着琅琅的书声。四周逡巡了一阵后，邬云娜开始确信自己刚刚进去又出来的白房子正是自己要找的，她还将得进去，并最终弄清楚那里的一切。其中的情形与纸的所说是否相符？两天前的一个晚上，她的女儿纸站在灯光里，用一种在她听来十分耀眼而不乏黑暗的语气告诉她：

“辞云姐姐的房子白得让每一个走进去的人都觉得自己是一截木炭。”

在那样的一种环境里，人们都有理由怀疑自己不久前刚刚被染过，被袋装的煮青煮过，甚至还经受了严重的烧烤。除了个别的几个要好的女友，她的同事们也基本很少进去。自惭形秽至少也是一个原因。邬云娜后来跟着辞云重新走进去，她靠着一张桌子站了一会儿，不久以后便不由自主地产生了那种木炭的感觉，虚无的焦黑使她感到难过。

“我不明白，”胡佛对邬云娜说，“她为什么要把房子弄得那么白？”

邬云娜凭自己的直觉认为辞云还在等他们的儿子胡天，也许哪一天他会像一匹说不清是什么颜色什么脾性的马一样突然回来，带着风尘出现在所有人的面前。但当邬云娜小心而婉转地询问时，得到的却是一种似是而非甚至完全否定的回答。“我不是在等他。”辞云说。她住在那间白得让人会突然却步的房子里，大约每个星期回她的父母那里去看一次，很少留下来吃饭。那期间，她的弟弟妹妹都已先后结了婚，她的冷淡的反应让他们感到伤心。一个人在流逝的时光中等待另一个人是不犯法的，学校里的校长耐心地找她谈过几次，最终以无可奈何而告终。值得一提的是，几次谈话不是在操场上，就是在她门前的柳树下，隔着窗户，校长不时地能看见屋里的白墙，这建筑使他由衷地感到陌生并有一种出门在外艰难做客的感觉。邬云娜也有类似的困扰和不适。

“她想把一切都变白，就让她变白吧，那也没有什么不好。”胡佛对邬云娜说，“不过，你不应该感到自己被染过，被烧焦过。你没有被烧焦，你也不是一截木炭。”

“她是和我们一起在等他。”

“告诉她不要再等下去了。”

“有那么简单吗？你为什么不直接对她说？”

外面下起了小雨。他们听到树叶在雨中哗啦哗啦地响着。

“我说不出口。邬云娜，我有一种借钱租房子的感觉，我们已经欠下不少了。”

“以后的日子里，我们会越来越黑。”

“是他把我们变成这样的，他简直把我们都害苦了。”

“依你看，他现在还在人世上活着吗？既活着，为什么没有一点音讯呢？连个梦都没有。”

“我确定不了。我只有四五成的把握，那也还是看在你的面子上。我也没有梦见过他。”

他们勉强睡下。半夜里，邬云娜听到有人在外面使劲地将街门擂得很响，声音里充满了阴冷、焦躁和不耐烦。是她的胡天回来了！除了他，谁会这样叫门？她没有叫醒胡佛，自己想独享这份突然降临的惊喜。她翻身下来，悄悄地开了屋门。外面正在下雨，整齐划一的雨声使她的心情渐渐凉爽安定了下来。房子和整个院落都湿透了，她的温热的身体浸在黑暗的水里。在确信雨里再没有任何别的声音后，她又像刚出来时一样悄悄地回到屋里躺下。奇怪的是，并没有多少空落的失望被带回来。大女儿纸在说梦话，抱怨自己的上衣太长而下面的裤子又太短。“谁像我这样？”说过之后，她的身体很快地向一边翻去。邬云娜在黑暗中看着她的侧影，忽然听到胡佛在窗户下说：

“雨还没有停吗?”

他也没睡着。邬云娜很想问一句，却又很快吃惊地闭上了自己的眼睛。仿佛置身于一间纸糊的房子里，不断地闻到外面的风声，四周逐渐被洇湿，开出许多数目不断增加的窗户。那样的一些可以直接通风透亮的东西，叫作窟窿也未尝不可。有人通过那些不同方向不同角度的亮孔在窥视她——

她看见她的另一个儿子胡地变成了一头牛，遍体金黄。这一次她很清楚地意识到是一个不能算数的梦，一个因提心吊胆而结出的未老先衰的苦果。她清楚地明白自己在做梦。在那一望无际的因丰收在望而愈显成熟愈显金黄的麦地旁，只有他一个人；他的颜色全部融化在四周一带的景色里，几乎无法辨认，无法将他与周围的事物区别开来。

邬云娜哭出了声。

辞云在她的对面坐了一会儿，天快要黑了。她很想听这个长期在白色中起居的姑娘对她说一些话，不管什么都行。然而辞云的话却像一种要价很高的货物，多一句也不肯给她，不旨轻易出让。胡佛的一条胳膊架在窗台上，另一条横在自己的脸前，虚虚地横着，如同戏剧里的掩面而泣的姿势。沉默了一会儿后，辞云起身告辞，邬云娜恳请她留下来与全家人一起吃晚饭，辞云未置可否地看着邬云娜，她的眼睛里明显有一种让邬云娜感到迷惑不解的东西。

晚上，天气突然变得晴朗起来，乌云娜惆怅地看着被晚霞染红的窗户和因过于灿烂而显得有些反常的院落，自辞云离去之后，她的精神便很难再振作起来。她吃力地笑着，应付着。万分疲倦地想着一些事情：“她不想多说就算了，你还不行，越发想听，还强迫人家留下来吃饭。”胡佛对她说，“她留下来了吗？我们已经留不住她了。她不再和我们亲密相处了。”然而，她却仍然时刻存在于他们中间，像长在他们生活里的一株明显的植物，这正是使邬云娜时时感到揪心的事情。“她的话不应该那么少。”邬云娜说。胡佛说：“什么叫不应该，难道我应该一年又一年地在家里躺着吗？”邬云娜转过脸，吃惊地看着胡佛，窗户上的仍显鲜艳的霞光照在他的身上，使他一贯以来的形象发生了很大的改变。“这个人好面熟呀！”邬云娜内心里惊讶地想道。健康、红润……有些东西她还能勉强隐隐地记起。

“不知不觉中，我们变成了她的佃户。”胡佛对邬云娜说。

几个月以后的一天上午，一个穿着一身深色制服的年轻人来找邬云娜。看到他的头发刚刚理过，衣服和鞋子也刚刚换过，邬云娜的脸上露出了满意的笑容。胡佛坐在窗户下，像看一个邮差一样看着他。不过，这不是一位贸然而来的不速之客，早在一个多月前的时候，邬云娜就认识他了。这个人叫吴高潮，连续三年的劳动模范，爱劳动，爱学习，喜欢不耻下问。邬云娜第一次见到他的时候，正是他挥汗如雨的时候，正是卖力气的高潮时期。邬云娜一眼就喜欢上了这个年轻人。

“我没有迟到吧？”

吴高潮来到邬云娜的身边，精神有些紧张地问道。深色的制服使他的脖子和头都显得很生硬。邬云娜让他坐下，又帮他将制服员上面的一粒扣子松开，解放了他的脖子。她细心地闻到他的身上散发出一种香皂的气息，水果香和蜜香混合而成的气息，那气息使她感到愉快而舒适。她早已询问过他的年龄和家庭的背景，这天又问了一次，不是为了更确切地证实什么，而仿佛是一种礼貌，一种必要的手续或对于庄重及严肃本身的敬意。吴高潮今年二十九岁，虚数三十一岁，脸上依然还残留着几年前的青春的轨迹与印痕。一个月以来，他已是第三次来这里了，前两次只有邬云娜在，没有看到其他人。这个比他大十几岁的女人，对他十分热情，这也是他一次又一次前来造访的一个重要原因，他很愿意与她坐在一起，她的身上也有一种让他印象很深的气味。邬云娜告诉吴高潮，他将要认识的辞云是个很有些挑剔的姑娘，是学校里的老师。吴高潮向邬云娜表示自己是有足够的耐心和足够的毅力的。多年来他已养成了等待别人、等待一切事物的习惯，还从来不知道被别人等待是一种什么滋味。两次都没有遇到那个姑娘，他并没有生气，有邬云娜陪着他，使他在那种时候忘掉了很多事情，有时甚至混淆了来此的目的。

辞云从外面走进来的时候，邬云娜正在擦拭一只柜子和上面的瓷器。与柜子和瓷器一同被擦拭的还有吴高潮的有些潮湿的目光。这个身材高挑的女人，当她弯下腰去的时候，竟然有一个十分突出的臀部，它的柔和起伏的弧线使吴高潮感到惊讶而难忘。“真没想到……”吴高潮在心里对自己说。

这时，辞云从外面走了进来，邬云娜直起身来。

这次会面，辞云给吴高潮留下一种易守难攻的印象。自始至终，辞云没有对吴高潮说一句话，只是偶尔看他一眼。刚从外面进来的时候，她匆匆地向他扫了一眼。吴高潮像在小组会上发言一样向辞云陈述着自己的一番意思，他主要强调了要向对方学习，仿佛这是他认识她的全部目的。他用一种颤抖的声音对辞云说：“啊，辞云同志，我主要是来向你学习的，希望能得到你的帮助。”

那一位无动于衷，仿佛独坐在河边浏览一种身外的风景，偶尔与邬云娜说一两句其他的话。吴高潮不断地看着她。从某些方面来说，他觉得她像一种难以掌握的技术，也许现在掌握不了，将来也永远学不到手。邬云娜用自己的目光向他传递着鼓励与勇气，使他感到一阵温热。然而，他还期望从她的眼神里能获得某种力量。但直到辞云告辞以后，他仍然没有看见，一无所获。邬云娜对他说：

“你的方法有问题，得改一改。”

他先是点头，继而又对眼前这个关心自己的女人说：

“我一天能炼一百吨钢，还怕化不了她吗？我估计，我能把她化了。”

邬云娜坐在他的对面，她的两条腿微微分开，仿佛正在被熔化。

……

有一天晚上，邬云娜带着吴高潮去辞云的宿舍。路上，吴高潮知道了辞云住在一间白得让人觉得自己是一截木炭的房子里。缺乏想象力的他开始边走边浮想联翩：他将一根涂满沥青的枕木的形象与自己慢慢地贴近，融为一体，别人在那里是一截木炭，他在想象中把自己扩大成一根枕木。他对自己说，夸张是夸张了一些，但至少不会比这再糟到哪里去了。街上的人十分稀少，他的身体和邬云娜的身体时有触碰或摩擦。对方的身体是柔软的，他清醒而强烈地感觉到。来此之前，他还没有吃晚饭，邬云娜也未来得及吃，他提出应该找一个地方，两个人随便先吃点东西。邬云娜告诉他，再晚了去辞云那里不好，先忍一忍，待完了再说。

“我要好好请你吃一顿。”

走进一条昏暗而狭窄的小巷里以后，吴高潮对邬云娜说道。邬云娜没有说话，她转过脸朝他笑了一下。再转过时，她已看见了那些房子。树下的一根晾衣绳上挂着一件还没有收回去的衣服。邬云娜以前没有见过这件衣服，但她认定是辞云的。辞云的房门从里面插着，灯光映在窗帘上，从外面看不到里面的人影，那时，天上飘着雨丝。他们站在屋檐下，身体贴着有些阴湿的窗户。邬云娜用手臂护在胸前，以免使它们触及旁边的那个身体。她站在窗户外面，对屋里的辞云说话，告诉她吴高潮看她来了。辞云似乎问了一声，她的声音听上去十分遥远而蒙眬。邬云娜对她说：

“是小吴——吴高潮。”

“我已睡了，让他走吧。”辞云在屋里说，“您也回去睡吧。”

蒙眬中，她听到有人在叫她。

“这么早就睡了？”房门从外面被推开了，有人走了进来，站在她的身旁。

“我本不想睡，”她说，“可有人逼着让我睡，让我闭眼装睡。”

“是那个小孽种吗？”

“你是谁？”

“起来吧，不要再睡了。”进来的人对她说，“你不是一直想找机会和我说话吗？以前那些年真是没顾上，现在我有时间了。事隔多年，我竟不知该如何称呼你。”

“我的天！你是辞云？”

“我从外面进来时，看到他出去了。”

“他没有看见你吗？”

“没有。”

五

四十五岁的时候，邬云娜又生下一个男孩，取名叫胡符。

夏天以来，对别人来说是一个消瘦甚至憔悴的季节。而邬云娜却十分明显地感到自己的大腿和背部的脂肪在一天天地增厚，日渐隆起的腹部使她不得不穿上最宽松的衣服来遮掩自己的发酵般的身体。尽管如此，每当她翻身或起卧的时候，胸前的纽扣就会因强烈的绷紧而纷纷裂开，裸露出两只异常饱满而高耸的乳房。蓬勃的身体使她感到不安。有一天黎明时分，她因乳房的鼓胀而最先醒来，此后就再也合不上眼了。仿佛有电流从胸前穿过，涌动，乳头上零星沁出的白色乳汁更让她惊诧不已。

“不好了！”她把那个松软而有些微微灼热的身体紧紧地裹在被子里，低声对自己说，“忽然之间，我又有了奶。”

附近一些身体瘦弱、形容憔悴的女人常来看她，她们不知道她暗地里吃了什么，用了什么，致使那具身体充满了足够的水分与弹性。她们看到她神情慵懒地坐在椅子上，或者呆坐在青绿的菜园子里，两腿分开，蝴蝶在她丰满的胸前飞来飞去。

她的样子让她们猜测起来很费心思而又始终不得要领。谁也不能附到她的身上，亲眼看见她的一切行为和所有的活动，暴露在她们视线中的永远是其中的某一个侧面。每次看到的都是这些。后来的一天里，她们中间忽然多出了一个与邬云娜年纪相仿的女人，她们在那个坐落在房后的菜园子里几乎消磨了整整一个上午。邬云娜坐在一片甜菜的旁边，鼓胀的乳房和过于绷紧的皮肤严重地分散着她的精力，使她说起话来有时显得心不在焉，有时表现出反应迟钝，笨拙而呆傻。她清楚自己不可能在这些女人的注视下有什么作为。当她们后来起身告辞的时候，她终于情不自禁地舒了一口气，心里不住地念佛。她们离开她家以后，并没有立即走散，而是很快在街上围在一起。那个与邬云娜年纪相仿的女人对另外几个不明事理的女人说："你们研究她干什么，这不需要费心思研究。可怜的邬云娜，她又有了。"

"我敢肯定，她一定又怀上了。"

此后，她们不再来了。有些女人被男人轻轻一碰，马上就有了。大多数怀孕的女人都是那种样子。对于邬云娜这样的女人来说，别指望她会在你的面前弯腰呕吐，捧着隆起的腹部作自豪状，作英雄状，或者作委屈受害状。她一如既往，有时甚至比从前还要辛劳。四十几岁的年龄时时使她感到这事无论如何都不那么令她自在。日子一天天过去，似乎所有的人都在充分地淋漓尽致地想象她当初受孕时的情形，想象那种处于极度眩晕状态下的媚态和无知。

有一天早晨，她告诉胡佛，她要去收集一部分南瓜子和玫瑰花籽，之后，她一个人来到屋后的菜园子里。初升的太阳照耀着她的蓬松的身体，她朝着那无边的亮光看了一会儿，随后很舒服地闭上了眼睛。在一些绿色阔叶的遮挡下她掀起衣襟，十分轻柔地在自己的腹部上慢慢地抚摸着，阳光在她的手指间流动、闪烁。渐渐地，她的手停住了——她十分真切地感觉到一阵轻微的踢打和一种袖珍的呼喊！

一个小时以后，邬云娜一个人来到中医姜福的门前。她在外面的幌子下心神不定地徘徊了一会儿，确信里面没有其他的病人时，终于鼓起勇气推门走了进去。在弥漫着雾气和药香的光线里，邬云娜看到一个肥厚的脊背拱起在乌黑的柜台后面，缓慢而有规律地前后蠕动着。五十多岁的中医姜福躲在柜台下面，神秘地配制一个治疗偏头疼的方子，用自己的身体自始至终地遮掩着整个过程。他的一个徒弟坐在柜台外面的地上捣药，闭着眼睛，弯曲着身体，仿佛一种人工控制下的重复劳动的机械装置。几天来的实践大大出乎姜福的意料：眼下这个治偏头疼的方子事实上对肠胃更有疗效，这不能不令他感到困惑而又兴奋！如此南辕北辙的事情他还很少遇到。忽然之间，他听到一个女人的声音，急忙从乌黑的柜台下面探出头来，胸高腹大的邬云娜正好面对着他。姜福的脸上顿时浮起一种夹带着某种疗效的水一样的笑容，他已窥破她有事，于是放下手里的未竟的事情，像一个经营小酒店的老板一样，很快地从柜台后面走出来，站在邬云娜的面前。

回旋在这个阴暗店堂内的深长的药香使邬云娜对自己的前景逐步建立起一种信心，也许良方就在这里，一切都将在乌木的柜台和一起一落的捣药声中得到解决。红光满面的中医站在她的面前，处处都散发着不无滋补的力量和浓重的气息。他随着她离开捣药的徒弟，来到一扇窗户的旁边，听她小声而吞吞吐吐、断断续续地将自己的心事和盘托出。他下意识地看了一下她那隆起的腹部和充满恳求的神色，不假思索地对她说：

“让我看看。让我先给你来看一看。”

中医姜福伸手推开西墙上的一道小门，领着邬云娜走进去。很快，他又从里面出来，对那个闭着眼睛捣药的徒弟说：

“再过一会儿，韩美玲的男人要来取药，那包药就和我的帽子与手套放在一起，你直接拿给他就行了，先不要向他收钱，别提那事。他要是问起我，就说我不在。”

徒弟睁开眼睛，手中停止了捣药，姜福的有福气的背影像一种不易捕捉的动物一样在他的眼前闪了一下便不见了。心中怀有某种远大志向的徒弟不久又闭上了自己的眼睛。在缓慢而一起一落的捣药声中，这个一向沉默寡言、勤勉好学的来自他乡的年轻人忽然感到自己越来越坐不稳了，乌木柜台那边的那个尚在配制中的秘方像一只意志坚韧的小虫子一样，沿着他的不安的手指和脚掌直往他的心里爬。

……

邬云娜从小门里面走出来，姜福跟在她的身后，边走边对她说：“不是我无能为力，确实不行了。他什么都长齐了，头发，指甲……该有的都有了。”说着话，他不经意地将一块白色的手帕放回口袋里，显出一副酒足饭饱的神色。邬云娜走到店堂门口，忽然又回过头望着他。中医的身体似乎突然被狠狠地往长里抻了一下，女人的软性的目光向他延伸着流过来，那里面蓄满了求救的期待。于是，他轻轻地拍了一下她的手臂，用一种惋惜而不乏真挚的口吻对她如实相告道：

“你要是两个月前来找我，我还有办法。你为什么不在那时候来找我？我是很想帮助你摆脱麻烦的，你不知道我是多么的愿意帮助你。可是……现在事情已到了瓜熟蒂落的时候了。生下来吧，把他生下来吧！他已经是个人了。”

两三天以后的一个上午，邬云娜一个人站在寂静的菜园子里，很多颜色枯黄的东西不断地闯入她的视线之中。远处有雾，虚虚地堆积着。不久以后，她忽然察觉到一种自然而轻松的破裂声，一种惊涛拍岸般的感觉迫使她无所顾忌地不加选择地在园子里的一条小沟旁坐了下来。几只外表坚硬如铁的小虫子在距她脚边不远的地方缓慢地涌动着，有的在练习翻身。

几十分钟以后，邬云娜生下了一生中的最后一个孩子。她脱下自己的衣服，将那个小猫似的东西裹起来，从菜园子里回到家里，她的苍白的脸色和时断时续而又难以为继的唏嘘声将正在凭窗眺望的胡佛吓了一跳。胡佛觉得自己是世界上最吃惊的人了，尽管周围的许多事情常常令他意想不到，而眼前却分明有一种胜过一切药物的力量正在异常强劲地促使他站起来，恢复正常，恢复从前的一切。时光将他与现实阻隔了多年，变化多端而又音讯不通。现在，又轮到他看不懂了：他看到他的妻子仿佛长途跋涉归来，正吃力地将一个随身带回的东西解开，然后又轻轻地放下。他距他很近，十分清楚地看到他依然闭着眼睛，极小的鼻翼微微地振动着。一阵莫名的痛痒来到胡佛的脸前，他伸出一只手胡乱地抓了几下，惊讶而烦躁地问道：“邬云娜，这是谁？”

不断地有人来家里看望产后的邬云娜，而邬云娜却丝毫不敢以产妇自居，她依然像从前的日子里那样忙里忙外，几乎一天也没有休息。只有在洗衣服、洗孩子的尿布时。才因冷水过于刺骨而不得不使用一些温水。但仅仅过了一个月以后，她便因烧水费柴费炭而坚决不让自己再继续用温水洗涮了，仍像平时一样使用冷水。她对那些前来看她的人说：

“我还有什么脸坐月子，让别人伺候？”

就在这个时候，他们的第二个儿子胡地忽然来了一封信，这是一封向胡佛和邬云娜报喜的家信。胡地也有了孩子。他在信中说："孩子出生在第二人民医院，是一个健康可爱的女孩儿。这样一来，你们终于可以做爷爷奶奶了。盛英（他的妻子）的身体恢复得很好。我们商量过了，准备过两年再生一个。"

胡地是一年前结的婚。胡佛看完儿儿子的信，又看了看邬云娜生下的那个男孩，对邬云娜说：

"说不定咱们的那个小孙女要更大一些。"

邬云娜越来越深信自己干了一件与年龄不相称的无与伦比的蠢事。不知不觉中，与自己年轻的儿媳几乎同时分娩，无异于一桩荒唐至极的丑闻。胡地的这一封处处洋溢着喜讯的家书使她感到无地自容，眼前一片灰暗死寂。但尽管如此，她还是夜以继日地为自己的那个刚来到人世不久的小孙女认真地缝制了一些绣着各种小动物图案的小衣服，很快用包裹寄去。每一种小衣服都只有一件，仿佛一种硕果仅存的孤本，全是送给小孙女的。她自己生下的那个孩子什么也没有捞着，他身上的小衣服都是纸和小沙曾经穿过的。

十五岁的纸这时候已经是中学生了，她是学生会里的一名主要的干部，名义上的学生会副主席，实际上却一直行使着主席的权力。真正的主席是一个形同虚设的傀儡，胆小、软弱，由于姓刘，顺理成章地被同学们称为"刘阿斗"。小沙也已进了初中，这个文静的小姑娘时常看见自己的口齿流利、思维敏捷的姐姐面对着几千名学生和老师慷慨陈词，风采照人。外人很难相信十五岁的纸和十三岁的小沙是一对同胞的姐妹。家里忽然又多了一个不谙世事的小弟弟。她们姐妹两个都没有觉得有什么不对头的地方，除了吃饭，睡觉，她们几乎很少见到他。只有小沙有一种真切的感受，明白自己从此不再是家里最小的孩子了。

那些天，邬云娜的眼前时常出现水纹似的幻影，很多事物在她的眼前都是重叠的、复式的。小胡符穿着姐姐们从前替换下来的旧衣服躺在她的怀里，长久地一动不动地盯着她的脸，偶尔伸出一只小手去抓一下她的鼻子或头发。他的嘴里刚长出两颗小牙，只有在他咧嘴笑的时候，别人才能看见。当身边没有其他人的时候，邬云娜就将自己的脸使劲地贴向他，又把他的一只手放到她的脸上，让他抓，让他使劲。然而他瘦得像一只猫，没有太大的力气，他的手劲只能让邬云娜的脸上感到一阵搔痒。邬云娜抱着他悄然落泪，灼热的泪水滴到他的脸上，有时能让他咯咯地笑出声来。

有一天，小沙放学回来，对邬云娜说：

“自从生了弟弟，你还没有吃过一只鸡呢。我们书上说……”

“吃那干什么，我又不爱吃。”邬云娜打断女儿的话，将半盆土豆倒进锅里。蒸气开始弥漫的时候，她对小沙说：“书上讲的，也不一定就全对。有些害过人、干过不少坏事的人，到了书上就都变成好人了，还要教育别人要行善积德，安分守己……”

“行善积德难道不好吗？”小沙说。

“当然好。但他们不配说这个。”

邻居们时常还来，在一起议论各种各样的事情。虫子，钢铁，四层以上的楼房，像电一样危险而不可捉摸的政治，元帅的梦魇，一种能使女人收腹挺胸的衣服，一种像图钉一样的红虫子，一种像旧笔头一样的黄虫子，几乎什么人也不怕，谁也没办法奈何它们。几年前被开除了公职的白积，第二次尝到了婚姻的滋味，娶的又是一个比他无限厉害、让他叫苦不迭的女人，每天像地下工作者一样生活着。说起出生不久的孩子，说起自己的丈夫，邬云娜自言不讳地对人们说：

“他休想再碰我一下。”

家里没人的时候，胡佛冷冷地对邬云娜笑着，认真地问她：

“我碰过你吗？我几时碰过你？”

邬云娜被问得沉默寡言，胡佛还在用那样的一种眼光看着她，使她欲哭无泪。不久以后，她开始向人们打听，有谁可愿意收养一个用不了多久就能开口说话的孩子，胡佛不知道这件事。有一天，邬云娜不在，家里只有胡佛和正在襁褓中熟睡着的小胡符。忽然来了一对三十岁左右的夫妇，他们声称是来接孩子的。随身带着的提包里有几件小衣服，两块小花毯子。他们看见了熟睡的孩子，两个人都显得有些激动，胡佛吃惊地看着他们，怕他们的前倾的身体压坏了孩子，然而却又无法阻止。他的情绪有些急躁地对他们说：

“等等，事情恐怕搞错了。谁让你们来接这个孩子的？这是我们的孩子。”

那对夫妇从孩子的面前直起身来，迷惑不解地望着正在说话的这个人。胡佛对他们说：“是的，他是我们的孩子，我是他的爹。我姓胡，他也姓这个姓。”他们说：

“难道不是你们说不准备要了吗？”

“不准备要了？谁说的？”

邬云娜后来回来的时候，那对三十岁左右的夫妇已经悻悻地离去了，他们给小胡符留下一双绣着老虎头的小鞋。胡佛挥舞着手臂说："不要，不要，没理由让你们破费。"但他们根本不理睬他的叫喊，留下东西就走了。胡佛从窗户前听到他们边走边说："靠别人生孩子实在不行，还是我们自己来吧。我们回去再好好试试，好吗?"胡佛隔着窗户对他们说：

"不是我不愿意，实在是因为说不过去。你们再想想别的办法，好吗?"

不知什么时候，小胡符睁开眼睛，他好像已经把邬云娜的形象深深地印在了自己的记忆中。邬云娜站在他的旁边，胡佛对她说：

"邬云娜，没有人容不下他，要撵他走，你在外面干那些事是什么意思?你为什么要那样做，让别人来领他?"

"我愿意让他离开我吗?"邬云娜说，"我没有别的办法。他比咱们的小孙女还要小呢，纸和小沙好像也不大喜欢他。"

"那是因为他还太小。"胡佛说，"当年收留胡瓶的时候，我都没有反对过你。现在把他送给姓高的，他长大以后就得姓高；送给姓马的，就得姓马。不要再打别的主意了，谁能保证他将来不会成长为一位县长?"

"县长"咧开只有两颗小牙的嘴朝邬云娜笑着。过了一会儿，突然尖声哭叫起来。邬云娜为他换过尿布后，他马上又笑了，嘴里发出一阵蚊子似的嗡嗡的叫声。

刚满一周岁的时候，"县长"就对家中的食物表现出了极大的兴趣，而且良莠不分，不偏食，不挑剔，什么都敢往嘴里塞，以至于胡佛不得不经常提醒邬云娜：不要把"县长"吃坏了，应该对国家的未来负责，从小做起。

这一年，他们的菜园子里几乎颗粒无收。

秋后，邬云娜只得到了一些萎靡不振的萝卜和表面洒满了雀斑的土豆，它们都无一例外地因生长不良而呈现出一种老气横秋的衰败景象。邬云娜守着那些与成熟和丰收相去甚远的东西，呆呆地看了一上午。令人伤怀无望的季节很快就在昼夜的交替中过去了。冬天里的晚上，刚刚学会走路的小胡符晃晃悠悠地在家里走着，为了寻找吃的东西而四处出没。不久以后，邬云娜手里拿着的一个萝卜引起了他的高度注意。他的一双眼睛闪闪发亮，脚下不太利索地开始到处追逐他的母亲。邬云娜走到哪里，他就摇摇晃晃地跟随到哪里。“这个女人手里的东西可以吃。”这样的思索从他的渴望的眼神中直截了当地无遮无拦地流露出来。有好几次。邬云娜在行走的过程中都差一点儿被他绊倒。他如同一只长在地上的蘑菇，却又无时不在随心所欲地无规则地移动，四处乱窜。他的小小的脑袋出现在邬云娜的两腿之间，仿佛在重现他出生时的情景。

“老跟着我干什么，”邬云娜对他说，‘到外面跟小狗玩去。”

已经没有小狗了。几个月前它在门前追了一会儿蝴蝶，以后就再也不见了。邬云娜不愿意想象它被人吃掉的情景。小胡符突然发现母亲手中的那个萝卜不见了，他急躁不安地转动着自己的身体。“萝卜哪儿去了呢。”他站在柜子前，紧张地回忆着，判断着。凭着前几次的经验和灵敏的嗅觉，不久，他很快意识到萝卜的消失与靠近门口的那个火炉有关。那时候邬云娜正在忙自己的事情，将院子里的冰铲除起来。

胡佛在窗前对她说：“邬云娜，别像要猴一样让他到处找了，把那个萝卜切一点给他吃。切得长一点儿，把我的那一份也给他。今天晚上我就不吃饭了。”

“我放进炉子里了。”邬云娜说，“等一会儿在炉灰里埋熟了再给他吃。”她铲起一大块冰向街门门走去。这时，一阵尖利而嘶哑的哭声突然将她吓了一跳。她扔掉手里的冰块，浑身颤抖着跑回屋里。小胡符趴在炉子上，左脸已被烧焦了。屋子里顿时充满了焦煳的气味。

“完蛋了！烧成这个样子，将来还怎么当县长?”胡佛大声地说道，“怎么在大会上发言?”孩子的这副样子让他感到难过而又惊心，他仿佛看到一种致命的苗头。他因自己的身体无法移动而深深地有一种助纣为虐的感觉。

冬日夜晚里的烧伤在一天天地痊愈：到年底的时候，小胡符的左脸已重新长出了粉嫩的新肉。蜕了一层皮，但烧伤留下的烙印却永远地留在了他的脸上，真正成为一种不可磨灭的记忆。每逢天气变化的时候，他的那半张脸就会感到痛痒，常见他会因此而骚动不安。而更多的时候，他的这种包含着烦躁与不适的动作，往往都准确地预告着连日来晴朗干燥的天气将要朝着相反的方向发生变化。只要看见小胡符在认真地搔痒，就可以知道老天爷又要变脸了。气象预报也经常暴露出它的不准确性和不是十分有把握的谵语似的说明与推测。邬云娜有事外出的时候，也时常要看看小胡符的神情是否平静，有无什么异常的反应或表现与征兆。那是一片深浅均匀的胎记一样的印痕，真正的烙印。外人初看上去，以为他的脸上时常贴着一片用来清热镇痛的棕色的树叶。

事情到了他的脸上，就成为沧桑与苦难的象征。很多人都曾以不同的方式抚摸过那片“树叶”，从白蝴蝶村来的女人甚至将自己的灼热而颤抖的舌头放在上面，轻轻地滚动，眼里含着泪；除去像大多数人一样为了能够沾染、获取一丝仙气之外，还别有一种感情也在滚动，在悒郁与欢乐中战栗到天亮。

母亲从远处观察他脸上的那片“树叶”，并不是为了要预知未来的天气。对于一个走路需要扶着墙才能循序渐进的人来说，天气只有黑白之分，并无阴晴之别。不仅仅是由于她走不了多远。越过他的身体，她不断地望见他未出生之前的一段时光，看到她自己的身影出没在从前的菜园子里，满园子的露珠与阳光交相辉映。有一年夏天，菜园子里结出一种奇怪的果实：这种由番茄和扁豆嫁接而成的果实有一个桃子那么大，但表皮并没有茸毛，里面也看不到硬核，显然不是桃子。前来参观的人们谁也没有把握认定它究竟应该属于蔬菜类还是水果类。它的表皮好像不能食用，这一点首先被激动不已的人们排除了，但是否具有药用价值，还没有搞清楚。剥开它的皮以后，人们惊奇地发现里面的肉质兼有番茄和葵花籽的特征，而它的汁液几乎像苹果的汁液一样甜，这使它的归类变得更加混乱而困难。显然不能把它叫作苹果，但也绝不是番茄或葫芦。事实上，它的肉质本身更像葵花秆内的白瓤，甚至十分接近于棉花或海绵。于是，它的食用性又一次被排除了。最后，人们的目光都集中在籽上。众多的白籽使人们有理由相信这是一种专门用来产籽的果实，但人们谁也不明白所结的籽究竟应该像瓜子一样炒着吃，还是继续留作种子，这是一个很大的疑问。目前还看不出它到底有什么用，因为用手一捏就成了一滴水。县里的一位领导已经是第三次来参观了，强烈的责任感和好奇心使他欲罢不能，伤透了脑子。要不是他已抑制不住激动的心情向省里做了汇报，他也许就再不打算来了。他在报告中将这种难以命名的东西自作主张地称为“奇异的果实”。省里很快来了指示，要他将事情彻底搞清楚。但这时候他已觉得自己骑虎难下，什么也搞不清楚了。他在邬云娜的菜园子里盲目地走来走去，既像喃喃自语，又似在询问：

“这到底是个什么东西呢？”

“谁能说出来，它叫什么？”他说，“我马上任命他为农业局局长。”

终于有一个人说：

“这显然是一种新生事物。”

他斜了那个人一眼，没说什么。这显然是一种废话，他想。

“要给它命名也不难。”一位农科员说，“实在不行，我们就叫它‘东方红54号’吧。”

“为什么？为什么要这么叫？是不是也可以叫‘红星6号’？”

“叫‘红星’也行。几乎所有的农作物都可以这么叫。我们采取的是折中的办法。”

“省里要是问起‘东方红54号’是什么东西，我该怎么说？”

“就是这么个东西。”

“这是个什么东西？”

没有人能回答他。他既愤怒又难过，甚至想放声痛哭一场。最终，他看到了事情的始作俑者，便毫不掩饰内心的烦躁，对她说：

“邬云娜同志，你让我们所有的人都骑上了老虎，不知最终将奔向哪里。”

“这事谁也不怨，主要怨我。”邬云娜不安地说道。

“你是怎么种出来的？”

“嫁接。”她说，“要是没有经过嫁接，绝不会发生这样的事。”

“不对，我看应该是思想。”他说，“要是没有人定胜天的思想，你怎么会想起去嫁接？不知把土豆与蓖麻嫁接在一起会长出什么?”

“不知道，我没有试过。”邬云娜打了一个冷战，“以后我再也不敢了。”

临走时，他特别嘱咐她要对那几个果实严加看管，尤其是不能再让人胡乱抚摸了。但邬云娜根本看不住它们，几乎每一个来参观的人都有一个共同的心愿：亲手抚摸一下那个奇异的东西。有一天，邬云娜失魂落魄地从菜园子里回到家里，哭丧着脸对胡佛说：

“他们把它摸得再也不长了！越来越黑朽，越来越萎缩了。”

园里共有八个果实，几乎每一个都被抚摸过无数次。仿佛某些女人的乳房，经过别人长期的胡乱抚摸之后，变得衰败、颓废、萎靡不振，成为一种最惨痛的回忆。她在园子里哭了一会儿，后来听见有人在前院里叫她。

六

从一份受表彰的英雄母亲的名单上，胡地看到了邬云娜的名字。起初他既不相信自己的所见，同时又在心里否认那个名字与他有什么特别的关系和意义，直到亲自查阅了一张最原始的登记表以后，他才终于确认那个熟悉的名字正是他的母亲。邬云娜的姓名，夹在另外七十一名妇女姓名的中间，作为健康地生育了许多孩子的母亲，她们将要受到政府的表彰和奖励。

届时，将有五位身经百战的将军亲临表彰会。将军们分别来自川、陕、湘、鄂、赣地区，从战争开始到结束，一批又一批的死者从他们的眼里离去，消失。作为战功卓著的幸存者，他们对那些为国家哺育了众多儿女的母亲们心存感激，怀有深深的敬意。

当天晚上，胡地连夜给家里写了一封信，信中委婉而隐晦地流露出的某些意思证明他不想让自己久居小镇上的母亲在大庭广众之下抛头露面。很快，他又收到家里的回信。信是父亲胡佛写的，字里行间无不跳跃着他的愤怒，对儿子的愤怒和对自己的妻子的支持。胡佛坚决地站在邬云娜的一边，他责问胡地为什么要跳出来阻拦，横加干涉？他列举了一些事实，比如，这些年里，她到过哪里？最远恐怕连镇上的护城河边都没有去过。事实难道不是这样的吗？事实正是如此。她哪里都没有去成，并不是由于没有机会，而完全是因为他们，小时候都像青涩的果实一样乱七八糟地挂在她的身上，待到完全脱离她以后，又无时无刻不让她牵挂着。她几乎从来没有做过一个孤独清静的梦，即使在最寂寥的梦里，她也时常能看到他们当中的某一个在捣乱，在惹是生非。实话告诉你，你们的母亲、我的妻子，邬云娜，她很想做一次坏人，不再考虑他人怎么说，一切由自己做主。贤妻良母的角色使她活得很累。她强烈要求做一次坏人！是的，她就是这么想的。做坏人不需要时时约束自己。可以想干什么就干什么。为什么不想让她去？她一定要去。

胡地很快又给家里写了一封信，信的内容简短得如同一则电报：欢迎母亲速来。只是他怎么也不明白母亲为什么忽然想要做一个坏人？

邬云娜并不清楚丈夫和儿子在信里讨论了什么，事实上，会议的奖品是促使她下定决心前去开会的一个重要原因。每位受表彰的母亲，都将得到十五斤面粉、十斤大米和一公斤香油的奖励。这么多东西加在一起，对邬云娜形成了一个极大的诱惑。走遍天下，到哪里去找这样的好事？至于荣誉感，那也是有的，并非一点儿都不重要，有时甚至像强烈的光芒一样照耀着所有那些东西。十五斤面粉、十斤大米、一公斤香油，自从接到通知后，邬云娜的心里时刻都充溢着这些东西。它们遥远而真实地堆放在她的记忆里，充满了每一个地方，使她几乎很少再想到别的事情。

“香油实在没有多大意思，”胡佛经过认真的权衡后对邬云娜说，“对于大多数的家庭来说，有没有香油，实在是太不重要了（邬云娜在一旁点头，表示赞同）。我的意思是，能否把那一公斤香油全部兑换成面粉或大米？小米也行。要是这样一来，那就更好更完美了。”

“政府自有政府的考虑，为什么不给煤油而要给香油？那是自有一番道理和一番考虑的。他们难道还不如你会算计？”邬云娜说。胡佛不想要香油而想换成面粉的想法让她这个荣誉的获得者感到很是难过，丈夫的思想是落后而低级的，有时甚至不如个小学一年级的学生。生孩子还要奖励，这已让人不敢相信了。

“那还不如要香油呢。”胡佛说，“煤油就更没有什么意思了。依我看，人活着，只要吃饱了，每天不点灯也照样可以。”

“我们不应该得寸进尺。”邬云娜说。

“我并不是嫌少，还能埋怨政府给得少吗？一粒不给，又当如何？”胡佛说，“是的，这已经不少了，许多人哭着喊着还轮不到呢。我唯一的意思是，人的愿望应该水涨船高。”

那些天，不断有人到镇政府去闹，主要是那些身为母亲的妇女们。有一对生了六男四女共十名子女的夫妻，在见到镇长以后，将一只算盘推到镇长面前，对镇长说：

“邬云娜生了几个，我们生了几个，你好好算算。为什么要表彰她而不表彰我们？我们生了这么多，难道不是人吗？”

名单是上面定的，下面镇一级的政府只负责推荐和申报。镇长本想对他们解释权力不在这里，但忽然之间又改变了主意。连日来的乱麻一样的烦恼琐事已使他再没有一点儿好心情，而眼前的这一对不明事理的夫妇却深信自己遭到了不幸的埋没。于是，他告诉他们说，不光要有数量，更重要的是要看质量。“同样都是生儿育女，别人生的是什么，你们那一窝生的又是些什么？全部是恶性的瘤子！”他让他们回去仔细检点他们的货色。来时还气势汹汹的他们忽然泄了气，感到往事不堪回首。“还有胆量来闹？”镇长对他们说，“还有脸来领赏？”夫妇两个还带着一个二十出头的儿子一起来的，大约是考虑到人多必然势众。那年轻的罗锅看到镇长训斥他的父母，似乎感到很开心。他告诉镇长，他一直设法劝阻他的父母，让他们不要来，不要自讨没趣，但他们非要来，根本不听他的。“我从来就没想过自己要闹个什么奖。我不想胡闹。”他振作了一下消瘦的胸脯，情绪忽然有些波动地对镇长说：

“我只是渴望自己能在适当的时候成为一名烈士！是的，请向组织转达我的志愿！我时刻准备着，我强烈要求，成为一名光荣的……”

镇长忽然感到有些刹不住了。“先回吧，啊，先回去吧。”他打断他的话，“现在时机还不太成熟，等将来有机会……”

“我们是来说理的，不是来打架的，不是来胡闹的。”临走时他们说。

但一开始的时候，当他们三个人气势汹汹地从外面突然闯进来，正在办公室里走神的镇长还真的被吓了一跳。他的眼皮很凶险地跳动了几下，但很快就不再感到害怕了。他们真要是成心与政府来打架的，算他们瞎了眼。镇长想。不需要召集更多的人，只需将散落在附近一带的小分队集合起来，就够他们受的。完全可以将他们作为阶级敌人一网打尽，管叫他们有今日没明日，有来无回。

有一天，邬云娜听到一个不好的消息，是与会议的奖励有关的。那消息说原定发给每位母亲的十五斤面粉和十斤大米都取消了，奖品变成了每人十八尺花布。邬云娜怀着十分沮丧的心情回到家里，对胡佛说了此事。他问她是从哪里听说的，她说：“人们都在说。”惊异过后，胡佛对她说，每当大雨来临之前。总有一些鱼要跃出水面，扑腾几下；总有一些老鼠要搬家，到处乱窜；蚂蚁也要出来。为什么会这样？因为它们突然都感到很不舒服。“就是那些一根草也捞不着的人，他们像患了病一样难受。”胡佛对邬云娜说。他深信有人在造谣生事。“用花布代替面粉和大米，这样的馊主意是他们想出来的，但他们没权力这么做。政府不会和他们想的一样。”

以后，他们真的发现那不过是一种别有用心的谣言，但奖励的数目仿佛因此而受到了相应的损伤和流失：面粉由原来的十五斤降到十三斤，大米减少到八斤，只有香油没有变化，仍然维持原状。凭空而来的谣言使他们成了首当其冲的受害者，原定的粮食在这种空穴来风中明显地减少了。这样的变化连胡佛也不免感到奇怪。他问邬云娜：

“政府难道也在乎别人说闲话？”

“不管怎么说，两样都短了。”邬云娜说，“各短了两斤。”

“短两斤就短两斤吧。”胡佛安慰邬云娜说，“仔细想想，两斤也没有多少。”

“谁知道以后还会不会再短了。”

“不会再短了。这又不是新做的衣服，总在不断地缩水。”

“政策难道就不会缩水？”

在距离表彰会还有十天的时候，邬云娜的担心得到了验证：政策忽然又缩了水，面粉由十三斤变成了十一斤，大米由八斤减至六斤，香油还是一公斤，仍然没有变化。

“为什么不减香油，总是一个劲地往下减粮食？”邬云娜说；

“粮食过于紧张，香油不紧张嘛。”

“各样又少了两斤。”

“邬云娜，我发现了一个规律：每次都是两斤两斤地往下减，每次都是双数，这样做不知意味着什么？其中一定有什么名堂。为什么不是一斤一斤地往下减，也不是三斤三斤地往下减？我觉得，我怀疑……”

“再这样减下去，我怀疑最后什么都没有了，你说呢？”

“邬云娜，国家有困难，应该减一减。我们凭什么要那么多？”

“要是最后只剩下两斤，我还应该去开那个表彰会吗？”

“妇人之见！为什么不去？当然要去。两斤也值得去，即使只有一斤也要去，即使一斤没有也要去。面粉没有了，荣誉还在。给面粉就去，不给面粉就不去，那是什么人？小人。我们无论如何都不能让国家不好看。”

春天里的一个早晨，邬云娜早早地起来。一切收拾停当以后，她换了一身几乎从未上过身的新衣服。她要步行到县城，然后从那里搭乘开往省里的长途汽车。大女儿纸要陪她去县里乘车，甚至想代替她去开会，并想在会上做一番精彩的发言。邬云娜对她说：

“你是谁的母亲？你生过几个孩子？”

纸和小沙跑着上学去了。小胡符在地上走来走去，不时地过来抱着邬云娜的腿，认真地向上仰望着她的脸。胡佛对邬云娜说：

“听说现在有吃人的人，随便逮到一个人，不管是谁，也不问是从哪里来的，用水大概洗一洗，马上就吃掉了。即使最重要的部位，也不过多费一盆水，多洗两遍罢了。哪个部分的肉最新鲜，就先吃哪个部分。”

停了一下，他又说道：

“可惜我不能动。我最担心会议的代表在赴会途中被吃掉了。”

“我不会被吃掉的，我一定完完整整地回来。”临出门时，邬云娜对胡佛说。走出去以后，很快又返回来告诉他，筐里的土豆本来要吃七天，她不在家，他们四天把它吃完；越到早上。两个丫头就睡得越死，他要负责把她们叫醒；小沙的小拇指还没有全好，里面还有一点儿脓，督促她每天继续上药……胡佛从窗户上向她扬了扬手，“走吧。”他大声地对她说道。又扬了一下手，再看院里时，发现已没有人了。“不公平啊！”他想，光靠女人自己能生出孩子来吗？再能干的母鸡，没有蛋也孵不出小鸡来。他一会儿感到自己是一只被遗忘了的公鸡，一会儿又觉得是一只被疏忽了的蛋。

院子里落了很多的鸟，明媚的阳光照耀着它们的羽毛和红、黄两种颜色的尖嘴，使它们看上去显得不同寻常而弥足珍贵。小胡符在它们的中间认真地扑了很久，最终一只也没有捉到手，反将自己弄得像一只土拨鼠。所有的鸟都不怕他，因而都没有因受惊而飞走，这个院落在无形中成了一个场院，可以使它们安详地觅食、栖息。小胡符土头土脑地回到屋里，拉住胡佛的一只手，让他帮自己去捉鸟。胡佛朝窗外看了一眼，对小胡符说：

“我动不了。我要是能动，谅它们也不敢这么大队人马地来。这成什么了？”

说着话，他转过脸又朝外面望了一眼，院子里的鸟似乎比先前更多了。他无可奈何地叹息了一声，想找一个东西从窗户上吓唬吓唬它们。小胡符依然拽着他的一只手，不肯放松。小胡符认真地对胡佛说：

“你能走。你就是不想走，你就是不想给我去捉鸟。”

“谁说我能走？我能不能走，我自己还不清楚吗？”胡佛对小胡符说。“你见过个甚？你才活了几年？在你还没有来到这个世上以前，我就不能动了。我是一个会呼吸的死人。”

“你不是死人，你能走。”小胡符说。

“等两个姐姐回来帮你捉，好吗？”胡佛说，“她们跑得可快了。”

“你能走，你站起来就能走。”

“胡说八道，我就是因为站不起来才……”胡佛被纠缠得有些愠怒，正欲发火，小胡符又拽了一下他的手。这时，胡佛突然看见自己站起来了！他无比惊讶地号叫了一声。

在孩子的一阵愉快的欢呼声中，胡佛很快又意识到自己正在行走，健步如飞。过于强烈的激动使他不禁有些头晕，幸福来得太突然，太令人猝不及防了，事先竟一点缓冲的过程也没有。他嘴里喃喃地说着，脚下一直在认真地使劲。这么多年来，竟一直以为自己既不会站，又不会走，周围的人也都持同样的看法。多年来不断地受到照料。真是荒唐呀！传出去活活授人以笑柄，不知情的人还以为他好逸恶劳。他突然握紧小胡符的手，用一种十分战栗的声音对他说：

"走，跟我捉鸟去！看我怎么收拾它们！有什么要求赶紧提。现在，别说是几只破鸟，就是让我去捉老虎、捉狼，我也敢去！随便什么我都敢捉，一切我都敢捉。"

"捉两只。"小胡符得寸进尺地说道。

"两只干什么！那能够谁玩？一百只，捉一百只，送给所有的孩子们！"他的目光和手势几乎同时抢着跑出门外。

"要捉就捉一百只。"

"你连电也敢捉？我就不信。"

"电在哪里？让我看看。"

他的身影一出现在屋门口，院子里落着的那些珍贵而密集的鸟突然在一瞬间都飞走了。他听到轰的一声，眼前灰飞烟灭，空荡而寂静，他的脸上浮起一种大获全胜后的微笑。空气中有一种凯旋的气息。他一出来，什么都解决了。他自言自语，忘记了身边的那个孩子。望着远处，他忽然大声叫道："邬云娜，我会走了！"四月的暖风扑面而来，劈头盖脸地向他打来。

他清楚地听到了自己的声音。孩子的身体像一件寻常的物品，在距离他小远的地方躺着，天快要亮了——这是他在梦醒后看到的第一个情景。

第二天午后，胡佛看到有四个孩子站在他的面前，一开始他以为自己又是在做梦，因而他尽量让自己不去看他们，等待他们像梦里的浮光或烟雾一样自动湮灭，渐渐消逝。四个孩子的模样也真像梦里的事物，基本都是静态的，都一动不动地看着他。他们站成一排，像一溜拾级而上的台阶：从这面看，一个比一个高一点；从那面看，一个比一个小一点。胡佛偷眼瞧了一会儿，在心里对自己说："自从邬云娜走后，我总是不断地梦见未成年的小孩，昨天一个，今天又一下突然冒出四个，这可不是什么好兆头呀。"这样想着，他忽然感到有些害怕起来。"看来要不可避免地犯小人了。"

这时，一个疲惫不堪的人从外面走进来，沙哑的声音似乎在向人们展示一份病历，证明他患有严重的哮喘，或许还有其他未暴露的暗疾。正是从外面进来的这个人惊动了胡佛，使胡佛猛然意识到眼前站着的那四个孩子并非是梦里的事物，也不是偶然出现在这个午后的。他们有章可循，仿佛灌渠里的水。

那个疲惫的人来到胡佛的面前，嗓音浑浊地叫了一声"爹"，之后才说出自己的名字。

"你是胡天？你怎么老成这个样子？"

胡佛吃惊地问道。有一种不甚明确的东西狠狠地在他的眼前闪了两下，他不由自主地闭上眼睛，十分强烈而突出地感到自己就要站起来了。但那仅仅不过是一个虚幻出来的意象，他很快就又发现自己仍然在原地坐着，未曾移动一步。

“这是我的父亲，你们的祖父。”胡天指着气色不太好的胡佛，对那四个孩子说道。“你们都要叫他爷爷，知道了吗，叫吧，都叫吧，每个人至少都得叫一声。”

胡佛看了一眼那四个阶梯一样的孩子，不禁又吃了一惊。

只有一个孩子叫了一声，但声音小得像蚊子，以至于胡佛都不知道出自何人之口。其他三个则都没有开口。胡佛注意到胡天的脸上渐渐地有了怒色，遂抢先对胡天说：“算了。他们都没有见过我，别再逼他们了。你小的时候还不如他们呢。”稍顿了一下，他又不放心地问道：“这四个，都是你的?”

“路上我是怎么跟你们说的？什么都记不住？今天晚上谁都别想吃饭。”胡天对他们说道。

胡佛又看到一个女人，仿佛是从胡天的身体后面蜕变分离出来的。胡天介绍说：

“这是史玲玲。”

“是我的儿媳吧?”胡佛问道。这事他觉得至少有五六成把握。

“是的。”胡天说，“不是她还能是谁。”

史玲玲叫了一声“爹”。这一家人像是准备有序而又匆匆忙忙的演员，陆续上场。胡佛觉得，再过一会儿，说不定还会有什么人出来。新人辈出。他看着面前的史玲玲，脑子里飞快地闪过另一个女人的身影，她们长得是多么的不一样啊！容貌，身段……他感到有些坐不住了。

胡天让他的四个孩子分别向他们的祖父说出各自的名字。他们说：

“我叫胡图。”

“我叫胡塞。”

“我叫胡燕。”

“等等。”胡佛忽然说道。他问胡天：“你怎么能让她叫这?”

“是小燕子的燕，不是大雁的雁。”胡天解释道，“我还没有糊涂到那种地步。咱们家已经有一个胡雁了。”

“千万不能重复了。”胡佛说，“这已经够乱的了。”

接着，胡佛又问最小的那一个：

“你呢，你叫什么?”

“我叫胡泥。”孩子说。他眼巴巴地等了半天，终于轮到自己说了，显得很高兴。他是第一个向祖父露出笑脸的孩子。

“他叫胡里。”胡天代替说道，“他咬字不清，舌头还没有完全伸展。”

不久以后，胡天带回来的这四个孩子开始在院子里四处出没，一切都让他们觉得新鲜。他们的叫声传进屋里。胡佛对胡天说：

“你们是什么时候回来的? 从哪里回来的?”

听到这样的询问，胡天也终于忍不住打听起家中其他人的情况来。从父亲的言谈中，他似乎恍恍惚惚地看到了正在外面求学的胡瓶、胡雁和已做了父亲的胡地，每个人都有自己的事情，每个人都在与命运做斗争。他们的形象在他的眼前逐渐幻化成一些模糊的轮廓和稀疏的影子，他做了最认真的修复和最诚挚的挽留，但他们太像是一些用风化多年的灰质酥土捏成的人，难以长久保留。母亲为什么被邀请去开会? 父亲的回答是，因为不小心生了你们，无意中有了成绩，竟酿成了功劳；不是他们寻死觅活地闹来的，而是它自己找上门来的。吉祥在外面耐心地敲门，冻了一夜，你不得不开，不能不开。还没有见到中学生纸和小沙，但他想象她们可能瘦得像两只鸟。

胡佛想起邬云娜临走时留下的那些土豆，她希望他们能在四五天内无饥饿，现在看来，两天也未必够。想到这里，他不禁苦笑了一下。胡天看了父亲一眼，对史玲玲说：

“还愣着干什么？把咱们的粮食拿出来呀！口粮、储备粮，都拿出来。”

“哪里还有什么粮食？”史玲玲对他说，“你就吹吧，一回来就吹。好像你是个大地主。”

见他的很散乱很迷茫的目光还在看着自己，史玲玲又对他说道：

“不是都在你的身上缠着吗？怎么反倒跟我要起来了？”

“啊！我忘记了。太紧张了。”胡天恍然大悟地解开自己的衣服，将一个紧紧地缠在腰间的十分鼓胀的袋子暴露在胡佛的面前。胡佛惊异地看着，眼睛瞪得很大。

“世事险恶，不得不如此。”胡天对父亲说，“生活不让我们坦荡，我们就只能做鬼，时刻像贼一样。我们活得真恶心。”

“一路上就没有解下来过？”胡佛关切地问道，“它一直在你的身上？”

“哪里敢解呢？”史玲玲说，“就这样还差一点遭到了打劫。”

“这算什么呢，与先辈们相比，我最多不过是一只扛着一粒米赶路的蚂蚁。”胡天说。“项英同志在三年游击战争中，一直保管着南方红军的全部经费。数千块大洋，几十斤重的东西，一直昼夜不离地藏在他的身上，睡觉都得睁着一只眼睛，因为时刻都有人在暗中惦记着他的那笔钱。油山、大庙一带的人们都见过一个行动极为不便的人。”他把那个布袋子从身上解下来，如释重负地喘了一口气。

“那笔钱要是丢了，他们就更惨了。后来还有没有新四军，那就很难说了。”

出乎胡佛的意料，从那个形状细长的蓝布袋子里流出来的竟是一些颜色粉黄的小麦，长途的颠簸也未能将它的本来的色泽磨蚀掉，并没有褪去什么，它们看上去只是略有一些风尘仆仆。现在，在胡佛的印象中，胡天很像是一份司掌农事的神，随身携带着饱满而珍奇的种子，到处传播着花粉，到处刮风下雨，耕种收获。晚些时候，胡佛听到一个孩子在窗外问他们的母亲史玲玲：“爷爷家里究竟什么时候可以开始吃饭？”在接下去的一段空隙里，胡佛特别留意一下，但一直没有听到史玲玲的声音。

一个脸上有一块棕色印记的孩子站在胡天带回来的一只木箱子前，久久不愿离去。

胡天几次从箱子旁边经过，看到他的年幼的目光中流露出一种与年龄本相称的意愿和力气，一切看上去都是为了将那个箱子穿透、打通，将其中的全部内容弄个一清二楚。胡天对他说：“小家伙，你是谁家的孩子？你的大人呢，快回家去吧。这箱子里有蛇，会咬人。”孩子看着他。后面一句话是他临时发挥，突然加上去的，为的是能够将这个孩子吓跑。过了一会儿，他正在里屋与父亲说话，他的第二个儿子胡塞忽然从外面跑进来对他说：

“那个孩子还站在那里看咱们的箱子呢，怎么推他都推不走。”

“想看就让他看吧，看一会儿他就不看了。”胡天说，“箱子里什么也没有。”

又过了一会儿，胡塞又次跑进来，向胡天报告道：

“他趴在咱们的箱子上，用耳朵朝里面听呢。怎么办呀？”

“他在听什么？”

“他要是再不走开，我们就准备打他呀。”胡塞说，“我们要拿最尖的石头打他。”

“不能打！”

胡佛突然叫了一声。胡天吃惊地注意到父亲有些失态，欲言又止。脸上的肉在不规律地跳动，表情既紧张又松弛，一切全都是由于无法畅所欲言所致。父亲的样子让胡天感到奇怪，他想要说什么呢，胡天陡然生出一种隔膜。很快，他起身来到外面，看见那个小家伙正在试图用自己的另一只耳朵去倾听那只长途归来的旧木箱子。但当他看见一个陌生的人出来时，又立即放弃了自己的打算，垂手站在那里，满怀敌意地看着走近他的这个生人。

“你还这么小，就学会了到处乱跑。你就不怕被别人当作烤乳猪吃掉吗？”胡天对他说。他伸手去拉他，被他躲开了，执拗的眼神证明他深信那个木箱子里藏着某种让他感兴趣的东西。他和胡里看上去差不多大。

“你的家在哪里？”胡天又问他。

这时，里面忽然传来了胡佛的气力不济而显得期期艾艾的声音：“他不是隔壁跑来的孩子，他也是咱们……这个家里的……一员。”

“什么？”胡天吃惊地说道，“那么，他是谁？……我知道他是谁了。”

“谁？”胡佛惊异地看着胡天。“你都知道了？你说他是谁？你认为他是谁？你好好看看他，你看他像谁？”

“还能是谁？只能是胡地的孩子。他再也不可能是其他人。”胡天说。

“不是。”

胡佛有些恍惚迷离地说道。他仿佛正坐在一堆火上接受熏烤，表情十分难受地看着胡天。过了一会儿，他听到小胡符似乎哭了几声，但很快就再没有声音了。他猜测他一定是被他们弄疼了，否则他不会轻易哭出声来，他们早就在想着要算计他。还不到半天时间，胡天就对那孩子做出了如下的评价：一块宁死不屈的滚刀肉。他就是这么说的。他站在他的对面，虽然完全是无意的。这最初的定义让胡佛感到心惊。他在心里对小胡符说，不知你来到这个世界上要干什么？你像一件任何时候都不能明码标价不能出手的货。我本是一个极善言辞的人，但现在却无法向别人介绍你，无法指出你是谁。你究竟是谁？他险些大声地嚷出来。

“他到底是谁？”胡天问父亲。

胡佛看了看胡天，终于鼓起勇气说道：“唉，他也算是我的儿子。”

“什么？你的儿子，那是你的儿子？”胡天有些恐惧地望着父亲。

“是的，你是我的儿子，他也是。我豁出去了，索性把一切都告诉你算了，迟早你是要知道的。”他几乎是十分痛苦地说道。之后一段时间里，他开始变得烦琐而语无伦次，有时说着说着又忽然停顿下来，不得不借助于思索或对往事的回忆。人届中年的儿子认真地倾听着，表情有时沉默，有时千变万化。

“不怨我呀，这事一点儿都不能怨我。”胡佛说，“从某种程度上来说，我和那事没有一点儿关系，只不过……”

“这样一来，他们，”胡天朝窗外指了一下他的那几个孩子，对胡佛说道，“都得管他叫叔叔，是不是?”

小胡符摇摇晃晃地从外面走进来，这位年轻的叔叔在那只陈旧的木箱子面前费尽了心思，但一直毫无作为，也许一切都因为他年轻得有些过分而出格。他没有办法让其敞开。几个侄儿对他时有袭击，他完全不认识他们，不知道他们是谁，是从哪里来的。他们对他的袭击的方式是多种多样的，拳打脚踢、吐口水、揪耳朵、掐脖子。很多地方都让他感到了疼痛。他来到里屋，看着胡佛，又看看胡天。

胡天对父亲说：“我不在家这么多年，你们都干了些什么!”

仿佛灵魂归位，这一句话使现在的胡天与昔日的那个胡天立即重叠，吻合在了一起，至少在做父亲的看来是这样的。胡佛像是猛然尝到了一种淡忘已久的东西。

“大家彼此一样。”胡佛对胡天说，“你自己干的那些事情也同样让人头疼。我告诉你，我郑重而严肃地告诉你：辞云至今还没有结婚呢！她单身一人，住在一间白得让每一个走进去的人都怀疑自己是一截木炭的房子里。”

第四章

一

胡天没有立即去做木炭，他感到自己从里到外都缺少必要的力气。他们一家人另起炉灶，住在粮店的隔壁。负责看守粮仓的是一个斜楞眼的男人，人们都叫他张斜眼，有时简称张斜。张斜的工作很清闲，这使他经常能够有时间出来晒太阳。只要粮库里不着火、不跑水，张斜眼的工作就是卓有成效的。虫子和老鼠是在所难免的，有粮食还怕招不来虫子吗。至于到处乱窜的老鼠，张斜眼说："谁家没有几个老鼠？皇帝还有三门穷亲戚呢。"

自从隔壁搬来这一家人以后，一向疏懒闲适的张斜眼忽然变得紧张起来。他有一种很不好的养虎为患的感觉，那感觉使他深深地感到不安，感到不自在，不能再像从前的日子一样无拘无束地活着了。很多迹象都无一不在向他表明，他的生活被彻底搅乱了。就是最近刚搬来的这一家人，大的像马，小的像老鼠。他在门前晒太阳的时候，一边用手抚摸着挂在腰间的众多沉重的钥匙——像佛徒数念珠一样——一边斜着眼睛注意着那家里的动静。真他妈的会住啊！他想那一家人，世界那么大，偏偏要选择住在粮店的隔壁，与珍贵的粮食做邻居，就像在珠宝店附近卜卦算命一样，醉翁之意不在酒，傻瓜才会相信他没有别的意思。

张斜眼深信自己能够从与别人不同的特殊角度观察到生活的秘密与真相，许多事情瞒得了别人，瞒得了天地，但瞒不过他。有一天，他拦住从外面回来的胡天，对他说：

“别看你们住得离粮食越来越近，可别想从我的眼皮子底下搞走一粒米。”

“谁告诉你我们要搞你的米？我们没想过要搞你的米。”胡天停下来，不免有些惊讶地说道。“我们既不是贼，也不是老鼠。我们住到粮站的隔壁，完全是生活的需要。”

“是的，生活需要米，你们就住到粮站的隔壁来了，想尽办法要与米面做邻居。”张斜眼说，“不过，你别指望，别指望我哪一天会给你松一个口子，我一天也不会松。不松，说不松就是不松，我不是一个随随便便就松的人。”

“那你就紧吧。”胡天说。

胡天离去后，张斜眼还冲着他的背影说：

“是的，我这个老虎可从来不打盹儿。我会紧得像……”

从此以后他更加不敢松懈了，一种被紧紧箍住的感觉时刻伴随着他。那四个孩子经常出来，有时在附近一带，在距离他不远的地方站着，有时一整天不露面。看不到他们的影子，这让张斜眼更加疑惑不安，他们此刻在哪里？刚才在哪里，此后又要到哪里去？类似的这些问题渐渐变得像哲学和数学一祥麻烦，远远地超出了他所能承受的范围，使他感到头疼。坐在粮站的门前。他时常想突然跳起来，放声大喊大叫。他听到一种不祥的声音，像呲呲作响的导火线，那是他日夜都紧绷着的神经，正在酝酿断裂，做着崩溃之前的一切准备。事情的前兆忽远忽近地在粮站的上面飘移着，他抬起头就能看到。

有一天，他拦住从外面回来的胡天，算是又一次正面的冲突。当天晚上，他首先敏感地意识到自己与隔壁这家人的关系彻底变了，由于最近的这一次正面的冲突而发生了本质上的变化。如果说以前的几次冲突尚属于人民内部的摩擦，那么经过这一次的复习，已经完全变成了一种敌我之间的矛盾了，而且已经完全公开化，明朗化了。敌人就住在隔壁，人数也不能算少，张斜眼不可能无动于衷，坐以待毙，等着他们来收拾自己和身后的粮站。

"我必须站出来了！"

关上粮站的黑色的大门以后，张斜眼情不自禁地对自己说道。"关键的时刻已经来到了，这时候不站出来，还等什么？等着挨打？不能等他们先动手，那样一来什么都迟了。"他一边摸黑往办公室走，一边有一种接受考验、接受熏制的沧桑之感。流血看来已是不可避免的了，也许最严峻最残酷的岁月还在后面。张斜眼抬起头朝天上看看，发现有一个地方竟露出一线粉红色，他吓了一跳。要知道这是一个漆黑的晚上，那种不祥的牙床一样的粉红色是从哪里来的？回到办公室坐下以后，张斜眼又感到自己像一条悬挂了多年的腊肉，经风雨，历烟火，在已逝的岁月里早已变得如铁一样坚硬无比，却又饱含着极大的油性。他不是没有见过那种挺身而出的人，每每为之慨叹，现在终于轮到自己的头上了。

张斜眼激动不已地在寂静的粮站里走来走去。粮食是会说话的，懂得因果报应，只是一到天黑，一到这时候就都睡着了，许多年以来，他总是一直这么认为。现在，张斜眼走着走着忽然停住了，两只耳朵很硬很敏感地竖了起来。

张斜眼清晰地意识到自己听到了谷物的鼾声和面粉的呼吸。

这样又凝神话听了一会儿后，他飞快地从那些圆形的地堡一样的粮仓之间绕出来，飞快地向办公室跑去。众多的铁钥匙和铜钥匙在他的腰间叮当作响，其中有一种声音是指甲刀和一把大钥匙互相碰撞而发出来的。种种熟悉的信号在这个寂静而漆黑的夜晚里纷纷扬起了头，这其中凶多吉少，多为不良之举的前兆。“这样再耽误一会儿，说不定我就要疯了。”张斜眼边跑边对自己说。落后就要挨打，将授人以柄。“我不能疯!”他说。他的声音跑在他的前面。他要是在这个晚上忽然疯了，那么多的粮食怎么办？据他看都得因荒废而变成无数梦呓一样的泡沫一样的东西。我们靠什么活下去？我们靠什么繁衍后人？小麦在哭泣，并不是由于与之一墙之隔的高粱过于干燥。在这个多少有些倾斜的世界上，张斜眼觉得自己耳闻目睹过的事不能算少，但是往往总是在最关键的时候，他的发现令他自己都感到惊讶，甚至难以置信。在那样的一些时候，从来没有人帮他做主，与他共同参与，总是他一个人琢磨，自己给自己鼓劲，擦亮眼睛，澄清真相，自己给自己拨乱反正，指点迷津，出谋划策。现在，他一个人站在空寂的办公室里，眼前浮现出栗色的粉尘，与粮食有关的油顺着无数秘密的通道，向远处，甚至附近，向一些不知名的地方悄悄地流去。

“不能再犹豫了。”

张斜眼几乎是怒吼着地低声对自己说道。之后，他将几张纸在桌子上摊开。坐下去的时候，他感到了一种从里到外的疼痛：

关于粮食的安危以及让隔壁一家人迅速迁走的报告

写下这个题目以后，张斜眼顿时意识到自己有无数的话要说，所有的一切都涌到他的嘴边，争相呼啸而出。心中的话儿要向党诉，不向党说向谁说？饥饿，冷清，黑暗，担忧，暂时都被他忘记了，强烈的诉说的欲望占据了他的心。能说清楚当然要说，纵使什么也说不清楚，那也要说。既然什么都知道，为什么不说？和党装糊涂？张斜眼不是那样的人。知道的当然就应该说，不知道的也应该分析分析，琢磨琢磨。是的，做人就要做这样的人。

在这个黑暗而空寂的晚上，粮站保管员张斜眼感到自己浑身都是嘴。

在一些关键性的词语下面，他加上了自己认为应该着重注意的圆圈和黑点，众多的十分显眼的小圆圈和小黑点又时刻使他意识到自己此刻正在全力以赴地做着的事情非同寻常。“不一般呀！”他边写边想，“这可不是生活中的一件普通的不起眼的小事；谁要是认为这是小题大做，谁就是个……”他删去了几个看起来有些粗俗的字眼儿，另起一行。先说最重要的。他向自己的上级建议，应“想尽一切办法”，让住在粮站隔壁的那一家人尽快撤走，迅速撤走。“迁得越远越好”。不让他们小小的一家人迁走，难道要让偌大的粮站重新选址，另起炉灶，一切都从头开始？一来一去，那得损失多少？俗话说：“不怕贼偷，就怕被贼惦记着。”他反复地向上级阐述着这样一个朴素而令人不安的道理。谁敢说他们现在没有惦记这事？也许做梦都在用口袋装粮食，像蚂蚁一样往家里扛，像耗子一样往窝里拖。“伴邻如伴虎”，一段时间以来，这是他的最切身的感受。谁也不知道他生活得多么难受。让隔壁的那一家人住到哪里去？他短暂地思索了一下，但没有去多想。那不关他的事，只要与粮站拉开必要的距离，他们爱住在哪里就到哪里去住。世界那么大，何处不能住人？他很快地将刚刚一不留神写下的一句话“青山处处埋忠骨”删去了。不合适的词语绝不能出现，暧昧的、含糊其辞的话也不应该多说。那没有什么好处，上级要是不明白，事情将会适得其反。他不希望那样，那不是他要看到的结果。他重新修改了开头的部分，以表现他的心情。他这样写道：

> 蓝天，红日，白云。东海扬波，阳光灿烂，红旗招展，歌声嘹亮。正当全国人民以百倍的热情，鼓足干劲，斗志昂扬，多快好省地建设社会主义的时期，一户形迹可疑、来历不明的人家，突然在一个淫雨连绵的傍晚时分，神不知鬼不觉地举家搬迁到了我粮站的隔壁。特别需要指出的是，这是一户十分可疑的人家，他们住下来以后就不打算再走了。几乎听不到他们家里有什么动静——这往往最能将人蒙蔽——但不管白天还是黑夜，总能看到其家的大人和小孩时常鬼鬼祟祟地在粮站附近一带到处乱窜，这里瞧瞧那里摸摸，其形可疑，其情诡秘。他们在干什么？
>
> 有一天中午时分，正是人们最容易犯困，精力最不集中的时候，他们竟大摇大摆、若无其事地走进粮

站对面的杂货店里，公然向店里的老太婆打听一个圆形的粮仓里到底能储存多少粮食？（注：此老太婆也非等闲之辈，时常借售货之间的掩护，稍一得空，便向街对面的我粮站里眺望、观察，做大胆而仔细的偷看。此事极为麻烦。由于其特殊的地理位置，我粮站内的基本情况和大致轮廓，常被其尽收眼底，一览无遗。据我粮站工作人员观察与反映，许多迹象都无不在表明她对社会主义充满了看法。当然，那都是她个人的一些看法。对于她的那些看法，我们的态度是：第一，不怕；第二，坚决反对。为防不测，建议是否也应立即拔掉这个于我粮站十分不利的钉子？由此上溯到抗战期间，此处曾经即为敌伪据点。）

狐狸再狡猾，终究也要露出其尾巴，逃不过猎人的眼睛。不久以后，他们的这种神出鬼没的行动即引起了我粮站工作人员的高度注意和警惕。

除了列举一些事实和可能出现的灾难外，张斜眼特别指出了隔壁一家人以及街对面杂货店里的老太婆对粮站构成的潜在的威胁以及对我粮站工作人员的身心造成的伤害和严重的摧残。所有这些不安定的因素，皆属于应铲除的范围和对象。不铲除行吗？

张斜眼最后写道；

黑云压城城欲摧，山雨欲来风满楼。眼下的大致情形就是这样的，如上所述，如若再不立即采取有效的措施，我可能就要疯了。我疯掉是小事，如若能以我之疯而换取粮食的安宁，我宁愿疯掉。是的，我可以疯，别人能疯。我为什么就不能疯？只要是需要，我就能疯。人生一世，草木一秋，疯子难道就不是人吗？疯子也是人，照样干革命。只是粮站恐怕不会再用我了。

有图章不用，他慎重地摁上了自己的真实而温暖的手印。这以后，他锁上门，打算回去吃点儿东西再来。离开粮站的大门以后，他首先看到街对面的杂货店里还亮着灯，那个老太婆正背朝着店门，不知在干什么。他的眼前忽然神经质地跳了一下，跳得异常猛烈而生硬。

很快，张斜眼又看到隔壁的那个人正在自家的窗户前弯着腰，很费劲的样子。他认真地留意了一会儿，渐渐看出些眉目来。隔壁的男人似乎正在搭造一个与房屋毗连的小建筑。那会是什么？鸡窝？人为地延伸出来的小厨房？准备堆放杂物的小耳房？一间相当于东西厢房的秘密的小客房？留住过往的客人或远方的亲戚？他歪着头琢磨着，从屋里透出来的一片亮光使他看见了堆放在地上的砖头、油毡、石灰和一副水桶。张斜眼吃了一惊。

“难道这个家伙真的不打算走了？当真要在这里长久地扎根开花，安居乐业？”张斜眼站在风中，看着那一切。“准备搬家吧你，还在胡垒什么？”他想。不知不觉中又向跟前那十分凌乱的地方走了两步。完全是神差鬼使，似乎有十分强劲的风从后面吹着他，不容分说地裹挟、督促着他，让他走成一条斜线。这时，一直坐在黑暗中的一个孩子忽然尖声叫了起来，对正在窗户前弯着腰的胡天说：

“爹，有人在偷看咱们盖房子呢。”

“谁?”胡天心不在焉地应了一声，手中托着一块砖。继而又对黑暗中的那个孩子说：“不要把话说得那么难听。什么叫偷看？盖房子有什么值得偷看的？谁会偷看别人盖房子？你是越来越没有礼貌了，谁教你这样说话的？三天不打就上房揭瓦，石灰坑里的水都到哪里去了？你是怎么守护的?”

有风吹来，张斜眼感到一种灼热的气息从自己的脸上蒸腾起来。他哆嗦了一下，低声对自己说：“我好像染上了伤寒。”

那个孩子从黑暗中站起来，弄出一阵哗哗作响的又断断续续的水声，大概是又将水重新注入了石灰坑里。胡天先是吩咐他将原来的那个跑水的口子堵住，之后一边用瓦刀敲着一块砖，一边在那种清明悦耳的声音里说：

“谁想看就看吧，盖房子又不是什么见不得人的事。”

张斜眼意识到自己走进了泥泞的水里。慢慢地退出来后，他开始沿着回家的方向走。一路上他边走边想：“想垒你就垒吧，横竖不过是小孩过家家，喜鹊搭窝而已，有什么正经。”走了一段，看到一些白房顶，忽然记起不久之前的一个黄昏时分，附近一带的几个孩子像一些奇怪而罕见的果实一样挂在一棵最黑最老的树上。黑魆魆的鹊巢眼看就要不存在了，一些看不见身影的鸟躲在附近一带，声音激越而惨烈地叫着。那时候，他站在下面，斜着眼睛往树上看，最上面挂着的一个孩子使他觉得有些眼熟，但一时又不能确定那是谁。在距离家门不远的地方，他忽然停住了脚步，仿佛有人在他的后面拍了一下，这使他感觉自己刚刚睡醒，此外还有一种轻微的疼痛。“那就是我?”他有些惊讶地对自己说。穿过旧日的街道，回到家里以后，他依然保持着那种无法驱散的、挥之不去的惊讶。

“老太太，老太太！我们曾经见过面的，你不记得我了？”

“你是老冯？顿县的老冯？”

“唉，我姓陈，陈年旧事的陈，陈谷子烂芝麻的陈。”

“你是陈谷子？”

“不，那不是我。”

“陈二？你是陈二！我想起来了，陈二，你就是陈二。”

“我不是陈二，我叫陈公宫。”

“陈公公？”

“老太太，前一个公是公鸡的公，后一个宫是子宫的宫。”

“我知道了，一个比一个小。”

这个叫陈公宫的人坐在她的一旁，不时地透过窗户向外面看着。昨天晚上。在镇上的一家旅馆里登记住宿的时候，旅馆里的一个四十多岁的女人一边填写住宿登记卡，一边在小窗户里面大声地用尖细的嗓门问他：

“哎，这个提黄提包的人，你到底是哪个工？工人的工还是宫外孕的宫？”

于是，他像被揭穿了什么把戏一样，将脸贴近那个窗户，小声对她说：

“我是宫外孕的宫。”

为了防止客人住一会儿后不辞而别或中途突然溜掉，旅馆将结算放在最初。当陈公宫在疲倦与混乱之余终于想到一个冠冕堂皇的可以代替宫外孕的词语时，住宿发票已经开好了，一切都已失去了意义。他和他的儿子是黄昏时分来到这个镇上的，两个人都风尘仆仆，满脸倦意。不久以后，他们即去拜访了胡符。虽然他们感到自己快要累死了，站着就能很快睡着，但当见到胡符本人时，顿时又有了精神，眼前闪闪发亮，一时很难弄清是什么在发光，使人精神抖擞，心明眼亮。

“我们是慕名而来的，真心诚意地慕名而来的。”经过了长途颠簸与劳顿的陈公宫一点儿也不想掩饰自己的激动与希望。他抓住胡符的手，身体禁不住一阵轻轻地战栗。

“请您救救我的母亲吧！”他的儿子也对胡符说，“我只有一个母亲。”

“谁都一样。真正的母亲，每个人都只有一个。”胡符对他们说。

在他们起伏不定的描述中，胡符的眼前渐渐浮现出一个奄奄一息的女人。这个生命垂危的女人正在逐渐地远离这个世界，因而使他无法穿过时光看清她的真正面目。她离这个世界越来越远，这为他预感到挽回的可能性已微乎其微，异常渺茫，而那正是他们父子来这里的全部目的。于是，他答应帮他们试一次，但没有很大的把握能够保证成功，将她挽留在这个世上，因为她离开自己的家已经很远了。陈公宫父子两人也抱着一种死马当活马医的心情，事情就这样谈妥了。在他的吩咐之下，他们买来了纸张、香烛和一些必不可少的东西。之后又雇来三个人，加上陈公宫的儿子，四个人沿着东南西北四个方向出发，陈公宫自己留在胡符的身边，作为配合或辅助。一切的费用皆由陈公宫支付，先付给那三个人一半的定金，待完成任务以后再领取另一部分。雇来的两个人认真地点完钱以后，对胡符说：

“我们要走多远才算数？走到什么时候就可以停下来不走了？”

“五百步。”

“这里人生地不熟，你要当心点。”陈公宫对他的儿子说。

“爹，你也要多保重。”儿子含着泪说。

父子两人说着一些既啰唆又难过的丧气话，仿佛正在进行永远的诀别。从东、西、北三个方向出发的人已经走了，不久以后，陈公宫的儿子也走了。陈公宫对胡符说：

“我冒昧地问一句：派他们四个人从四个不同的方向出发，是不是要表示对她形成合围，不让她从这个世界上走掉？”

“可以这么说，”胡符说，“我们所做的一切，目的就是为了召唤和挽留。不是表示合围，而是合围已经形成了。现在，最要紧的是要防止她从某一个薄弱环节上突围。”

“我明白了。”陈公宫说。

他的眼前渐渐升起一座虚实不定的祭坛一样的东西，胡符出现在一个很高的位置上。虽然他一伸手就可以摸到胡符的脚，但他们之间的那种异常遥远的距离却不能不使他感到惊异。“什么也没有发生，是我的心里有烟雾。”他想。他注意到胡符的脸上充满了闪烁不定的光泽，“活像一个妖人。”现在看来，刚才派出去的那几个人是否尽心尽责，也是一个很关键的问题。他们中间，他只对自己的儿子放心，不存在任何疑问。

这时，他忽然听到胡符在对他说话，遥远的声音似乎是从云彩之间飘出来的。他抬起头，仰望着胡符，听到他在说：

“我看见你的妻子了，好一位病美人。”

“什么？她在哪里？”

“看情形没有人能劝得住她。她遇到一位姓徐的朋友，是一个年岁与她相仿的女人。是的，她们看上去很要好。”

“是徐美兰！一定是徐美兰！”

陈公宫急躁不安而又咬牙切齿地说道，脸上充满了悲愤的神情。他在地上走来走去，团团乱转。他不住地抬头仰望胡符，那一位一直都在认真地向很远的地方眺望着。

“徐美兰是谁?”

“就是你后来看到的那个女人。”

“她是个什么人?”

“婊子！一个真正的不掺一点儿假的婊子！不过，她已经死了。”

胡符继续向远处观望，他并没有向陈公宫追问徐美兰是怎么死的，但陈公宫却忍不住要告诉他徐美兰死于一次寻常不过的争风吃醋。“生的卑鄙，死的无耻。”他一边对在高处的胡符说，一边又似乎在自言自语，陷入对往事的回忆之中。往事使他憔悴而疲倦，心力衰竭。不久，他听到胡符告诉他说，怂恿他的妻子离开这个世界的，正是那个名叫徐美兰的女人，她似乎正拖着她从明亮的阳光下一步步地走过。这个消息使他险些在地上跳起来，他知道自己无法对胡符的所见与发现提出质疑，因为对方分明是认真的，并无戏谑之色。某种时候更是强大的，富有灵性的。于是，他问道：

“她呢，她什么反应？徐婊子拖她，她就乖乖地跟着她走?”

“你是问你的妻子吗？她看上去既留恋这个世界又想跟着那个女人走。她是矛盾的，一直都在徘徊、彷徨、去留不定。”胡符又望了一会儿，说：“她好像完全不能拒绝那个女人对她的影响，她表现得非常软弱无奈。”

“他妈的，都到这个时候了，她还要跟着她走！她难道不知道徐婊子已经死了吗？她的丧服还是她亲手穿到她的身上的。”伤心事将陈公宫折磨得又蹦又跳，以致高高在上的胡佛突然意识到自己的身体一直都处于某种运动之中，但他并没有打算下来。他居高临下地问他：

“她怎么会有那样一个朋友？”

“人以群分，物以类聚，因为，她基本上也是个婊子。”

“你的妻子？”

“是的。”

陈公宫像扎了一根刺一样十分痛苦地看着胡符。有些话不说出来使他感到十分难受，现在终于有机会让他鼓起了勇气，痛快地吐了出来。真人面前不说假话。他的儿子在场的时候，他一直没有这样的自由。他不想在儿子的面前说他的母亲是个什么人，尽管儿子就未必真的闻所未闻，一无所知。我活成什么了？他想，简直猪狗不如！不但想做的事情一件也没有指望，甚至连想说的话也不敢说了。勇气、机遇、自由，都与他毫无缘分，甚至连擦身而过都谈不上，因为他根本无法觅到它们的踪迹。现在，在真人的面前，他觉得可以说一说她了。她的美貌是与生俱来的，但直到认识了徐美兰以后，才被她自己真正发现，那时候她已经三十多岁了。自从她认识了徐美兰之后。他的苦难的生活也就开始了。一开始她是一个胆小而容易害羞的女人，徐美兰就教她怎样厚颜，怎样无耻。她并不是一夜之间成为婊子的，中间也经历了一个不算短的过程，脸皮一天比一天厚，性情一年比一年无耻。她认识的所有男人几乎都是徐美兰介绍给她的，有无数个夜晚和白昼，她们是在一起共同度过的。尽管“快乐得像升天”，但她的心中还存有最后一丝羞怯与廉耻，她仍会在事情的开始阶段勉强让自己做淑女状、做良妇状。有一次，她们被人“用完”之后，两个女人都赤身裸体地被从窗户里像包袱一样扔了出来。天亮时分，她拎着自己的一只鞋回到家里，告诉自己的丈夫陈公宫，说她脸上和身上的伤来自于一次车祸。陈公宫信以为真，用药水为她的脸上擦洗、消毒；她的丰满的臀部上留着明显的擦痕；两条大腿之间也有红肿的印迹，仿佛汽车驶进了她的两腿之间，抛锚在先，出事在后；仿佛那里就是事故的现场。丈夫用自己的嘴为她疗伤，她情不自禁地闭上了眼睛。这是她第一次表情坦然地说谎，她惊异地发现说谎时不再心跳，不再脸红，目光也不再像以往那样散乱而惊慌不安地四处躲闪，寻求稳定。“这一次又没有出什么事。”她有些庆幸地想。能够用流畅而自然的毫无破绽的语言说谎这使她对自己建立起越来越多的信心，使她深信自己在进步，能力不断地得到肯定。这是一次质的飞跃。从此以后，再没有任何让她感到脸红的事情。她脱胎换骨，疯狂得像一辆永不疲倦的越野车。据说，她的叫声会响彻整座大楼。一想到这些，陈公宫忍不住又想跳起来。她生病的前几个月里，成天和一个外号叫“死鱼”的男人在一起，用她自己的话说，整个夏天，她已经乐够了。回来以后，她开始生病，病情一天比一天严重。在几次神志昏迷的时候，她确实看见过死去的徐美兰来叫她，花枝招展的徐美兰又像从前一样秘密地向她使眼色。用只有她们两个人才能明白的方式暗示她，邀她一起出去。

“出去干什么?”胡符说。

“当然是什么肮脏干什么。”陈公宫说。

“应该建议那位‘死鱼’娶她，这样一来。一切的烦恼都没有了，你也会从此获得新生。你从来没有这么想过吗?”

“不可能。瞧您说的，那怎么可能？世界是大家的世界，从来不会绕着某一个人转动，他哪里会真心要她？再说，她的年龄也确实大了一些。她要是只有二十多岁，这事还有可能。我不是没有想过，我几乎什么都想过了，我连做梦都在试图梦见一些有效的途径或方案。但遗憾的是，直到今天仍然一无所获，毫无眉目，眼前还是一片漆黑。我知道我已完全黔驴技穷了，我再也不可能想出什么好办法来了。”

“于是就想到来找我？”

“慕名而来，完全是慕名而来。来时的路上，我就对儿子说：‘这一次出门是我们的一个转折点，我们自己无法做到的事情，胡大师能帮我们做到。到时候，他让你干什么，你就乖乖地干什么。’不过，您听我说，您不必太认真，意思到了就行，真的不需要太认真。”

“什么意思？”

“趁我儿子不在场，我必须向您交个底，把话说明白了。我带着他来。完全是为了让他明白事情是怎么回事，这样他以后就不会怪我了。我们已尽了最大的努力帮助过他的母亲了，但天不遂人愿，事情根本不行。他亲身经历过这事，以后他就再不好说什么了。我们一起长途跋涉而来，但事情没有成功，并不像我们事先所想的那样。他再没有理由指责我对他母亲的病无动于衷，袖手旁观。”

“你的意思是……”

“实不相瞒，我并不想挽留她。她自己也乐够了，可以满意地死去了。以前我不是这样想的，总想使她好，但她不断地使我寒心。平时在家里，我无意中碰一下她的手，也会招来她不耐烦的斥责和厌恶的神色。一开始我总是觉得她心情不好才这样的，但这样的次数越来越多，我真正明白了她是不喜欢我的。我经常对自己说：‘这不是我的女人，根本不是！她是别人的女人。’面对这样的一个女人，我觉得我再也没有留恋和挽回的必要了，我这是在干什么？现在，我来这里找您，完全是碍于儿子的面子，可以说并不是为了她。”

“我明白了。”

胡符神色严峻地说着。不久以后，他从那个高高的位置上下来，为自己和陈公宫各沏了一杯茶。两个人坐下来说话。

“既然这样，我也完全没必要再继续坐在上面了。”胡符认真地说道。

“她死了，对她是一种解脱，对我也是一次解放。”陈公宫说。“我最宝贵的年代和精力都给她耗掉了。她死了，我还得继续在这个人欲横流的世界上挣扎、扑腾。虽然根本不可能扑腾出什么名堂来。我有什么资本去扑腾？再用不了几年。我也是快死的人了，我已闻到了那种越来越近的气息。”

事情到了现在这种时候，胡符告诉陈公宫，他们派出去的那几个人并没有尽心尽力。四个人中间，只有他的儿子是认真的，救母心切，但完全不得要领，既恍惚又神圣，不知道自己究竟应该怎么办才好。陈公宫说：“你要不提起，我倒把他们给忘记了。从一开始我就没有指望他们能干什么。我只是想，给他们一点钱，让他们出去胡闹吧，那样闹一闹也不错。是的，我认为他们早已拿着钱各奔东西去了。”

“他们会回来的。”胡符说，“他们要是把名声搞坏了，以后就再没有人雇佣他们了。看，他们已经回来了，你还得付给他们另一半费用。”

二

这一年临近结束的时候，邬云娜感到自己劳顿至极。有一天下午，外面飘着雪花，她挽了一会儿线团之后开始在椅子上打盹。入睡之前的最后一个略显清晰的印象是胡天抱着小胡符在一条杏黄色的街上走着，街面大致依旧，保留着许多熟悉的特征，但满眼的浓淡均匀的杏黄色却不知来自何处；几只外貌异于乌鸦，但声音酷似乌鸦的鸟在街道的上空和两侧一带的房屋上悠长地叫着，偶尔盘旋一下，在整齐有序的杏黄色街面上留下一个转瞬即逝的轻黑的影子……待她完全睡着以后，一切继续在她的梦里出现，紧接着入睡前的印象。胡天抱着因高烧而变得昏昏沉沉的小胡符，走不了几步就要停下来喘息一阵。没有人会把他们认成是兄弟，他们看上去更像是一对父子。胡天艰难而无奈地喘息着，苍白的脸上出满了汗。三十多岁的他几乎抱不动那个几岁的孩子，他们不断地在杏黄色的街上停下来。他十分虚弱的表现引起了一些人的注意。“我替你抱他一会儿吧。”有人走上前去，帮他抱起那个孩子，他们一起朝着医院的方向走去。医院坐落在哪个方向呢？邬云娜有些糊涂地想道。小胡符到底患了什么病？胡天用自己虚弱的身体承载着他，从漫长的杏黄色街上走过，邬云娜深为感动。她梦见自己在周围没有人的时候流出了真实的眼泪。千真万确的眼泪！杏黄色的街市让她不敢相信自己的眼睛了，甚至所有的经历都非常值得怀疑。一天又一天，一桩事又一桩事，简直都不知道是怎么过来的，现在连她自己都一天比一天更加疑惑。不久以后，她看到自己在那条杏黄色的街上停了下来，一些各怀心事的人像平滑的鱼一样从她身边和眼前无声地经过。在与杏黄色十分类似的一道橙黄色的长廊内，在会议快要结束的时候，她忽然见到了身居要职的丁部长，她的儿子胡地拿着一个神秘的公文包站在一旁。

在邬云娜做梦的时候，胡天正在率领全家人搬家，雪后的街上留下了他们的深重的印迹。从粮站的隔壁到肉联厂的周围，几乎要穿越多半个镇子。搬迁使几个孩子兴奋得吵吵嚷嚷，互相乱撞。胡天在前面拉车，他们在后面推车。他们的母亲史玲玲负责搬运一些易碎的东西，她不放心他们当中的任何一个。每一件东西都来之不易，比他们本身还要来得难些。迁移意味着变化，标志着要进入一种与过去有所差异甚至完全不同的生活中去。孩子们在混乱中找到了生活的欢乐和磁性般的趣味。他们虽不敢奢望每天都能搬一次家，但十分期盼这样的事每隔一段时间就能来一次。我们每天都在搬家，每一个夜晚都在更换新的不同的睡觉的地方，等于每天都在出远门，年年都在路上。

“爹，下个月咱们还能搬家吗？”

“爹，再搬家的时候，这个小板凳就不要了吧，我已经把它坐烂了。”“铺张浪费是一种可耻的行为，你想让自己成为一个可耻的人吗？一人可耻。全家可耻，我们不会让你把好端端的小板凳说扔就扔了，说不要就不要了，我们不同意！我们一千个不同意，一万个不赞成！新三年，旧三年，修修补补又三年，一个小板凳至少可以坐九年，甚至十二年，弄不好还能坐十五年。十五年哪，你这才坐了几年？一开口就说坐烂了，你坐烂什么了，你把什么坐烂了？”

“爹对这事怎么看？”

爹正在弯着腰爬坡，绳子在他的肩上绷得令人惊讶而不安，看上去充满了险情和悬念。有关部门找他商量，能否从粮站的隔壁迁走？不是说搬走以后就什么都不管了，而是要进行更为妥善的安排。听说肉联厂的附近有一些闲置了多年的空房子，不是听说、据说，而是实有其事，客观而真实地存在。肉联厂的附近的确有一些闲置了多年的旧房子，房产并不旧，周围一带的环境也完全说得过去。有树木、河水、纸坊。虽然不能经常吃肉，但可以保证每天能闻到肉味，美妙的肉味、动人的肉味，在附近一带的空气里经久不息地弥漫着。注意：只在附近一带弥漫，从不向周边地区扩散，肥水不流外人田。据一位在附近居住了多年的老邻居说，肉联厂把他们大家都养肥了，与其为邻获益匪浅，终身受用。住在那一带，品尝鲜美的野味，在他们来说早已不是什么新鲜之事。单是去年八月一个月之内，他们就品尝过两次难得一遇的野味，一次是只闻其名而未知其味的狼，另一次是豺。两次的肉都是红烧的，投入大量的有效的佐料；两次都是肉联厂无偿奉送的，作为对多年来一直与之和平共处、相安无事的邻里们的一种微小的馈赠或酬谢。人生能有几回逢？能住到一起是命中注定的缘分，并非犬牙交错，傻瓜才会去捣乱那一切。肉联厂的人们尤其懂得生命的价值与意义。

此外，从某种意义上来说，欣赏肉联厂的工人们一丝不苟地拔鸡毛、剥兔皮、洗刷猪下水，也是一种享受，一种对于身心的安慰，一种对于生命的珍惜与抚摸。多抚摸抚摸有什么不好？附近一带还有水井，农田和畅通无阻的灌溉系统。那里的妇女大多丰满而健壮，很少出现林黛玉似的麻烦。为什么，答案不言而喻。可以设想一下，如果没有肉联厂的存在，她们有何丰壮可言？一切都将是另外一种情形，我们的生活处处艰辛而紧张，客观上不允许弄一盆花养在家里，这还没有将气候的因素考虑在内。

“我们是不是越活越傻了？”胡天对史玲玲说，“肉联厂那边那么好，我们为什么不去？死守着个粮站干什么？就算它有再多的粮食，那也不是我们的。与我们基本无关。”

“完全无关。”史玲玲说，“那边的猪多，你去了难道就都成为你的了吗？同样不属于你。这里的小房子刚刚盖好……”

“小房子算什么？那边的那么多的有利条件，你难道一点也没有听到？”

很快就决定了要搬家，从粮站的隔壁搬走，到肉联厂那边去从头开始一种新的生活。“中途停下来，返回去再活一次。”胡天对史玲玲说。史玲玲不是本地人，时常感到自己如一片飘离故土的树叶，在无数次的主动与被动之间，终于发现随波逐流也不是什么坏事。此外，丈夫的表现也时常将她感染。那些天，胡天感到自己怀揣着一幅稀世之图，只要愿意，任何时候都可以展开，一饱眼福。那上面寄托着太多的东西，也常有眼花缭乱，看不过来的时候，琳琅满目，目不暇接，胡天现在终于大致明白那是怎么一回事了，知道了这两个词在说什么，又特指些什么。想想看，从头再活一次，谁能有此千金难买的良机？背时的人们也许会将那理解为一种单相思，看成一种一厢情愿的迷信。胡天不管那一套，没有什么人能将别人的嘴堵住，什么都不说。很多的时候人们连自己那仅有的一张嘴都管不住。

屋里全部腾空以后，他们又动手拆除门前的那间刚建起不久的小房子。到底那是一间相当于东西厢房的小客房，还是一间打算用来堆放杂物的小耳房。粮站保管员张斜眼一直没有弄清，尽管他几天来一直密切地关注着这件事，以及与此有关的所有动静和蛛丝马迹，尽管他一直没有让自己的身心放松过、安宁过。除了没用的泥土，他们打算把一切都带走。木头是首先要被理所当然地带走的，不仅仅是因为其本身的价值和受重视的程度。一些在张斜眼看来毫无价值毫无用处的废旧材料也被隆重地请到了车上。这个小气的人，不会把这一带的空气也装上车带走吧？张斜眼想。这一带的空气里时常飘荡着显而易见的粮食的气息，相对于其他地区的空气而言，它难道不具有很强的含金量吗？在粮站的附近，平平常常地呼吸几下，未尝就不是一笔有益的进项，一笔看似无形的收入。每次想到国家将这样一个重要的岗位托付给自己看管，张斜眼便激动不已，情不自禁地想坐在粮站的门口，放声痛哭一场。

正是隆冬腊月时节，粮站保管员张斜眼坐在粮站的入口处，手里摇着一把扇子。他的那种不合时宜的举止引起了胡图和胡塞的注意。两个孩子搬着东西站在街边上，眼前那种怪异的现象使他们一时忘了手中的重量和父母的嘱托。那个人看上去多少有些不寻常。

“他怎么了？”胡塞对胡图说，“这么冷的天，他还在扇扇子？”

“傻瓜！没看见他热得不行吗？”

他们的新的住处是一里一外两间房子，以前住过人，今天还能依稀看到往昔岁月的某些痕迹。出门不远，有一片稀稀落落的小树林子，是由五六十棵高大的白杨树组成的。夏天的时候，小树林子里的青草长得十分茂盛，绵延铺陈得很远，其间出没着麻雀、蚂蚱和白翎鸟，生长着蘑菇和野蒜。春寒过后，胡天发动起自己的四个孩子，从附近的河里一筐一筐地往回捡卵石。没过多久，院子里很快就出现了一条弯曲而多变的由各种颜色的鹅卵石铺成的甬道。外面下雨的时候，他们的屋里已不再泥泞了。只是，刚一进来的时候，就看到里屋的墙上有几处旧日的血迹。麻刀石灰、白土，很多材料部用过了，仍然不能将其盖住。最终不得已将那一片墙皮铲去，重新粉刷一遍。但没过多久，那种显而易见的残红又在原来的旧址上重新显现出来，像是慢慢地洇出来、渗出来的。“也许是几只蚊子的血。”胡天精疲力竭地对史玲玲说。蚊子在墙上被拍死后，常常会留下这样的痕迹。这一带的空气多少有些潮湿，水沟和树木到处可见，史玲玲也很愿意让自己相信那是蚊子的血，一切都如他们所希望的那样。她很少让自己的目光从那里经过。又过了几天，胡天从外面拿回一幅画，贴在那里，完全遮住了那些痕迹。画面的中心是一只正准备下山的猛虎，林间充满了月亮的清辉。此后的夜晚，他们总是睡得很死，香甜而忘我。早上，他们在附近传来的阵阵凄厉的惨叫声中睁开眼睛，面面相觑。直到史玲玲提醒说他们现在已不在粮站的隔壁，而正在肉联厂的附近，惊愕才如同夜露一样在蒸发中很快消逝。凄厉的惨叫没有任何的多余而复杂的象征和寓意，别无他意，只在表明工人们已经开始工作了，正在用绳子捆猪，正在将捆得很结实的猪往台子上拖。

有一天，胡天在离家不远的一座石桥上突然遇到一位须发皆白的老人，双方相视对峙了一阵后，胡天终于认出了昔日的巡逻大队大队长卢经武。卢经武的身上已不再驻留有从前的威风和勇武，他总在不停地摇头，似乎时刻都在否认一切，怀疑一切，他的过分衰败的形象使昔日的分队长感到惊讶而不可名状。然而，他却对自己过去的下属说：

“你看上去好像比我还要老。仗打完以后，你到哪里去了？”

停了片刻，他又说：“你是怎么搞的，把自己的生活和前程弄得一片漆黑？”

胡天低着头沉默了一会儿，对卢经武说：“卢大队长，你如今住在哪里？我去看你。我们已经有十几年没见了。”

“不要看我。”卢经武摇着头说道，“我不告诉你。”

“卢大队长，人活成什么样子，有时候由自己决定，但很多时候并不由自己决定。那种权力并不掌握在自己的手里。”

“好了，我该回去了。”

卢经武说着，从胡天的身边经过，慢慢地摇着头朝桥的另一端走去。远处的路上能望见一些稀疏的人影。走出去一段距离后，卢经武忽然停了下来，回头望着依旧伫立在桥上的胡天。仿佛要往外掏什么东西，他伸手指了一下头顶上空的一片棉花似的云彩，然后用一种与其自身形象极不相称的空阔而响亮的语调，大声地对站在桥上的胡天说；

“我住在天上，偶尔下来走走。”

几天后的一个黄昏，一个人敲响了胡天家的门。来人自称是肉联厂的财务主管，他带来一个消息：肉联厂决定吸收胡天为他们的工人。姓宋的财务主管此次前来就是为了征求胡天的态度，看他是否愿意。胡天局促不安地站起来。有些不可思议地看着对方。

“这不是开玩笑吧？”胡天说。

“当然不是。”

“你们为什么会想起要我？”

“我也不清楚。是厂长派我来的。”

“宋主管，我有些头晕……”

“怎么，不愿意去？”

“不是的，我只是有点不敢相信。”

“这再真实不过了，用不着怀疑。”

“那么，我应该在什么时候去？”

“明天即可。”

他的任务是与另外两个人一起将准备宰杀的猪捆好、捆结实，使它不至于在中途突然逃走。三个成年的男人对付一头猪，应该是没有问题的。胡天很喜欢自己的这份工作，它不但能带来薪水，而且在整个工作过程中始终带有很强烈的游戏色彩：在玩的中间就已经把钱挣到手了。一次小组会上，他袒露了自己的心扉，但组长等人却十分严肃地对他说：

“我们捆了十几年的猪，从来也没有觉得这是在开玩笑。”

天快黑的时候，他正在水池边洗手，厂长忽然走了过来。厂长在附近一带转了一阵，伸手抚摸了一下一头刚刚褪干净的猪，不久也来到水池前洗手。厂长对胡天说：

“卢经武是我的胞兄。你的情况我还是从他那里听说的。”

胡天感到自己的眼前充满了蒸腾的水雾。洗过手以后，厂长很快就不见了。透过弥漫的水雾，胡天看到卢经武的衰败的影子正在昏暗而飘忽的天边滑行。河水低声喧哗，猪在远处叫着。捆猪不是贪玩，不是对于童年时期的游戏的延伸与继续，不是在回忆中重温旧梦；相反，它严肃得容不得一丝马虎或疏忽：紧紧地抓牢，任何时候都是对的。风把他的两只手吹干的时候，他发现自己正站在自己家的门口，屋里飘出母亲邬云娜说话的声音。史玲玲打开门说：

“捆猪的人回来了。”

母亲告诉胡天，一个神秘的工作组于不久前来到县里。带队的人是他的弟弟胡地，紧张而繁忙的事务使他无暇抽出身来。母亲看着胡天，似在观察他的反应；胡天说：

“你是什么意思？让我去看看他？”

邬云娜点点头。

“只是看看他，还是想让他抽空回来一趟？他不是脱不开身吗？”

“能回来当然更好。”邬云娜说。

“我走了，谁替我捆猪？毛重超过一百八十斤，他们两个人就对付不了。我常常觉得，我们不是在与猪打交道，而是在与妖精搏斗。”他差一点儿就说出自己是西去途中的孙悟空。有时候，他们累得看见月亮都是红的、灰的。

“你为什么要说这些？”邬云娜说。

“我恐怕没有时间。”他说。

大约十几天以后，胡地给胡天写来一封信。信中有这样一句话：

“……仅仅会捆是不够的，还应该学会松绑；善于松绑的人是幸福的人。”

这封简短的信在一段时间内使胡天陷入深深的怀疑之中，难道我现在的生活还谈不上幸福？一点儿边都不沾？那么，究竟什么样的情形才算是真正的幸福呢？大约有十几天的时间，胡天没有停止过对于这类问题的思索。在捆猪的时候，在睡觉的时候，在走路的时候，他几乎一直都在无声地追问。他问过附近一带的晴朗而偶尔微微发红的天，问过一起捆猪的同伴，唯独没有在史玲玲的面前询问过此事。与史玲玲讨论什么是幸福，无异于雪上加霜，那势必会毫无疑问地加重她的痛苦与负担，除了再进一步勾起她的思乡之情，再别无一用。“我不能没事找事。”他想。女人的眼泪要是忽然之间淌起来，短时间内不大能够收住。他没办法不让她想家，思念自己的故乡。心长在她自己的身上，谁也左右不了。还是安静一点儿吧，还是省事一点儿吧，没有必要惹得她成天垂泪，哭哭啼啼。

这年秋天到来的时候，他在自己家里的地上铺了铮铮作响的青砖。每当孩子们在上面翻跟头，每当他在上面踱来踱去，更深入地思考何为幸福的时候，砖地就会有所反响，发出阵阵清脆动人的音乐。他早就想过该把家弄得像样一点儿了，却没想到刚开始弄，一下子就弄得这么好。出人意料的事情如此之多，这也是他常常始料不及的。如今他更愿意一边慢慢地踱步，一边独自思考一些复杂的、有时候纯属乱七八糟的问题。一个人奔到什么时候才算是完全如愿以偿，不虚此行？认真追究起来，胡地信中所说的那种幸福是否存在，是否真有其事，那才真正让人值得怀疑。一天晚上，当所有的人都睡熟以后，在雾蒙蒙的月亮下面，他突然惊讶地对自己说道：“幸福就是差不多？”此后，他像一名解开了难题的小学生一样兴奋无比地奔跑起来。兴奋之情和随之而来的微醺般的眩晕在很长一段时间之内牢牢地控制着他，使他根本无法入睡，也无法很系统很完整地考虑一些事情。这个平常的夜晚，头绪甚多，各种念头尤其让他感到眼花缭乱，目不暇接而又稍纵即逝。什么都要冒一下头，什么都又来不及细想，甚至还没有进行触碰，就已经飞快地被其他事情取而代之了。问题很多，但每一个都来不及展开，无法细想。他从来没有像今夜这样感到繁忙而又碌碌无为，到处都深入不下去。“世界真复杂！活着真复杂！”他感到自己是一只蝴蝶，在充满讥讽的世界上轻飘飘地飞舞了一夜，到黎明时分才渐渐停了下来，但栖息之地却并非花中之蕊。

整个秋天里，青砖的地面一直使他感到不安。把那么好听的声音成天在脚下踩来踩去，并非他的初衷和本意。并不是人人都能脚踩青砖。“太奢侈了，太过分了，太不像话了！看上去简直和作孽差不多！”他对史玲玲说，“我一时很难我出恰当的语言来表明我的心情，总之，我们的生活有些太糜烂了。”

“地上铺块砖糜烂什么？”史玲玲对他说，“有的人家里至今还保存着许多精美的地毯，只不过不敢拿出来铺罢了。”

“他们为什么不拿出来铺，他们要倒霉的。”

“时候不到。时候一到，自然会纷纷拿出来。到那时候，恐怕最穷的人才会在屋里铺青砖。你信不信？我信。”

此后的一个天色阴晦的上午，他拎着一些自认为拿得出手的东西去看望卢经武。感激的话就不准备多说了，他想，能少说就尽量少说。谁不清楚那是些表面光洁的废话？多少年不见了，无论如何不能用废话去浪费时间。有人愿意说废话，但没有人真心愿意倾听废话，那似乎不仅仅是时间的问题。他听到自己的身体在出门后不久便发出一种很奇怪的声音。

走在路上的时候，他遇到了这年冬天里的第一场雪。在漫天飞舞的雪花中，镇子的模样看上去与往日多少有些不同，有一种比较含混的暧昧不明的变化在作祟，他隐隐约约地感觉到一些。等他赶到时，看见卢经武的异常荒疏颓废的院落已完全披满了白，成为雪景里的一处最寂静的部分。院门像是纸糊的，刚轻轻一碰就忽然露出一道缝，在给人以破裂的印象中很快就开了。其间丛生的荒草使胡天感到惊愕。有几棵树好像已经死去很久了，树梢上挂着一些不知从什么地方飘来的白纸。“卢大队长！卢大队长！”他轻轻地叫着，一面穿过院子中央的荒草走进去。“卢大队长，你在家吗？”似乎有一种十分微弱的声音从里传出来，蜻蜓一样从荒草上掠过，飘进他的耳朵里。然而，快到屋门口的时候，却猛然看见一把黑锈的锁挂在上面，正将门上的两个铁环撮合似的串在一起：黑锈的锁子是锁着的，否则，两扇单薄的木门早就被风吹开了。接下来，他注意到门前的地上有一只式样难看的手套，是那种挂在脖子上防止丢失的手套，系在上面的一根带子只剩下了一截。胡天想：另一截也许随另一只手套去了。

他没有想到卢经武会住在这样的一个地方。这不像是人住的地方，更像是传说中的那些狐狸们的府第：白天荒草丛生，蝴蝶飞舞，乌鸦乱叫，一到夜里便灯火通明，富丽堂皇，在觥筹交错之间夜宴宾客，在花香明烛之下为慈祥年高的老太太祝寿；裙裾飘飞，金钗摇曳，证明各位姑娘们已名花有主，盟订终身，不久将要各自远行；夜色更深一些的时候，大批的箱笼细软在人们的喘息声中变得愈加沉重；有什么东西在搬运的过程中被打碎了，异常耀眼地散落在地上，命令声、呵斥声，简短得如同临终的嘱托；刚刚送走一批客人，又有数辆华丽的车马远远地和着清脆的钟声逶迤而来；跑在最前面的使者翻身下马，垂首作揖；门前的灯笼将主人的原来病容十足的面孔映照得红润而优雅……胡天从那个院子里出来，随手将街门重新掩好，那天见到的卢经武的不停地摇头的印象开始浮现在他的眼前。这时，院内忽然传来一种疏密不均的声音，是那种扫帚扫雪的声音。胡天的眼前猛烈地跳了一下：老头子在独自扫雪？

看起来那些古板而不苟言笑的人也许正是天底下最善于玩笑的人。这样想着，他轻轻地将门重新推开，但院内的景象依旧一如既往，他失望地又一次关上。低着头走了一阵，听到身后忽然又响起沙沙的扫雪的声音。

雪还没有停，这个时候出来扫什么呢？他慢慢地转过身去看。

三

七八月间，天气最炎热的时候，胡地独自一人回到过镇上一次。他走的时候正是中午时分，午饭已经吃过了，与他一同下来的几个人正在昏睡。女的钻进了自带的蚊帐里，男的就卧在院子里的树荫下，只有胡地还在一只小凳子上坐着。不久，房东的女主人收拾完毕之后，来到他的面前，低声地对他说道：

“胡队长，天气这么热，他们都睡了，你不也去睡一会儿吗?”

胡地依旧坐在小凳子上，他没有听到女主人的话，更不知道她早已观察了他许久。事实上，早在吃午饭的时候，甚至前一天的晚上，细心的女主人就注意到这位工作队长的情绪有些反常，吃饭时心不在焉，说话语无伦次。他身下坐着的这样的小凳子一共有六七只，是男主人冯文焕特意为工作队的同志们制作的，为的是吃饭和开会时方便。胡地和他率领的工作队是在春天的时候进驻到这个人口众多的村庄里的。刚一进村，胡地就有一种十分强烈的走进旧梦里的感觉，许多熟悉的事物和依旧存在的标志都在向他做出一种警醒的昭示：自己曾经在多年以前来过这里。事实也正是如此，仅仅一天以后，他便记起了小时候的一段往事。不知为了一件什么事，母亲带着他和哥哥曾经来过这里，也许只是从此路过一下，但他们却在村中的一户人家里滞留了三天。下雨天留客天，一个面目模糊的老头每天最早起来，出门去看天，观察气候的变化，隔着木格子窗户与自己的老伴儿讨论今天是否会多云转晴，是否由东南风改为西北风。讨论中时有话不投机的面红耳赤的争执，甚至很伤感情的攻击。胡地至今仍然十分清楚地记得，连绵不断的雨水是他们母子三人得以滞留的主要原因。终于有一天，是一个早晨，他们尚未起来，就听见那个热衷于气象的老头突然在窗外欢呼起来："天晴了！老天爷！我以为你他娘的永远不出来了，你可把我害苦了!"是的，那是真正的雨过天晴，过于阴湿的大地上蒸腾起了弥天的白雾。他们告别两位老人，开始启程上路的时候，看到不少人正出现在泥泞的路上，出现在草垛旁和树木下，人们带着感情，奔走相告。

从驻地到镇上，仅有七八里的路程，胡地是走着回来的。如果开口向所在的村里借一匹马，或者一头骡子，想来他们是不会拒绝的。很多人在伏天的骄阳下艰难地喘息着，有的人面带倦意，有的人掩饰不住病容，全身呈疲软状和垂死状，看上去如同染上了不治之症。

沿途的谷穗垂着黄色的头。

没有人提醒或暗示她，邬云娜第一眼就首先注意到了儿子鬓边的一缕霜雪似的白发，她的身体里陡然被唤起了一种剧痛，剧痛仿佛来自一个极小的点，她感觉它可能只有米粒那么大，然而却是恶性的。"像一颗发霉的米。"她在心里对自己说。它似乎在她的身体里安详地潜伏了多年，一直都在期待着一种时机。现在终于出来了！他要是不回来，它也许还会继续一如既往地藏匿着，装成是她的一个微不足道的细节。在这个骄阳似火的午后，她在毫无防备的情形下被详尽而突然地告知。

胡地站在邬云娜的面前，站在这个熟悉不过的院落里，斗争的复杂性与严酷性使他突然之间苍老了许多。母亲以女人的眼光认为他鬓边的那些霜雪似的白发是他人或时光通过暴力的手段强行安上去的，或者是运用其他方式进行了无情的涂抹和濡染，甚至是带有戏谑色彩的乔装改扮。然而。他自己则无法也像她一样在感情的驱使下如法炮制，在想象中随意地构筑一切，理解并对待一切。他来到父亲的身边，眼见到的状况使他不知不觉地忘记了一路上的炎热。此时，外面的天气依旧十分酷热。小胡符从外面走进来，看着胡地。

胡地看到了那片十分显眼的印记，像一片棕褐色的树叶一样贴在他的小脸上。他感到眼睛被扎了一下。他对小胡符说：

“你的脸怎么了？”

很快，他又向母亲问道：

“他的脸怎么了？”

一个消瘦而脸色蜡黄的女人来找邬云娜。她们在一半是阴影一半是阳光的堂屋里低声说着话。邬云娜的声音说：

“恐怕不行。我们从来都是……”声音随着她们的身体的移动而消逝了。不久，她们来到院子里的阳光下，两个人投在地上的影子都小于她们的实际身高。尤其是邬云娜，与自己的影子反差甚大，对照明显。那个消瘦而黄脸的女人，胡地以前从未见过，想不起是哪家的。她们站在有些晃眼的院子里，无

视阳光的存在与蒸烤，

“一天到晚嘁嘁喳喳。”胡佛说，“这又不知在搞什么名堂。”

“爹，”胡地说，“有一天我梦见你去了我们的驻地。”

“我是怎么去的？”胡佛看着儿子，问道。“是走着去的？用我自己的腿走着去的？”

“是的。一路上走得很慢，但距离村子不远时，突然大步流星。”

“大步流星？你说我大步流星？”胡佛笑了起来，“不瞒你说，我也做过同样的梦，亲眼看见过类似的情景，可惜都是假的。”

“你去的时候，我们正在几户群众基础较好的人家里开会。”胡地说，“一名干部的女儿跑着去告诉我。但由于她的身份和情况比较特殊，所以没有人相信她的话，包括我在内。我们就这样错过了一次见面的机会。”

“那位干部的女儿，她叫什么？”胡佛说，“她叫于黛？”

“你是怎么知道的？”

“是的，我知道。我在村口正好遇见她，那真是个漂亮又知礼的姑娘。”胡佛说着，脸上渐渐浮现出一种给人以干净印象的笑容。他说：“我当时就想，这么好的姑娘，一般贫下中农的家里可不大容易能养得出来。”

“出于家庭的关系，她的名字经常被人们从后往前倒着叫。”

“倒着写也没关系，倒着写她也还是个难得一遇的好姑娘。百里挑一，千里无双。”胡佛说，“好女人的标准是什么？四个字：善良，洁净。除此以外。其余的一切都扯淡，都是次要的问题。我早就看出来了，你们应该有缘。”

“爹，你在说什么!”

“是的，你有顾虑——队长的顾虑。其实，局长、部长又是个什么呢？我要是你……”

“你便怎么样？”

邬云娜边说边从外面进来，灼热的阳光没有将她晒晕，只使她此刻的表情有些愤然。“这话你也能说得出口？你早已是孩子们的爷爷了。”她生气地看着丈夫，对他说道。

“你在教他什么？收起你那套馊主意吧。”

“没有。”胡地对母亲说，“我们刚才只是在闲聊。”

“工作队下来是干什么的，你可要把握好你自己。”邬云娜对儿子说道。她满怀忧虑，有些十分不放心地看着他。从外面进来的时候，她听到了父子两人的谈话，如同一个不祥的消息一样撞击着她的心头。她觉得自己仿佛已看到一种遥远的事端或苗头，它偶尔露一下头，让她惊骇不已。她不知道那会是什么，只是强烈地感到应当及早使它湮灭，趁它尚未完全成熟的时候。“蝌蚪小的时候叫蝌蚪，”她对自己说，“长大以后就完全不是了。”

在肉联厂附近的那个小院里，胡地站在用鹅卵石铺成的甬道上，扫视着院内的一切。有一棵还没有长成的小树，像是春天时才刚刚栽下的。空气中不断地有一种嗡嗡的声音，胡地知道那是苍蝇的群落。刚才在来时的路上，他已见识过了。苍蝇成群，组成不同的阵势，一片一片地飞舞：电线杆子上，树叶上，有异味的标志上，到处都能看到。胡地不断地用自己的两只手在脸前频频挥舞着，他觉得自己很像是一位拨打雕翎箭矢的古代战将。稍有松懈，便会受到来自不同方向的袭击。奇怪的是，尽管天气炎热，尽管不断地使出浑身的解数去应付、招架，却并不感到疲劳，反倒有一种精神抖擞、愈战愈勇的热烈感觉。适者生存。他一边扑打一边想，一个人在这样的环境里住久了，定能练出一身过人的本领和功夫。到那时，手疾眼快，敏捷矫健，也许只不过是一种最普通的小手段，甚至算不上什么手段。在一截不算太长的土垣上，他看到有一条标语，上面赫然写着：

> 组织起来，行动起来，誓与苍蝇斗争到底。要从理论上、实践上双管齐下，争取用三至五年时间，从以上两个方面彻底打倒之，并最终消灭之。

有一点胡地没大看懂，他不知如何从理论上将苍蝇打倒并消灭。在一个没有情感、没有思想，尤其是缺乏人格力量与自尊心的黑斑点的身上，要实现上述目的何其难？简直不可能！胡地想，哪只苍蝇会在乎自己被打倒？只要能吃饱，打倒了算什么呀，完全可以再重新站起来。要是患得患失，斤斤计较，宠辱皆惊，那恐怕也就不是苍蝇了，而极有可能是另外一种比较高级一些的东西。

他在这个院子里继续扑打着，耳边听得身上的关节在叭叭作响。从某种意义上来说，这未尝不是一种锻炼身体的良方。史玲玲出去了一会儿，从外面找回了胡天。十几年来，兄弟之间第一次见面。史玲玲惊讶地注意到，仅从相貌上来看，兄弟两人竟毫无共同之处，唯独讲话的声音却十分酷似，如出自一人之口。到底是亲兄弟，史玲玲想，外表无论多么不像，最终也还是有非常一样非常相似的地方。如在伸手不见五指的夜晚，仅凭说话的声音去判断，相信没有人能分得清他们。见到胡天，胡地忽然又想起了墙外的那条标语。如何从理论上将苍蝇打倒？问胡天，胡天说：

“那很容易。只要在嘴上不承认有苍蝇存在，就等于在理论上取得了胜利，等于消灭了。”

“就这么简单？”

“难道还要多复杂？理论就是承认有张三，就不再承认有李四。他需要张三站出来的时候，就把张三以外的一切全部抹平，一笔勾销。只有张三是存在的，真的，其余的一切全不存在。”

看来捆猪不仅仅锻炼了他的臂力。胡地看着胡天，暗自想道。

“我们现在经常学理论，每周一三五。”胡天对胡地说，“我喜欢理论，我认为它是一种最有效最体面的防身术，男女皆适，老少咸宜。理论可以教人学会扯谎，学会不讲理。但重要的不在于仅仅会扯谎，会不讲理，更在于你说了谎而不被人认为是在说谎，只当是学问的流露和真理的呈现。你们不学吗？”

“斗争很复杂，很残酷，”胡地说，“没有时间专门坐下来学。”

“应该学一点。”胡天说，“越是那样的情况，才越应该多掌握一点。艺高人胆大，艺多不累人。将来的时代，人人都得拿起理论的武器，武装自己，捍卫自己，这是必然的趋势。”

胡地抬眼望去，看到门楣的上方有一块木匾，上面只写看三个字：学理论。

苍蝇不断地冲击着他们的理论，干扰着他们的谈话，在他们的眼前和四周嗡嗡地飞来飞去。胡地觉得自己有些抓耳挠腮。看胡天时，却发现胡天泰然自若，谈笑风生。从他的神态上去判断，眼前的苍蝇是不存在的。

史玲玲充满歉意地对胡地说：

“这都是肉联厂造的孽。要是没有它，哪会有这么多苍蝇。”

“怎么可以这样说话？不讲道理嘛。”胡天对史玲玲说。“平常吃肉的时候，怎么就不说那是肉联厂造的孽？”

“吃什么肉？米猪肉？”史玲玲说。

胡地问：“什么米猪肉？”

史玲玲对胡地说：“你的这位哥哥，为了贪图便宜，把米猪肉拿回来给我和孩子们吃，事情虽然过去很久了，现在只要一想起来，仍然觉得害怕。”

“真有这事？”胡地吃惊地问道。

“你问他，让他自己说。”史玲玲说，“他拿着一把刀在上面刮来刮去。孩子们没见过那是什么东西，都站在旁边看，还问他，肉里怎么有大米？他说，都出去玩去，一会儿做好了再叫你们回来，保证把你们都香死。”

“你怎么能那样做？”胡地对胡天说，“你知道你在干什么？”

“干什么？我还不是为了能让他们吃一顿肉？”胡天说，“从搬回来以后，就没有见过肉。吃肉只是梦里的一种行为，只有在梦里才能实现。再说，那肉的价格是平常肉价的三分之一。三分之一，你知道吗？我不可能不动心。”

“你知道它的危害有多大吗？”胡地说，“白给也不能要。它的潜伏期是十年、二十年，当时也许不大能看出来。”

“不要紧的。”胡天说，“也只有那么一次。以后，我再也没有买过。无论价格多么便宜，我再也不动心了。”

“将来哪个孩子长了瘤子，你就是第一责任人，”史玲玲对丈夫说，“你就是第一罪人，祸首。你是跑不了的。”

“我往哪里跑?”胡天说，“今天的话有些跑题，本来是叙兄弟之情，怎么转到这上面来了? 不说这些了。唉，吃了一次那样的肉就大惊小怪，以前那些年，还有人吃人肉呢。”

“越说越厉害了。”胡地说，“你见过谁吃人肉?孩子们都还小，要吃就给他们吃得放心一点儿。”

他们忽然都不再说话了，沉默下来。空气中持续着嗡嗡的声音。这一带的人们在上厕所的时候，事先都要做一番准备，用型号较大一些的衣服将自己的头脸全部蒙起来，这样才能免受众苍蝇的围攻与侵袭。不过这样做也有弊端，常有人因为蒙住头脸而看不清路，有的撞到墙上，有的滑进路边的水沟里，尤其是上了年纪的老人和妇女儿童，时常会因上厕所而产生恐怖和畏惧心理。任何事情都有它的长处和显而易见的弊端，蒙着头脸去上厕所，能够抵御苍蝇，这是它的长处；弊端就是行走不便，辨不清方向，对于不熟悉周围环境的人来说，尤其可怕，会造成更大的危险。这样的情形持续了一段时间后，终于有人搞出了发明：上厕所时无须再用累赘的衣服蒙住头脑，而改用一块布，布的颜色和质量可以自选，可以根据各家的情况不同而有所不同。其优势是，在上面掏两个极小的孔，蒙在头上后，只露出一双眼睛；如此一来，以前出现的问题便都迎刃而解，谁都能够看清路，而又可以不受苍蝇的围攻。此布专布专用，基本不作他用。根据各家的经济状况和人口多少，可以灵活掌握，可以人手一块布，也可以数人合用一块布，毕竟全家人一起共同前去上厕所的机会比较少有，常常可以轮开，一个人解下蒙脸的布，过一会儿，另一个人再将自己小心地蒙住，走出去，情形不再像玩游戏，捉迷藏，瞎子摸枴子。口罩在这里从来都是一种可笑而无用的东西，它只适合戴在医生和护士的脸上，这里的人们过去没有用过它，此后就更不会用了。此项发明一经公布，附近一带的男女老幼无不拍手称赞，欣喜若狂。“苦日子终于熬出头了！”发明很快得到了迅速而全面的推广，其顺利的过程胜过任何一桩公益事业。一时间，出现了各种颜色的布，人们蒙着它，有的人在去厕所的路上互相交谈着，有的人唱着歌，一派幸福祥和、安居乐业的兴旺景象。自从有了这项伟大而实际的发明，周围一带的人们再也不害怕上厕所了，再也不觉得是明知山有虎，偏向虎山行了。幸福的生活从哪里来？不会自己从天上掉下来，最终只能是从我们的手中变出来。从此以后，真的再也不害怕上厕所了，顾虑重重的人民不再有疾苦。

“那位了不起的发明者是谁？”胡地饶有兴趣地问道。

“就是他。”

史玲玲用手指着胡天，有些怜爱又有些自豪地说道。

胡地惊讶地看着胡天。

“形势逼人呀，这都是被逼出来的。”胡天有些不好意思地说道，“也不尽是我个人的功劳，全靠群策群力。羊毛收购站的铁猫就出过不少主意，有些是很好的建议。他曾经设想过将普通的毡帽搞得再大一些，但这样做的弊端是既费钱，又容易捂汗，行不通；他还设想过用尼龙袜子或白铁皮搞一些类似头盔一样的罩子，罩住人们的头和脸，但哪里有那么多的尼龙和白铁皮？这只能是一个奢靡的不切实际的设想。此外，他还设想过用玻璃，用透明的硬塑料做罩子，但造价太高，与人们的实际生活水平有很大的出入，即便搞出来，也未必能推而广之。有一段时间里，人们去上厕所，有的不得已穿着雨衣，有的打着伞。雨衣在厕所里很容易被弄脏。最终，他无意间随口说出的一个办法提醒了我，启发了我。”

羊毛收购站的铁猫是在一个泥泞而漆黑的雨夜里去世的。此后不久，胡天终于搞出了那个及时而着实造福于民的发明。铁猫是含恨去世的，人死了以后，忧愁不展的眉头仍然紧锁着，证明他仍然为没有切实可行的方案而日夜冥想，殚精竭虑。他一刻也没有享受过发明成果带来的幸福与欢乐，他在这一带居住了多年，饱尝了生活的艰辛，包括上厕所的无限的遭遇。他甚至没有临终遗言，但人们都把那种突然的无声看成是一个终身的祷告。人们为他做了一块布，在上面掏出小孔，但愿他在另一个世界里能够用得上，但愿另一个世界里没有如此多的如此阵容强大的苍蝇。

孩子们陆续从外面回来，看见院子里来了生人。几个孩子都没有见过胡地，不认识他们的这位叔叔，不知道他是谁。

胡天对胡地说：

“你的这几个侄儿，个个都是捉苍蝇的高手。必要的时候，我得为他们颁发奖状，论功行赏。”说着，又向另一个小男孩招呼道：

“过来，来，给你们的二叔表演一下，捉一个苍蝇给他看看。”

小男孩闻声过来，站在他们的面前，抬起头望着头顶上面的方向。不久，伸出一只小手在空中抓了两下。胡天对胡地说：

“这一抓，至少有两只。”

小男孩松开手，事情果然如胡天所说。接着，胡天又吩咐道：

“用筷子夹一次。”

小男孩取来一双筷子，还像先前一样站在原地，抬眼望着空中。不久，他突然将筷子伸向空中。胡天对胡地说：

“已经夹住了。”

情形有点儿像是在空中赴宴，这样的功夫不是短时间内能够练出来的。眼前的景象使胡地看得有些发呆。他对胡天说：

“你就让他们练这个？”

“环境所使，由不得你不耳濡目染。在什么山上就唱什么歌吧。”

天色将晚的时候，他回到家里，母亲正在为他准备晚饭。“恐怕来不及吃了。”他对母亲说。他知道自己至少应在天黑以后进回到工们队的驻地，去面对即将到来的又一个夜晚。母亲考虑到他来去匆匆，不可能留下来在家住，因而才专门提前为他准备晚饭。平时，家人总是在很晚的时候才开始一天中的最后一顿饭。他犹豫了一会儿后，终于答应留下来吃饭。他想起了胡天。就在他打算要离开那个院子的时候，有些谨慎地提到了另一个女人——辞云。尽管当时史玲玲并不在他们的身边，然而胡天还是用一种慌乱无比的眼神和十分笨拙的手势迅速地制止了他对那个话题的继续谈论。他怎么想起说这个？现在提起这件事比天气还要炎热，胡天急躁不安而又有些埋怨地看着胡地。他唯恐胡地再度提起，因而便不再多挽留他，甚至希望他及时离去。亲兄弟也不能再挽留了，留来留去要留出事来。胡天直到目前为止还没有想出一个很好的能够两全其美的办法。他正在琢磨，几乎没有一天不在思考：什么样的良策能够不伤人又比较管用？这样的一个问题与盛夏时节什么东西最解渴，基本属于同一个命题。胡天相信，随着时间的推移，那个现在看来还杳无音讯的办法将会离他越来越近、越来越清晰，并必将最终到手。

“我会想出办法来的。”胡天信心十足地对自己的兄弟说道。“办法会有的，你信吗？也许根本用不了多久。”他说这话的时候，好像已有十分的把握，看到了初现的曙光。

“难道他又要将此事寄希望于自己的下一个发明？”胡地忧心忡忡地想道。“发明一种能够让辞云原谅他的……液体？空气？或者是一块上面带有若干小孔的布？”

他想起多年以前的那场持续了三天的大雨，不知他们母子因何被滞留在那里？当他意识到该问问母亲时，发现自己已走在回驻地的路上。天气阴霉，雨水连绵，他们母子三人在那里一住就是三天。那三天里，任何一个做母亲的一定既焦急又无奈。目不识丁的农人突然开始热衷于气象与自然，每天起来认真地观察天气的变化，研究风向。红泥的村庄被浸泡在雨里，霉绿慢慢地从各个边缘卷起，远远地望去，如小学生的疏松的课本。

四

有人匆匆忙忙地从外面跑进来，身上带着被阳光照射后的气味，在一些存放东西的地方认真而慌乱地寻找着；后来好像把一切都搞乱了，脚步声随即也变得飘忽不定，反复无常，既像徘徊又像狂奔；而最终却是悄悄地踮起脚出去了。

没有留下任何印迹。

与其说那个人是在拼命地翻找东西，毋宁说是在以一种极端的方式回忆往事，搜寻过去岁月中的某些凭据。她闭着眼睛听着，感到自己的内心深处晴朗而明媚，仿佛又置身于从前生活的天空之下。阳光的味道使她改用嘴呼吸。

“我回来找一件东西。”

她侧身躺着，想努力听清那些空洞的说明，尽量让自己明白；几乎与此同时，灼人的热浪正在迅速地从她的身上退去，转眼之间消失得荡然无存。她用手摸着沉睡的胸脯和腿，感到自己与一个遍体冰凉的死人没有什么两样。“我又凉了。”她对自己说，“像一道做好后被遗忘在柜橱里的菜，像一个在时光的阴影中蹲伏着的冷冰冰的怪物。”是谁把她锁进柜橱里，拖到月光下放凉的？她似乎已完全想不起来了。她听到了气球爆炸的声音，有的孩子用两只手紧紧地捂着耳朵，有的却捂着眼睛，用看不见表示听不到。

看起来现在的冰冷与当初的过于珍惜有着极大的密不可分的关系，明白了这一点以后，她显得既难过又欣慰地睁开了眼睛。她想起那些天，整个世界都在像水一样不分昼夜地晃动，拼命地激荡。很快，从大城市里溢出来的脏水开始不断地将近郊、甚至偏远的城镇和村庄纷纷溅湿，有的完全冲毁，淹没。飞驰的卡车上暴露出机关枪的狰狞的影子。舞台上人们最直观地欣赏到了善于变换颜色和表情的生活。一切都在改变，白脸和红脸像日月一样交替出现。

布谷鸟出现在二月的云彩下面。

“我又看见人们在丰收的田野里狂奔！铁路工人穿过茂密的青纱帐，举着红色的信号灯渐渐地向我们走来，一边机警地向四周观望，一边又在不可避免地暴露着自己的真实身份。为什么他们的身份那么容易招致暴露？问题也许就出在他们自己的身上。因为我看到他们不好好走路，却总是在不停地唱，不停地说，没完没了地抒发自己的内心情感。这样的人不倒霉还等什么？早晚都要出事。”

“我又看到人们在本着‘节俭’的原则下，尽自己最大的可能购置年货，喜气洋洋地张贴春联，点燃烟花爆竹。”人人都在奋笔疾书。“茫茫九派流中国，沉沉一线穿南北。”“秋收时节暮云愁，霹雳一声暴动。”“匡庐一带不停留，要向潇湘直进。”“雾满龙冈千嶂暗，齐声唤，前头捉了张辉瓒。”“收拾金瓯一片，分四分地真忙。”“苍山如海，残阳如血。”“金沙水拍云崖暖，大渡桥横铁索寒。”“六盘山上高峰，红旗漫卷西风。”“钟山风雨起苍黄，百万雄师过大江。”“梅花欢喜漫天雪，冻死苍蝇未足奇。”“四海翻腾云水怒，五洲震荡风雷激。”“春风杨柳万千条，六亿神州尽舜尧。”“天生一个仙人洞，无限风光在险峰。”连续多年的春联都这样书写，以至于邬云娜本人也时常能拿起笔来两下。这样的机会锻炼了不少人，这样的时代背景尤其让一些从未拿过笔的文盲们获得了某种前所未有的胆略和勇气：他们拿着苍蝇拍子一样的毛笔，自带红纸，到处替人书写，免费奉送。一些家庭的衣柜上写着：“大雨落幽燕，白浪滔天！秦皇岛外打鱼船，一片汪洋都不见。”仿佛柜子里装着的不是衣物包袱，而是动荡不安的海水和在风浪里出没的勇敢的渔人。鸡窝上写着：“白日依山尽，黄河入海流。举头望明月，低头思故乡。”羊圈的门上写着：“红军不怕远征难，万水千山只等闲。”字越写越大，越描越黑。会写字的人越来越多了。会背诵语录的人也越来越多了，小胡符就是在这个时候出人意料地脱颖而出的。他能迅速地记住一段话，而且过目不忘。镇里每次开会都少不了他，人们把他从邬云娜的手里接过去，抱到会议的主席台上，嘱咐他不要在台子上乱跑。小胡符的充满童稚之声的背诵成为所有会议的保留节目，有时甚至是唯一的节目。主持会议的大老王经常半是玩笑半是认真地对人们说："开会可以没有我，但无论如何不能没有这个孩子：没有他的参加，我们怎么开得起来？"大老王一开始采用的是诱导、启发的方式，像小学一年级的教师；不久又像合唱队的领唱一样，他站在小胡符的身边，一边看着台下的人们，一边通过扩音器声音洪亮地对小胡符说：

"白求恩同志是哪里的人？是个什么人？"

小胡符听出大老王的弦外之音，于是，便脱口高声背诵道：

"白求恩同志是加拿大的共产党员，五十多岁了，为了中国人民的抗日战争，不远万里来到中国。先在五台山，后又去延安……"

大老王带头鼓掌。掌声过后，他又一次"领唱"，问小胡符：

"世界是谁的？"

小胡符看着大老王的脸，然后说：

"世界是你们的，也是我们的，但归根结底是你们的！你们青年人，朝气蓬勃，好像早晨八九点钟的太阳，希望寄托在你们身上。"

一年之内，小胡符先后赴十八个县、市作巡回表演。他年龄太小，邬云娜放心不小，所以每次都得跟随儿子一起出发，有几次还被请到上面。坐在主席台的一侧，与大家一起聆听儿子的稚嫩而流畅的声音。他脸上的那片棕褐色的树叶状的印记给很多人留下了深刻的印象。生子当如小胡符，年方七岁，即开始投身于革命，其履历将不可避免地蒙上光辉的色彩，有的人甚至断言他将会是一名资深的职业革命家。他学会了与人握手，学会了微笑，甚至还学会了一种差不多已完全绝迹了的本领——与成熟的女性跳交谊舞。由于还不可能够得着女人的肩膀与腰，因此只能用自己的手臂环绕着她们的臀部，一边抬头仰望对方，一边慢慢旋转。所幸的是这样的时候并不多。

有一天，胡地忽然回来。另一位真正的职业革命家——丁部长日前正在罹难，不久将要来这里避一下，一家人在吃惊之余开始了期待。等了一段，最终却等来一位完全陌生的医生。

医生看上去十分年轻，但仔细留意起来却又不尽然，身上似乎明显地暗藏着一种经过认真修饰后的味道。有一天，纸挽着他的胳膊回到家里的时候，胡佛和邬云娜都吃了一惊。纸一点儿也不像是一个未婚的姑娘，她十分大方地将医生领到父母的面前，向他们介绍他。她说，这就是她曾向他们提到过的宋史，医生。接着又向医生介绍自己的父母。医生的表情谦逊而又矜持。这位医生是从省城的大医院来镇上工作的，据说连家也已经搬来了。仅仅几个月的时间，便已做了好几个难度很大的相当于起死回生的手术，使得所有有病的人和没病的人很快便都知道了他。纸告诉自己的父母，宋史是一位正宗的外科大夫，但更擅长妇科，自然也包括接生，以及一般人不屑为之的产后护理。

“这下好了。”胡佛对医生说，“以后，镇上的女人生孩子，就都靠你了。”

“那是应该的。”医生笑着说，“我从省里来这里，就是来为人民服务的，就是为了把医疗工作的重点放到农村去，放到小城镇去，救死扶伤，实行革命的人道主义。”

“行了，”纸娇嗔地推了他一下，说，“这又不是让你在会上发言。”

“我就是这么想的。”医生颇有些认真地对纸、对大家说道。

“是的，要允许别人说话嘛。”胡佛对纸说道，“还要允许人犯错误。”

纸在家里的时候开始越来越少了，慢慢地变得如同一位难得一见的客人。有时候邬云娜和胡佛会突然惊讶地发现他们已有很久没有见到过她的影子了。他们知道她始终和那位叫宋史的医生在一起。不少病人时常能见到那位皮肤雪白、体态丰盈的姑娘，但那些有病的人都自顾不暇，已没有多余的精力去关注别人，能保证自己不躺着从这里出去，就已经是天大的福气和造化了。有时候，当夜深人静以后，从医生的办公室里会传出某些与时代的背景不太相称的声音，像灯光一样从门的下面泄漏出来。其时，个别的病情稍微稳定一些的病人，从医生的办公室外面经过时，会有意无意地停下来凝神谛听一阵，但前提必须是在他们的身体状况允许的情况下才可进行，否则势将铸成大错。并不是没有前车之鉴：一位名叫高举的病人曾在自己的身体状况极度虚弱极度糟糕的情况下，垂首在医生的门外侧耳谛听，时间长达四十分钟之久，后突然因体力严重不支而晕倒在医生的门外，不省人事，两天后才从昏迷中苏醒过来，此前一段时间的治疗皆已前功尽弃。愤怒的医生一边为他诊断，一边对他说：

“不像话！还敢胡闹不敢了？我把你治好了，让你恢复了健康，你再去偷听去。”

“不敢了！再也不敢了！”名叫高举的病人努力想让自己笑出来，笑给愤怒的医生看看，以便他不再发怒，并求得原谅，但笑容却迟迟难以在他的脸上出现。他对医生说：

“我要是再敢胡闹，再犯老毛病，你就让我提前出院，把我从医院里撵出去。”

“我撵你干什么，”医生冷冷地说，“有钱你就尽管住着。”

高举自认为自己是一名不好的病人，自以为在看别人的热闹，实际上是在看自己的热闹。诚如医生所言，他目前的病情和他那糟透了的身体实在不允许他那么长时间地持续站着。

只有邬云娜和胡佛不知道这样的事。医生熟悉人体，知晓各个部位的秘密与来龙去脉，再加上经验丰富，花样繁多，他们的二十岁的女儿早已醉心于其中，不能自拔。邬云娜甚至想把纸关在家里，永远不许她出门。

“这成了什么样子了？”她说。

“你还是不要费事吧。”胡佛对她说。他不赞同她的那种看似强权而实则很愚蠢的笨办法。他知道天下没有不散的筵席，没有一件事情能够始终如一，永远鲜艳。他记起了她小的时候，有一次他让她代表世上的良家妇女，她坚决反对，明显地表示不喜欢，把那荣誉留给了她的母亲。二十岁的姑娘，心旌摇荡，性乱情迷，只知道浮光掠影的美，很难用自己的心察觉出什么。而医生却不断地运用各种各样的药物，拼命地充实自己，提高自己，武装自己，强壮自己；同时又从来没有停止过对他人的麻醉和试探，打击与观察，抚摸或丢弃。自从女儿识了这个目光闪烁的人之后，他们私下里没少对他进行分析与研究。他们觉得他的那种年轻是一种经过人工栽培出来的年轻，像是枕头边长出来的一只蘑菇，不能说与真实和自然完全没有关系，但至少已经关系不大了。不管多么小心谨慎，总会不可避免地要暴露出一些令人丧气的东西，既疏远又难以遮掩。可以理解他的那份愿意含糊其辞的紧迫心理，但不明白他为什么要脱离那家大医院。难道他喜欢更小一些的？邬云娜对胡佛说：

"都说人往高处走，为什么他却要让自己往低处流呢？"

"他来这里，绝不是为了要把医疗卫生工作的重点放到农村去，放到小城镇去。"胡佛说，"我敢肯定不是这么一回事。"

"可他说来这里就是要把医疗卫生工作的重点放到农村去，放到小城镇去。"

"他不像是一个要把医疗卫生工作的重点放到农村去，放到小城镇去的人！"

"可无论见了谁，他都说要把医疗卫生工作的重点放到农村去，放到小城镇去，一直放到底。他一直都是这么说的。"

"邬云娜，我好像有些明白了，我明白他为什么要把医疗卫生工作的重点放到农村去，放到小城镇去了。你还不明白吗？"

七月里，天气最炎热的时候，医生的妻子突然去世了。医生虽然哭得像一个泪人，但并没有因伤心而影响正常的工作，没有发生那种使用止血钳而错误地拿起蒸馏水的笑话或悲剧，这说明他的头脑一直还是清醒的。纸帮助他到处收集冰块，通过在肉联厂工作的胡天，终于在一个酷热的中午时分，从冷库里秘密地运出一麻袋冰块，使医生的妻子及时地得到了冰镇。身为大哥的胡天注意到他的妹妹有些憔悴，神情既恍惚又认真。一向风度翩翩的医生把自己搞得蓬头垢面，衣衫不整，几乎所有的人都认为这是中年丧偶的缘故。它虽然没有完全将医生打垮，使他从此一蹶不振，但至少对他构成了重创，甚至是致命的打击。医生的状况使人们明显地感到“家里没有个女人还真是不行”。有人劝医生应该考虑再婚，化悲痛为力量，重新组建一个新的家庭，但遭到了医生的礼貌而严词的拒绝。被拒绝的人非但没有生医生的气，反而觉得医生是一个难得的好人，重感情，有良心，对死去的妻子忠贞不渝。相反，要是一提再婚，他就按捺不住兴奋地跳起来，那样就会很清楚地暴露出他是一个不折不扣 的坏人。但医生无疑地是个好人。而好人就应当有好报，长期地饱受丧妻之苦，对他这样的一个好人是不公平的。生活已使一个十分注重仪表的人变成了一个基本不修边幅的人，这样的变化难免不让人感到痛心、伤怀。人人都有恻隐之心。后来，医院的领导实在看不下去了，亲自找到医生说：

“我院共有三十岁以下的护士二十四名，其中十八名是未婚的，你看上了哪一个，私下里找我说一声，我来出面。”

过了几天，他又找到医生说：

“你为什么一直都不来找我？害羞吗？干我们这一行的，应该对一切都无所畏惧，大多数人害羞的事，我们医生也不应该感到害羞，更何况这根本不是一件害羞的事。你到底看上了谁？我代表党支部和临床革命委员会去找她谈。一次谈不成就再谈一次，一直谈到她同意为止。”院领导所担心的并不是怕哪一位护士不愿意嫁给医生本人，而是担心她们没有勇气去做医生的孩子的继母。对于未婚的姑娘们来说，这不能不是一个沉甸甸的问题。他有这个准备。

后来，医生终于对院领导说：

“好吧，恭敬不如从命。”

十月里的一天，医生和纸正式举行了婚礼。几乎所有的医生和护士都来了，甚至连洗产包的、看守太平间的也都吃到了他们的喜糖，尝到了婚礼的甜蜜。医院的领导嚼着水果糖，混在众人中间，显得既高兴又有些闷闷不乐。事情多少有些出乎他的意料，虽然现在的新娘也是那十八名未婚护士中的一位，但他的初衷与隐秘的愿望却是一直想将一位名叫杨桂花的女护士与医生撮合到一起，后者是他妻子的侄女。他嚼完一颗水果糖，很快又嚼完一颗。不久以后，他找到处于喜事旋涡中的医生，来到一个僻静处，低声对他说道：

“好你个狡猾的医生！你早就偷偷地把火烧旺了。把什么都弄好了，却害得我还在到处张罗着为你砍柴。”

他毫不掩饰地道出自己内心的苦闷与某种失望，因为眼前正在进行的这场婚礼完全与他无关，并不是由他本人，并不是由医院党支部和临床革命委员会一手促成的。他是在毫无准备的情况下，作为领导兼嘉宾被邀请来的。当发现自己并不是知情者时，他的心忽然变得很乱，仿佛被人劈头盖脸地打了一顿，不由得感到气愤而又悲愤；他用拼命地嚼婚礼上的水果糖来表达自己的心情，但是并没有引起人们的注意和理解。与医生说完话以后。他又返回去大嚼了一阵，直到后来忽然感到牙痛才完全停止了咀嚼。不久，他捂着自己的脸腮离去了。

第二年深秋时节，纸生下一个女孩。由于是在医院里出生的，孩子被取名为宋医生。一开始谁也没有意识到有什么不对头的地方，但当她后来渐渐长大，人们开始直呼其名的时候才发现了问题：她的名字与其父亲的身份在不经意之间完全重叠到了一起，成为一回事。任何人在叫她的时候。都会不由自主地恍惚觉得自己是一名前来就诊的病人，内心空虚地站在医生的面前。认真的人们对她说，你不是宋医生，你是宋医生的女儿。她说，我就是宋医生，宋医生就是我，我是宋医生的女儿。人们被搞得既糊涂又头疼。有人宁愿直接叫她小朋友、小姑娘，这样更省事一些，不需要在那复杂的旋涡里挣扎。没有几个人能真正弄清那个家里到底有几个宋医生，善于分析的人们有时觉得是孩子的恶作剧，有时又真以为医院里又新来了一位宋医生。邬云娜经常趁下午的时候去看望自己的外孙女，当她呼唤她的时候，不但有隔靴搔痒之感，更有一种严重的错觉和错位。她经常不得已提醒自己："我不是来看病的，我没有病，我是来看望外孙女的。"呼唤声里有距离、有隔膜，以至于邬云娜尽量让自己不叫她的名字，而小心翼翼地用"孩子"两个来代替一切的称谓，消除因混乱而引起的困难。

在邬云娜的劝说与倡导之下，纸和自己的丈夫为他们的女儿拟出一个新的名字：宋海燕。在茫茫的大海上，有一只勇敢的鸟，像黑色的闪电，那是什么？现在，那不是马克西姆·高尔基笔下的无产阶级战士，而是眼前这个扎着两条小羊角辫的名叫宋医生的小姑娘。是的，那不是别人，不是什么外人，那正是他们的女儿。从此以后，她有了两个名字：医生与海燕。

回家的路上，邬云娜注意到又有人在对面的山梁上行走，始终给人以一种永远到达不了什么地方的感觉，像一只被网住的蝴蝶，一厢情愿地扇动着空洞的翅膀，徒劳无功地挣扎着。她的眼前浮现出胡佛坐在窗前的情景。

月亮下面的一片银白的地方，现在看上去有些殷红，给人以一种充血的印象。树叶突然发出钱币一样的响声。

从远处的村庄里脱缰逃出来的马，在月光下跑得像流星一样。

有人匆匆忙忙地从外面跑进来，身上带着被阳光照射后的气味，在一些存放东西的地方认真而慌乱地寻找着；后来好像把一切都搞乱了，脚步声也随即变得飘忽不定，反复无常，既像徘徊，又像狂奔；而最终却是踮起脚悄悄地出去了，没有留下任何印迹。

“我回来找一件东西。”

“什么东西？”

“那个像棺材一样的木柜到哪里去了，又把它摆到哪里了？我记得以前就一直放在这里，那里面就有我要找的东西。”

“拿了东西后还走吗？”

“马上就走。”

“真是抱歉，我也不知它被挪到哪里去了，它重得像一间住满了人的房子，谁能搬动它？”

“这是谁的腰带？这是谁的裹尸布？竟敢与我的腰带放在一起？如此短小，能干什么？”

五

“奶奶，您不要难过，这次飞行我并没有负伤，只是擦破一点皮。”

“脸上缝了几针？”

“可能有十几针吧。不过，一点儿也不疼，您不要担心。”

“身上也缝过了？”

“是的，大概缝了缝。奶奶，你听我说，任何一件有意义的事情，开头都不可能有多么顺利，很难一次成功。我是有准备的。”

“你是什么时候发现你挂在树上的？”

“我并没有发现。当我挂在树上的时候，我已经完全昏迷了。”

“那么，是谁发现了你？”

“是在附近耕地的两个人，一老一少，是他们首先发现了我。他们的牛在哞哞地叫，头顶上的乌鸦也在叫。”

‘他们抬起头，就看到了你？”

“是的，他们被吓了一跳。”

“出事地点在哪里？”

“顿县。苏醒以后，我被告知我已到了顿县境内。奶奶，你知道顿县吗，距离咱们这里有两百多公里，我真高兴。”

“出了这样的事，你还感到高兴？”

“为什么不高兴呢？奶奶你想想，我是怎么到的顿县？既不是乘车，也不是徒步去的，我是乘自己的飞机飞到那里的！这说明我的飞机已能够连续飞行两百公里以上了。要不是在顿县出了一点小麻烦，很难说现在已到了哪里。”

“孩子，你真让我担心。”

“奶奶，别说丧气话。你应该给我鼓舞，鼓舞我飞遍全国，翱翔世界。”

“孩子，让我看看你的手。”

“它很好。”

“今天的绷带换过了没有？”

“还没有。两天换一次。”

“应该一天换一次。”

“奶奶，你不知道我的心里有多焦躁，我的手不能工作了。”

“暂时不能了，也该让它消停两天。”

“昨天晚上，我直想咬它，用刀切它。”

“为什么？你想继续化脓吗？”

“因为我觉得它太脆弱了，丝毫经不起折腾；而我需要一双能战胜一切的手。”

“没有那样的手。”

“从顿县回来以后，我一边养伤，一边冷静地回忆了一下过去。”

“你想起了什么？”

“奶奶，我不知道我到底是个什么样的人？”

“孩子，你的伤口又在疼了？”

“有一天，我站在镜子前使劲地看自己，看到后来，越看越害怕。”

“是在晚上吗？”

“是的。”

“你不该在晚上到镜子前去站着，我从不在那个时候照镜子。有一天，我睡醒以后，忽然看到镜子里的人枕着与我同样的枕头，身上盖着同样的被子。我看了一会儿，忽然害怕得用被子蒙住了头。我的头发都站起来了。我在黑暗中问自己：那里面的那个老太婆是谁？”

“奶奶，我们遇到的问题是一样的。”

“第二天，我就把镜子送给了你的叔叔。他用得着它。”

“奶奶，我看到的分明是一副死相，来自一个熟人的脸上。”

“孩子，你的叔叔帮你搞到降落伞了吗?”

“搞到了。我知道他搞到了两个，可他告诉我说只搞到一个，于是就给了我一个，另一个他自己留下了。奶奶，我不知道他为什么这样小气，他自己留下那一个要干什么？难道他也要在将来的时候准备跳伞吗？我想了很久。”

“要是早一点搞到，这次你就不会受伤了，不会被挂在顿县的树上。”

“他给我的那一个，上面满是虫眼和尘埃，不知在仓库里放了多少年，我怀疑它根本不能用，我不敢指望它能在关键的时刻救我。”

“有人来了。”

“没有人来，奶奶，好像是风。”

青草在一天天长高，慢慢地由最初的黄绿过渡成纯粹的青绿。在那温暖的天气里，树木的清香在微风中总是扩散得很远。有时即使没有一丝风，即使距离隔得十分遥远，也仍然能闻到，甚至听到。因为天气是晴朗的、透明的。在那种时候，如同在平静清澈的水里一样，人的目光是能够看见树木的清香的。

顺着青草倒伏的方向，胡地看到自己已踏上了白蝴蝶村的土地，村中的一些山墙和起伏的屋脊隐约而明确地显现在空气和树木之间。一个割草的男人看到了渐渐走来的工作队队长，脸上露出一副十分迷惑的神情。胡地刚要扬起手打招呼，却忽然看到那个割草的人将身体弯了下去，一张脸埋在草丛之间，装出正在专心割草的样子。胡地从他的附近的田埂上经过时，发现他并没有在割草，因为他的两只手是空的，镰刀丢弃在他的脚边。这以后。胡地心情有些沉重地回到村里。临街的一个院子里突然传来一个女人的指桑骂槐的声音，紧接着又将一盆水——他疑心是脏水——泼到院里。

他回到工作队的驻地，推开街门时，房东的女主人正在院子里站着。看到他回来，她微微地吃了一惊，她仿佛看到他的脸上叠印着严酷，余怒未消。细心的女主人很快回到屋里干她自己的事去了，声音细细地哼起一支曲子。

晚些时候，透过屋里的窗户，女主人看到工作队队长胡地一个人坐在院子里的台阶上闷着头吸烟，有时他又抬起头来，出神地注视着某一个地方。女主人顺着他的视线，暗自判断着，她不知道他是在看房子对面的树丛，还是在看天。强烈的好奇心和某种隐秘的心事使她一直透过窗户注视着他，看着他的一举一动，甚至一些最细微的变化。有一阵，她几乎是在屏声敛气地看着他，仿佛她的呼吸能被他察觉到。过了一会儿，她看见他突然从台阶上站起来，大步流星地向街门前走去。隔着窗户，细心的女主人情不自禁地发出一声不无失望的叹息。正当她要从窗户前走开时，又十分惊讶地看到他又转身回来了。她的心突然很乱地摇晃起来，慌乱中她看见他在院子里站了一会儿，不久又在原来的位置上坐了下来。

仿佛担心他又会突然变卦，随时走掉，于是，她推开房门，来到屋檐下。尽管这时候院子里只有他们两个人，而她还是用一种很轻的近乎耳语的声音告诉他：他不在的时候，村子里的那个叫于黛的姑娘来找过他两次，一次是在一天的清晨，另一次是在黄昏时分。她正在院子里晾衣服，感到有什么东西在眼前晃来晃去，走到街门口时，看到那个姑娘正在外面徘徊。

工作队队长胡地抬头看着房东的女主人。尽管随着时间的流逝，彼此都已很熟了，而他此刻的神情又似乎在证明他今天才刚刚认识她。她是一个丰满而皮肤白皙的女人，勤劳、贤淑，总是将里里外外收拾得干净而整洁，给工作队的同志们留下了良好的印象。他们从来没有听到她打骂自己的孩子。尤其让工作队的同志们感到艳羡的是，在他们驻扎期间。她从来没有与自己的男人发生过争吵。“真是一个好女人啊！”工作队的老黑有一次感慨地说，“要不是怕犯错误，要不是我已抱上了孙子，我一定要想方设法劝她离婚，然后再名正言顺地或者不择手段地把她娶过来。人活一世，图个什么?”要不是胡地断喝，老黑还会继续胡说下去。那些天，他好像真的有些动摇了，目光迷离，神思恍惚，看人时的眼神尤其让人感到害怕而不安。以至于胡地一次又一次地对他发出严厉的警告，去哪里都将他带在身边，不放心让他一个人单枪匹马地活动。凡是吩咐给老黑的工作，至少还得同时吩咐给另一个人。另一个人不但要完成自己的工作，更重要的还要负责监督老黑的一举一动。

“必要时可以先斩后奏！”胡地说。

“怎么，要斩我?”老黑吃惊地问道。

“为什么不能?”胡地说。接着他又更进一步地制定出详细的措施。“管不住他（老黑）的时候，可以动手打他，收拾他，或者集中村里的民兵用绳子捆他。就这样。”

“村里的阶级斗争还没有着落，我们自己先就斗起来了。

群众会笑话我们，会一齐转过身来看我们的热闹。”

“这事怨谁？主要怨老黑。”胡地说，“老黑，你要把握好你自己，我不相信你会没有一点儿控制能力。你有。”

“我没有，我已经完全失控了。”老黑嬉皮笑脸地说道。

“从前有过，但自从见到她以后，我就再也把握不住自己了。现在，我的身上什么也没有了，只剩下一种冲动。”

“老黑，我警告你这只老公羊，你要是敢打主意胡闹，我绝饶不了你！”

“你最多斩了我，还能怎么样？”

“同志们，把这个老叫花子捆起来！”

“昨天晚上，我梦见我的手在她的身上做愉快的旅行，整整一夜！”

几个人用捆行李用的绳子悄悄地将老黑捆起来，以免使隔壁的夫妻知晓。但愿他们永远蒙在鼓里，不知道曾经发生过这样的事。老黑睁圆了眼睛，大声地说道：

“闹了半天，真捆我呀？”

“凭什么不捆你！凭你老不要脸？”

工作队唯一的女性小安拉开自己的提包，胡地从中取出她的一双袜子，塞进老黑的嘴里，防止他继续胡说。老黑的嘴里塞着小安的袜子，异常痛苦地看着小安。时而他又像头暴怒的狮子，不断地进行挣扎，仿佛要咬人。大家一齐上去才能将他制伏住。胡地有些疲倦地在老黑的对面坐下，语重心长地对他说：“老黑你简直糟透了！你在哪里中了邪？你要是真娶了她。我们还如何在这里继续开展工作？你还嫌当前的斗争不复杂、不残酷吗？村里的敌人伺机都在暗中注视着我们，一心盼望我们垮掉，灰溜溜地撤走，他们会趁机向我们发起血腥的进攻。到那个时候，我们搬起石头砸自己的脚，只有卷起铺盖滚出这个叫白蝴蝶的村子了。”

老黑脸上的表情千变万化，看得出他正在声嘶力竭，他的头不断地往上仰，脚下在乱踢，表示自己有话要说。胡地看了一会儿，命人取出他嘴里的袜子，还给小安。接着又给他松了绑。老黑大口地喘着粗气，翻着白眼。“差一点儿就死在你们的手里。”他说，“几个年轻人，用对付阶级敌人的方式，残酷地折磨一个革命多年的老汉，不像话呀！我伤心死了！”

第二天晚上，胡地带着老黑去村里一户中农的家里了解情况。走在路上，老黑对胡地说：“我随便开个玩笑，你们就认真了。她和我的女儿一样大。我成了什么人。”“你把假的说得太像真的了。”胡地说，“现在人人都有些草木皆兵，有人就怕我们不出事。”白蝴蝶村的情况越来越复杂，短短几个月内，已先后有四个人自杀身亡，其中有两位是村里的干部。至今没有搞清他们自杀的真正原因。而眼下他们仍停留在揭开阶级斗争的盖子的阶段，一旦盖子在某一天真正揭开，谁也无法预料还会发生什么样的事情，很难想象一直隐藏在坚硬的盖子下的会是些什么。一想到这些，身为工作队队长的胡地就觉得有一个漆黑一团的深渊在未来的日子里等着他，像凶险的陷阱一样存在于前面的路上，等着他们一点一点地走近。他仿佛看到他和他的队友们一个接一个地消失，成群结队的白蝴蝶尾随在他们的后面，如同一支受人操纵、受人驱使的殖民军，翩翩而来。什么都可以往后靠一靠，眼下最要紧的是想方设法打开那个龟壳般的盖子。如此一来，事情至少有了眉目，仿佛站在附近的山冈之上，村中的情形尽收眼底，一览无遗。

他坐在院子里的台阶上，看着站在屋檐下的女主人，装着很随便地问她：

“最近听到村里有什么议论没有？”

“什么议论？”

“一点都没有听说？”

“没有。”

她原本要让自己也在台阶上坐下来，与他保持一种既不远也不近的距离，而那也正是他所希望的。但忽然之间她似乎又改变了主意，匆匆地从他的身后经过，回屋里去了。“我的话吓着她了。”胡地想道。他正在用反省的态度检点自己的方式方法，忽然听到身后又传来了脚步声。回头看到女主人正站在他的后面，她的腿完全贴到了他的背上，但她似乎毫无察觉。胡地没有让自己的身体移动，他仿佛感到他正在用一件借来的东西认真地束缚着自己。

“这些天，村里还在闹鬼。”她说。

“还是几个月前死去的那四个人吗？他们又回来了？什么时候？”

“人们看到赵四在他的房子后面的那片空地上徘徊；春生站在学校的斜坡下面，好像在等他的女儿放学。有人说他们两个人是一起回到村里来的，但他们两个人活着的时候就势不两立。于是，人们就断定与赵四一起回到村里的那个人不是春生，他们在一起那倒真奇怪了，活着的时候是仇人、是冤家对头，死了难道会成为好朋友？”

“那么，与赵四一起回来的那个人是谁？”

“是贾秀，就是住在夜校斜对面的那个贾秀，不是戴眼镜的那个贾秀。”

“四个人里面，这次只有老刘没有回来作祟，毕竟是副书记，与他们不同，不管人们怎么说三道四，觉悟还是有的。”

“你没有注意到吗?”

“什么?”

“我已有很久没有到政治夜校去过了。”

“为什么？为什么要放松学习?”

“我怕在路上碰到他们。晚上，四五个人才敢同去。”

晚上，胡地穿过忽长忽短的街巷，一个人往红旗渠边走。他知道很有可能在那里遇到那个叫于黛的姑娘，不仅仅是由于她住在那一带。虽然由他亲自将村里的民兵编成十二个小分队，昼夜巡逻执勤，但天刚一黑，村里便再很难看见什么人了。家家户户都关闭着门窗，无边无际的寂静使狗叫声变得异常清晰而引人注意，像路边的木桩一样突出。有时候，狗的那种过于不祥的叫声，迫使胡地相信它一定看见了村子里的什么可怕的事物。有时候，在那些灰蓝色的巷子里，几棵杏树也会让人不寒而栗。

经过夜校旁边的时候，他注意到夜校里面的白色的汽灯已被点亮了，从里面传出一阵说话声。冬天里，在寒风中巡逻的民兵路过这一带的时候会进去烤火。晚上，工作队的小安在夜校里教大家唱《国际歌》，反复地教，一遍又一遍地练。一开始的时候，很多人嘴上跟着小安唱，心里却完全搞不清“饥寒交迫”是什么意思？“奴隶”是一种什么样的身份和职业？为什么“要把炉火烧得通红”？无非是为了煮饭和取暖，或者是为了打铁，除此再不可能有别的用途。有一天，从夜校教完歌回来以后，小安向胡地请示：村里的人们在休息的时候，总是不断地有人问她“饥寒交迫”是什么意思？她想告诉他们，那其实正是他们目前生活的真实写照。小安对胡地说：

“我可不可这样对他们说?”

胡地认真地想了一会儿，然后告诉小安：“最好不要这样说。应该把他们的注意力转移到歌曲的节奏和旋律上去，不要让他们老想着歌词，老在那上面瞎琢磨、下功夫。”

“我明白了。”小安说，“从明天晚上起，我按照男女声部，教他们二重唱，他们准有兴趣。男女分开坐，一边一堆人。”

他特别留意了一下夜校斜对面的那个异常颓废的院落。院子的主人贾秀死去以后，再没有人在那里住了。房东的女主人告诉他，有时候人们深夜从夜校里出来，看见贾秀的被荒草簇拥着的烟囱正在冒着灰白而笔直的炊烟。

夜校的后面传来锯木头的声音。两个出身不好的木匠正在那里制作棺材。

在一个十字路口，他从两边的山墙上闻到了白日里的阳光的气息。一个身材矮小的人突然从他的眼前跑过，很快便在北面的一条巷子里消失了。他大声地问了一句，却没有听到回音。风从脸前刮过，还带着白日里的暖意。又过了一会儿，他听到了水声，这使他意识到自己已来到了村外。水渠里的水流进了玉米地里。

他看到水渠边站着一个人。

六

几乎所有的人都在场，每个人都像水一样在屋里晃来晃去，从墙上涌动到地上，不断地荡漾，折射出耀眼的波光；每个人在动荡的过程中又都成为别人的倒影。胡佛躺在窗户下，一面吃惊而疑惑地看着，一面又在暗自告诫自己不要太过于惊愕，因为他看到的每一个人对他来说都不能算陌生。“都是一些老面孔”，都是一些熟悉不过的人，唯一让他感到陌生而不可思议的是他们的表情和行为，他怎么也不明白他们在干什么。有一瞬间，他觉得把他们理解成一群光裸干净的灵魂也不足为怪。但仅仅只是一段很短促的时间，当邬云娜从外面忽然走进来时，他注意到屋里实际上只有他和她两个人，先前的水光和人影早已完全消失殆尽。邬云娜的手里拿着一枝从丧葬上得来的纸花。尽管死者是一位地主，尽管他在一次热闹的大会之后悲愤而羞愧地上吊自杀，但他的年龄足以让人们相信丧事中的一切都无不闪耀着吉祥的色彩和意义，围绕着死者逶迤而行的每一朵花都成为时间与寿命的象征。正是基于这样的一种认识，早晨起来的出殡很快变成一次充满善意的哄抢。马车上、棺材上，甚至连亲属们头上和身上的花都在一瞬间被蜂拥而上的人们一抢而光。死者的孝男孝女在混乱中被人们冲散，有的被按倒在地上。抢花的有不少是怀抱着孩子的妇女，有些是镇上的少年。人们像发了疯一样，只要看见一顶白色的孝帽，便不顾一切地冲上去揪下来，完全不考虑帽子上还有没有花。有的孝子主动将花摘下来，献出去，不敢劳大家动手。有的完全将帽子掷到一边，露出黑色的头发，以示自己的清白和一无所有。棺材被遗忘在一边。最后，连高高在上的引魂幡也被瓜分成数节。一位看上去十分瘦弱的妇女将两朵花递到邬云娜手里，请求暂且代为保管，之后又转身勇往直前地冲入人群之中。

屋里已没有了最初的光泽。胡佛将自己的所见告诉了邬云娜。邬云娜放下那朵花，腾出手，有些吃惊地对胡佛说：

“你说什么？你看见一群熟人在胡闹？在我们的屋里？”

“是的，很过分，很不像话。”

邬云娜无法让自己看到事情的全貌，甚至一鳞半爪，因为，她刚一出现，胡佛所说的那种水汪汪的景象很快就全部消失了，而且连一些能够勉强作证的蛛丝马迹也没有留下。最主要的是，她怀疑那不过是他的无数个梦魇中的一个，一次寻常而飘忽的集中闪现。

像以往一样，她丝毫没有往心里去。

后来，她忽然听到他说：

“邬云娜，我要走了。”

这一次，她感到自己仿佛从背后被打了一下。她回头看着他，说：

“你说什么？你要到哪里去？”

“我能够活到今天，已经非常了不起了。”他说，“我很满足了。”

听到他这样说，她顿时把正在要做的一件事情完全忘记了。她在他的身边坐下，用一种很专注的神情看着他。这样过了一会儿以后，胡佛忽然感到自己的脸前变得非常灼热，于是，他仿佛有些不习惯地用手捂住了自己的脸。不知有多少年她没有用这样的眼光看过他了，他的心里感到既幸福又有些难以承受。他听到一阵遥远的哭声，那是他自己的哭声，既伤心又满足。孩子们都已长大成人，此后剩下的岁月将由邬云娜一个人去独自面对。有的她能够应付，甚至游刃有余；有的则将从一开始就注定是一笔糊涂账，谁也无法使之清澈如水。

她脱去自己的外套，在他的身边慢慢地躺了下来。他用协商的口气对她说：

“不能再脱去一些了吗？一点点。”

“我不想动了。”她闭着眼睛说道，“剩下的你自己动手吧。”

于是，他经过一番努力之后，用笨拙而又有些生硬的手脱去了她的毛线衣。鼓舞与暗示仿佛空穴来风，仿佛从天而降，不久又有了一个新突破：她的皮带被完全松开了。他发现自己的手抖得十分厉害，这使他恍惚又真切地有一种做贼的感觉。他想，一个初次偷人的人，手可能就是这样失去控制地抖个不停。一切都是那样的不熟悉。要不是她自己动手，他的头上不知还要出多少汗。解铃还须系铃人，这道理最初是由谁发现的？它丝毫不逊色于一项对人们的日常生活产生了重大影响的发明。现在，她用自己的身体紧紧地贴着他、安慰他，这正是他希望她做的——她像一棵剥光了皮的树。

“我们都老了。”她闭着眼睛说。

他忽然得到了提醒和启示：在此之前，他几乎已完全忘记了自己还有一双手。手能劳动，可以创造一切美好的和不美好的，生活在很大程度上就是用手捏造出来的，生活本身可以作证，那样的痕迹到处可见。存在于人们的头脑中的想象和思想也是一种捏造，一旦投入到生活中，就由最初的无形变成了不容置疑的事实。五个手指有五个手指的功劳，两个手指有两个手指的作用，大狗在叫，小狗也在叫。我的手上沾满了日常生活的面粉，放到哪里哪里白，可以说糟透了！昨日夜晚的种种现象和经历令人沮丧，最耀眼的几颗星辰都无一例外地亮在别人的头顶上面，等我们含辛茹苦地赶到时，那一切又都很快隐藏起来不见了，似乎正赶上散场。世界是你们的，也是她们的，而她们的名字叫夜来香。我们风餐露宿，不图别的。

除去一双手，他还有一条灼热的舌头。他听到她发出一种很特别的声音。她的眼睛睁着，似乎在思索生活中的一个难题，百思不解。有人在痛哭。那时候胡佛正在坚实而充满回音的地上走着，阳光下的不断变化的影子能屈能伸，时大时小。影子的内部仿佛灌满了风，影子的重量不能不引起人的注意，不能不引起人的怀疑。光滑的皮肤是与生俱来的，还是成长以后日积月累慢慢修炼出来的？这个问题最初的时候一目了然，并不是一个问题。有人，有些人，有某些简单的而有时又无法用几句简单的话去形容他去概括他的人，一直试图从那黑黢黢的影子中提取，也可以称作榨取，提炼或分解一定数量与成色的感情，进行化合反应，借助于自然的力量和光合作用，密切地注意着内分泌与外分泌。做完这一切后，他们觉得折腾够了。

“我们经常起誓，但经常不算数，没有一回是真的。好在我们都不计较。”

“我们难道不应该细水长流吗？我们实在应该细水长流，有无数个理由可以证明。这样做并不意味着对生活的捏造就此停止了，恰恰相反。我们要是停止了，有人就会越俎代庖，不容分说地替我们捏造。我们已经停不下来了。”

他听到这时候有人正在对面的山梁上行走，不久又看到自己躺在柔软而青绿的草地上。有人来询问他的身体状况。那人像等着要回去复命一样，就站在他的不远处，一直站着，一直耐心地等待着，很少说话，几乎没有多说过一个字，只等对方开口道出有关的实情之后，他好立即走掉。

“温暖的天气又来到了。我的身体很好，可以说从来没有一点麻烦。”

“就这样吧？”

“就这样吧。”

“大约再过四十多天，有一个人要来，我是昨晚才知道的。”

邬云娜抬起头，闻到四周飘满了很浓的雨的气息。有人从外面走过，在天气的感染与影响下接连不断地打着十分响亮的喷嚏。从她的身体下面传来了说话的声音，谈论气候的声音，回忆往事的声音，求救的声音，出谋划策的声音，暗中发笑的声音。她的腰部向上耸了耸，并不是担心那些声音会陷在柔软的青草丛中出不来，而是为了使它们能够无遮拦地从低湿的地方直接浮上来，像伞一样地张开。

“还满意吗？”

“你在哪里？我看不见你。”

告别时的情景在雨里重现。时间好像是在午后，但某些迹象又证明是在一个晚上。以前，邬云娜从不在这样的天气里感到头晕目眩，缺少暖意和活力的湿衣服一直遮蔽着她的心情，甚至严重地影响着她的正常的表达。在她开始变得反应迟钝、神情古板的时候，生活也正在越来越变得十分拗口，异常的神经质。仿佛有人不断地将她的嘴堵上，仿佛有人不断地插科打诨，用低级的笑料将事情岔开，分出去若干个肉眼看不到的支系。神经质和虚荣心困扰着每一个人，暗红色因此常被视为瘀血，危言耸听使附近几条街都被夕阳染得通红。在同一个地方的另一个时刻里，一个形象十分模糊的人在昏睡着，整个人看上去如同放置在微光中的一根木头。她在门口的光线里站了一会儿，然后走过去用手在他的头边拍打了几下。“木头”没有反应，完全是一副预备做寿材的样子。她希望他能忽然睁开眼睛，对她说话——说什么都行，重要的，难听的，无用的，甚至谎言，随他的便！于是，她又拍打了一会儿。这一次不仅拍打了他的脸，手上还多用了一些力气。“你气我也行。”她有些恳求地说道，“我喜欢被人气。”她一边拍打，一边俯身注意着他的脸，但他一直没有睁开眼睛看她，仿佛过度的劳累与倦怠使一切都不再能够吸引他了。她又叫了几声后，看到那张脸和与脸相连着的身体还是没有变化，她渐渐地感到从一开始就在屋里徘徊不去的惊异现在有些越来越重了。她的身体和心情明显地倾斜起伏起来，灼热的气息喷到那张脸上。也许真是一根木头。有一瞬间，她觉得自己从那张脸上看到了一种令人惊讶的木纹和眩晕的年轮。

“我不管你了。”她用一种镇定的声音说道。过了一会儿，她又说：

“我再也不管你了。”

一只鸽子（？）缓慢地从外面掠过。她回头看了一眼，那移动着的黑影仿佛停在了她的额前，使她的身上一阵发冷。

“我真的不再管你了。”

这样说过之后，她很快便听到了自己的回声，预料之外的回赠又使她大吃一惊。仿佛一封寄出去的信又被原封未动地退了回来，最初的轻巧换来了眼前的不堪重负。

那时候正是电影散场的时候。人们踏着夜色往回走的时候，许多人仍然沉浸在剧情之中而不能自拔。他们随着故事的变化而不断地让自己喜怒哀乐，激动，喘息，伤心，愤怒，充斥着夜晚。还有的人在用咒骂的口吻批评放映员阿肛，因为他在最关键的时候将一段最让人们难忘的片子给烧煳了，银幕上出现了一种既像木炭，又像烟叶，更像布满了窟窿的线毯一样的东西。一切的过错都是由于放映员阿肛的漫不经心和玩忽职守而造成的。人们长吁短叹，灰心丧气，有的人的心情坏透了，还有的人内心深处的思想斗争变得复杂而冲动，一触即碎。

“爹是什么时候去世的？”

“一天晚上。”

“是一个有月亮的晚上吗？”

“看电影回来的人们正从外面经过，看到我们家里漆黑一片，忽然间又灯光雪亮，人头攒动，来来往往。有人以为我们是在连夜操办喜事，还有人以为我们是在焊接什么。”

“我听说人们在月光下叹息、呼喊，有的人骂骂咧咧。”

“那主要是对放映员阿肛感到不满，人们都在生他的气。他把好端端的一部片子给放焦了，还编着谎话骗大家。能骗得了谁？人们几乎熟悉每一句对白，记得所有的画面。放坏了就放坏了，那又有什么！谁也不是初次看电影，人们是能够原谅他的。事实上，这么多年来，人们一直都在原谅他。处处依着他、宠着他。”

“解放这么多年了，我们的人民还一直站在露天里看电影，顶风冒雪，忍饥挨饿，我很难过。镇上至今没有一个电影院。”

“连白蝴蝶村的人们都要老远地跑来看。”

“秋天的时候，我们从那一带路过，微风中除去树木的清香，还能闻到很清晰的雨的气息。那种雨味在下雨的时候反而闻不到，它存在于雨前。土被微微地湿过，痕迹既轻又浅，似乎所有的一切都在以各自的方式蠕动，低语，再没有冰冷、凄凉死寂的东西，到处都显露出善良的颜色和安详和煦的呢喃之声。”

“顺着青草倒伏的方向，我常看见有人在那里出现，其中有我们家里的人。”

“第二年，当我们又从那一带路过的时候，看到了生长在那里的仙人掌。”

第五章

一

晚上，月光如水，放映员阿肛被早已等得不耐烦的想看电影的人们簇拥着来到街上。他刚刚吃了一点东西，还没有来得及吸一支烟，就被性急的人们前呼后拥地从家里请了出来。两个小个子的男人在前面为他开道，他们一面努力地分开人群往前走，一面几乎是大声呐喊道：

“让一让，让一让，请大家让一让！让列宁同志先走——”

“阿肛，你终于出来了！”

临出门时，阿肛感到自己的眼睛被什么东西晃了一下，等到后来走出家门，看到遍地月光时，他的神情忽然变得无比轻松起来。没有人理解他此刻的心情，再没有比眼前的月光更让他感到愉快的东西了。作为一名电影放映员，银色的月光曾给过他无数不可名状的厚爱，如果不是被眼前的人们簇拥着难以脱身，很难说他此时此刻正在干什么。这样想着，他有些吃力地将自己的两条胳膊从人们的身体之间抽出来，举过头顶，做了一个弹压的动作。

热情澎湃的人们站在明晃晃的月光下，有的咧嘴笑着，有的庄严肃穆。

“安静，安静！”放映员阿肛说，“大家不要吵，听我说！这样的天气与白天没有什么两样，完全不适合放映！不管我放得多么使劲，你们看到的也还是一块白布，白布一块。”

“不可能！”人们说。

“不可能会是这样的！”

“不可能只是一块白布，什么也没有，或多或少总会有一些东西。”

“我们就喜欢看挂起来的白布。”

“为什么不试一试？放一下试一试看，实践是检验真理的唯一标准。”

“大红枣儿献给谁？献给英勇的放映员阿肛，就献给他！”

有人在尘土中扭起了秧歌。

“谁也别想得到我们的枣！谁也别想得到我们的心！”

“哎，是谁帮我们渡难关？是谁为我们演电影？哎，是那……”

“他妈的，我的周围全是些不通情理的人，完全不讲理。”阿肛说。他本来是一个性情十分和善的人，他现在的脾气完全是被热爱看电影的人们一手培养起来的。在皎洁的月光下面，他丝毫不为人们的情绪所动，一直旁若无人地站在那里。今晚他不打算放映，没有人知道他的这种心情。自从看见银色的大地之后，他便开始让自己向遥远的梦乡接近。“抓住这大好的时光好好睡一觉吧。”他在心里对自己说，“此时不睡，更待何时？”有一天，他在吃饭的时候，突然看见手中的筷子飞出去很远，像箭矢一样鸣叫着直立在远处……后来又发生了什么，他已完全不知道了。医生对他的诊断是：睡眠严重不足。自从得到这样的一个结果后，他的心里开始变得既难过又悲壮。“闹了半天，我一直都在不知不觉地为人民熬夜。”这样的发现使他隐约而又强烈地感到一种不可替代的悲壮。他所难过的是，从来没有人主动过问过他的身体：“今晚是否不舒服？不舒服就不要放了。”“哪儿难受？腰疼？肝疼？”没有，一次也没有，在他的记忆中从来没有一个人这样说过。紧张的生活甚至使他不清楚自己的肝脏位于身体的哪一个区域。他像一个盲人，什么都看不见，只知道机械地将一束强烈的光线打到白色的银幕上，剩下的事就与他没有多大关系了。但他从来没有想到过，在他自己熬夜的时候，镇上五分之四的人们也在与他一起熬夜，大家同舟共济，在嘈杂、拥挤、兴奋、冲动和痛苦与疲倦之中度过一个又一个不眠之夜。是的，并不是只有他一个人睡不成，绝大多数的人民都在不同程度上地熬夜。有一天，有人对他说出了这个在他看来够得上新颖，因而让他感到有些震惊的提法。他沉默了一会儿，终于意识到人们只是一味地要求他给他们不断地放映电影，但并不理解他，从来没有理解过他，甚至从未有过类似的打算。这样一来，他也觉得自己没有必要费心去理解别人了；这样一来，给他带来了前所未有的轻松；越是人们如饥似渴地等待看电影，翘首期盼，望眼欲穿的时候，身为放映员的他就越是镇定自若，按兵不动，因为他不清楚他们之所想所急，他甚至是清白无辜的。

他在月光下站了一会儿，后来突然不见了。

当一直处于混乱与焦急中的人们猛然发现放映员阿肛的身影在一瞬间消失了的时候，各种各样的声音顿时像尘土一样到处弥漫起来，呼喊与尖叫成为夜晚与月光里的最高峰。一些平日需要勇气的推动和醉意的遮掩才能说出口的话，现在被从容不迫、无伤大雅地讲了出来，仿佛前进路上的一切障碍都已被悉数扫清，仿佛每个人都疯了！毫无疑问，阿肛是在众目睽睽之下脱身离去的，他所依靠的仅仅是大家的麻痹疏忽与他自己的一点小小的诡计，甚至都不属于金蝉脱壳，因为人们没有看到他的壳。阿肛太不像话了。失望而焦急的人们说，每次演电影前都要与大家捉迷藏，东奔西跑，四处躲闪，把所有的人都搞得精疲力竭、灰头土脸。他有时候藏在自己的家里，有时候藏在亲戚朋友的家里，但这些地方均容易被人们找到。最严重的一次，他藏在一个废弃的涵洞之内，洞口两边的茂密的荒草保护了他，使前来寻找他的人们几次路过都没有引起足够的警惕与注意。人们打着手电，提着灯笼，到处搜寻他的下落。人们始终遵循着“跑了和尚跑不了庙”的原则，在任何地方都找不到他的时候，人们就不再费力找了，开始在他的家里等他，十分耐心地等他。看到他的妻子忙不过来的时候，人们也会帮一下，或者抱一抱他的哭闹不休的孩子。

守株待兔，每次总能把他等回来。

两年前的时候，仿佛也是这样的一个遍地月光的夜晚，放映员阿肛在人们中间站着站着就忽然不见了。人群顿时大乱，喊声、哭声、尖叫声与尘土一起使皎洁的月光变得浑浊而颤抖，暗无天日。一心等待着看一场电影的邬云娜在混乱的人群中遇到了女儿纸。纸并不是出来看电影的，她在到处寻找她的丈夫和女儿。邬云娜拉住她，母女俩刚说了两句话，很快又被混乱的人群冲散了。原来，人们在路边的一间不起眼的小房子里找到了藏匿在那里的放映员阿肛。感情冲动而亢奋的人们甚至对那间房子的主人——一位四十多岁的单身汉动了手脚。四十多岁的单身汉，一直没有结婚，但身体并未因此而显得强壮。他被愤怒而激情澎湃的人们不断地推来搡去，不断地被众人“炒豆子”。

“这事不怨我，”单身汉一边招架，一边向人们解释道，“我不让他藏，他非要藏，都是熟人，我不能不让他藏。”

‘那你应该赶快出来报告呀。”人们说。人们骂他是“绝户头”，自己不喜欢看电影，也成心不想让大家看。人们继续把他围在中间，继续拿他“炒豆子”。他用充满哀怨与委屈的眼神看看众人，又看看放映员阿肛，对他说：

“你看，你都看见了吧？我说不行，你非说行。我就知道要出事，非出事不可。我那点儿浅水，怎么能藏得住你这样的大王八？”

一年以后，纸跟随她的丈夫离开镇上，举家迁走。从此，邬云娜再也没有在混乱的人群中看见过女儿一家人，他们仿佛已经从大地上消失了。有一天，当一个神情绝望的女人出现在月光下时，邬云娜情不自禁地尖叫了一声，身体僵直地站在那里。“她多像是纸啊！”但那不是她的纸，而是电影里的一个女人。坐在放映员阿肛身边的一个女人掏出手帕擦着眼泪，她的身体随着抽泣而不住地摇晃着。

放映员阿肛点燃一支香烟，烟雾从人们的头顶上面飘过。阿肛说：

“先不要忙着哭，这会儿掉泪还有点早，后面还有更让人难过的事哩！”

邬云娜的眼睛也湿润了，她努力让自己打起精神，坚持看完后面的故事。人们站在雾霭一样的月光里，每个人看上去都显得苍白而形销骨立。一些很小的孩子在银幕下面跑来跑去，不住地发出阵阵小动物一样的叫声。当他们用手钩住银幕边上的绳孔用力往下拽的时候，电影里的人们就会突然变得放浪形骸，东倒西歪，变得摇摇晃晃的谁也不认识了；街道或山冈也在夸张地变形，有时候扭曲得像一条线，有时候像飘浮弥漫的烟；人的帽子最大的时候，会有一片草皮屋顶那么大，四周都严重地蜷曲着，所有的人都觉得谁也没办法戴。

几乎所有的人都害怕那些有月亮的晚上，那些像银子一样明晃晃的晚上让他们感到心虚而难过。因为，皎洁的月光是放映员阿肛不愿意工作的最好的借口和惯用的伎俩，这样的天气他没办法工作。他神气活现而又欲擒故纵地在月光下站一会儿，完全是礼节性地、象征性地站一会儿，然后瞅准时机，在人们的焦急期盼与麻痹大意之间突然不辞而别，悄悄地溜掉，神不知鬼不觉地一走了之。他如是反复地这样做，直接导致每一个有月亮的晚上都成为一个不祥的日子。

晚上，吃过晚饭以后，一些负责观察天气的孩子们站在自家的院子里或街门口，认真地朝天上看一会儿后，会不无悲哀地向屋里的父母报告着令人丧气而无奈的消息：

“妈，月亮又出来了。”

“爹，月亮正在慢慢地往上爬——”

当爹的像触了霉头，或听到噩耗一样，恶声恶气地在屋里骂道：

“他妈的！怎么又出来了？谁让它出来的？刚下去没几天，这就又出来了？你看准了没有，真的是月亮又出来了？”

“谁还没有见过个月亮？”孩子们揉着因仰望而有些酸困的

脖子说，“不信你自己出来看，比前两天的那个还要大，还要圆，还要亮！”

“我们又完了。他妈的月亮！”

每天晚上，一看见明晃晃的月亮正在慢慢地有条不紊地升上来，人们就会条件反射地紧锁愁眉，像困兽一样走来走去，脑子里盘算起一些无济于事的方法或计策。比如，怎样才能使放映员阿肛在有月亮的晚上看不到月亮？除非上去几个人将月亮遮住，或者干脆将阿肛的眼睛给蒙上，甚至完全打瞎，但这都是荒谬而不现实的，是永远不可能实现的，这样的幻想曾在不少人的脑海里出现过。

比如，明知有月亮，非说没月亮，如何才能让狡诈的阿肛心悦诚服地相信这一点？几年来的实践证明没有人能办得到。

比如，要让阿肛明白今晚是有月亮，但它的可怜的微不足道的一点点亮光丝毫不会对放映构成任何意义上的影响和妨碍。要做到这一点也不是一件多么容易的事。

有一天晚上，当阿肛像往常一样被热情而真诚的人们前呼后拥地簇拥着走出家门时，有两个早已等候在外面的人忽然将两把大黑伞张开，一左一右地来到阿肛的身边。

“天怎么这么暗？”阿肛有些诧异地问道。

“因为今晚没有月亮。”他身边的人们说。

“不可能！”阿肛说，“到底发生了什么事？”他停了下来。

“什么事也没有发生。”人们说，“接下来才是今晚要发生的事——看电影。你放，我们看，欢欢喜喜看一场。”

于是，人们继续前呼后拥地簇拥着他往前走。有人不断地插科打诨，说一些趣闻，将他的注意力转向别处。头顶上面的漆黑一片使放映员阿肛感到有些难受，甚至窒息。

走了一会儿，阿肛无意中低了一下头，却忽然看到脚下一片白亮。他先是被吓了一跳，但很快就全明白了。

“这是什么？”他停下来，指着地上的月光问道。“这不是月光是什么？”

人们只记得要防范天空，却忽略了地上。所有的人都停住了。放映员阿肛忽然转过脸，看见耳旁有一根细长的棍子；又转过脸，看到又有一根细长的棍子。他伸手抓住，问道：

“他妈的，这是什么？”

没有人告诉他那是细长的伞柄，但那一直严密地笼罩着他的黑伞却在一阵痛苦的抽搐之后终于收拢到了一起。那一瞬间，他看到了夜晚灿烂的星空和月亮的清辉，他像一个重新见到光明的人一样，一时显得有些手足无措。散落在他四周的那些人看上去大多沮丧而懊恼，他们的计划若不是中途夭折，他们将在暗中轮流执掌伞柄，为他制造一个逼真的黑夜，直到电影结束。

一切都起源于他从来都拒绝在月光下为大家放映。应该说他的出发点还是好的，唯恐因月光的介入而影响了放映的效果，但他却完全不理解人们的心。有一天，一个人在他回家的途中截住他，对他说：“你难道一点也不明白吗？我们的问题并不是要求看得怎么样，而是能不能够看得上，我们从来没有挑剔的权利。在没有坏人、没有漂亮的女特务出场的时候，即使让我们看杂技里的顶碗、走钢丝，看玉米灌浆，看接见非洲黑人，甚至看棉花病虫害，我们也不计较，也是非常欢迎的。我们知道，哪会有那么多好的让我们看呢？能看上适合我们的，就已经让人高兴得不得了啦。”

“即使月光把电影弄得又白又模糊也不计较，也高兴？”放映员说。

“当然不计较，当然高兴，再模糊的景物也总比什么都没有要好。”

后半夜，胡符送走最后一个人。那是一位年近五十的妇女，是辛庄的干部，支委，不仅能说会道，机敏过人，据说手也很巧。月亮已经西斜下去了，大地变得灰白，模糊而幽暗。他在空寂无人的微风中站了一会儿，转身往回走的时候，看见一颗耀眼的流星正在划过天际。

他几乎像一个影子一样无声无息地躺下，慢慢地闭上眼睛。过了不久以后，他似乎看见天气十分炎热，人们尽可能地穿得很少。某些穿着臃肿、装束奇异的人引起了人们的注意与警惕：老话说得好，皮裤套棉裤，必定有缘故！

他看见革命委员会的大老王穿得比谁都少，像是要去河里游泳。大老王站在他的身旁，看看台下的人们，忽然大声地问他：

“现在世界上究竟谁怕谁？”

他听出了大老王的弦外之音，他又在一如既往地对他进行“领唱”，进行认真的启发。默契就不用说了，他们一次比一次配合得好。大老王发自内心地对他说：

“没想到跟着你，我也学到不少东西，而且越来越发现学海无涯，学海真的无涯！”

当大老王开始真正意识到自己不过是半瓶子醋的时候，人也变得越来越谦逊，因为世界是深奥而复杂的，因为真正高深莫测的是世界本身，而并不是某些自以为参透了一切、掌握了一切的感觉特别良好的人。当大老王的妻子使出女人的看家本领，与他胡搅蛮缠时，大老王就十分认真地告诉她：“我才是个半瓶子，你最多是个瓶底子，你这样一个底子跟我闹什么？我们之间完全不存在闹的可能和基础。”大老王耐心地问她：“你见过山羊和鱼搏斗吗？”

“那两种东西不可能搏斗，因为它们不是一路货。”女人说。

“是的，我们也不可能搏斗，因为我们也不是一路货，我们只是为了一个共同的革命目标才走到一起来的。”

“我是鱼？”女人说。

“也可能我是鱼。”大老王说，‘谁是鱼谁是山羊，这并不重要，重要的是它所包含的道理。比如，我和革委会的吴梅就有可能搏斗。”

“因为她是一只母山羊，而你是一只公山羊。你们不但能搏斗出奶，而且很有可能会搏斗出几只小山羊，不是吗？”

“请不要这样！不要进行人身攻击，我们是在讨论问题，先不讨论小山羊。”

“我就要讨论小山羊。”

“哪里来的小山羊？”

“这要问你才能知道。”

“我不知道，我没有听说过。所谓的小山羊，完全是你一手鼓捣出来的。”

“是你搏斗出来的。要说它们与我有关，我最多算个接生的。”

“不要这样，这样很不好。你好好想想，我和吴梅怎么可能会搏斗出小山羊来？我们的立场观点不同、方法不同，没有一处是一样的。”

“你生气了?”

“没有，一点儿也不！山羊什么时候生过鱼的气？永远也不会。”

几个在革命委员会领取工资的人坐在后面，有一个人因为背光而尤其显得阴暗、悒郁、遥远。在接下去的一段空隙里，他没有听到自己的充满童稚的背诵，却听到有人从外面跑进了院子里，正在用力敲打东屋的窗户：

“邬云娜大婶，快去看看您的儿子吧！”

“他怎么啦?”

“您如果还想见他一面，就赶紧去。”

“去哪里?”

“白蝴蝶村——”

“姑娘，你是谁?”

“我是从白蝴蝶村来的。”

“你是怎么找到这里来的?”

“是他告诉我的。”

“他现在还能说话吗?”

没有人回答。那急促的脚步声已经远去了，院里又恢复了寂静。

二

他睁开眼睛的时候，看到她正在迅速而窸窸窣窣地穿衣服，胳膊不断地在空中划出一些迅疾而又沉重的影子，仿佛有几只徘徊不去的鸟在屋里盘旋、低翔。屋里没有亮灯。

“妈妈，天还没有亮，你要去哪里?”

“你睡你的。”

“妈妈，是不是二哥出事了？”

“天亮后，你自己给自己弄饭吃，我不能管你了。听见了吗？”

“他一定是被那个村里的人们害死的！妈妈，我敢肯定是这样的。”

“今天你还要到哪里去表演背语录？本县，外县？委员会是怎么安排的？”

“今天要去白庙和上神经。”

“是上深涧吧？哪里又出来个‘上神经’？大老王还跟你一起去吗？”

“是的，妈妈。”

“有他去，我就放心了。我实在不能照顾你了，我这就得走。”

“妈妈。”

“从白庙和上深涧回来以后，就在家里待着，哪里也不要去。”

“妈妈，你也要当心：我听说没有一个外乡人能平安地离开白蝴蝶村，都得走着进去，最终躺着出来，你知道是为什么吗？那漫山遍野的白蝴蝶就是数也数不清的飞刀。”

没有人回答。母亲的身影已经消失了，屋里只剩下他一个人。

长期的放映生涯使放映员阿肛几乎厌倦了每一部电影。他自己不喜欢看电影，放映机一打开，在辚辚的转动声中，他坐在灯下闷着头吸烟，想心事。有时候一个段落放完了，人们看到银幕上面也没有了，出现了沙子一样的东西，但不见放映员阿肛有任何反应，他仍然无动于衷地沉浸在个人的思绪之中。人们非得放声大叫，狂呼乱喊，才能引起他的注意。人们实在不清楚他还有什么未竟的、理不清的心事。事实上，阿肛最初也是一个热爱看电影的人。正是因为过分的痴迷和难以自拔，才使他历经坎坷，并最终得到了放映员的位置。但时间一长，他就不无悲哀地发现自己再也不喜欢看电影了。放映机一打开，世界就在他的眼前变得异乎寻常的灰暗而混沌，无味无趣，痛苦极了。他时常在无限的惊愕与不可思议中自省道："事实上我一直都不喜欢看电影，也许从来就没有真正喜欢过。"然而，为什么与这件事情有了血缘一样的剪不断的关系？他有些糊涂了。有一天，当他看见一位让他感到头疼的亲戚时，他忽然觉得又有些明白了：不管你对这个让你头疼的亲戚如何从心里厌恶，但他在理论上，在各个方面仍然还是你的亲戚，不承认是不行的，装作素昧平生，完全不认识，更是荒谬而可笑的！没有什么东西能将这种关系剪断、湮灭。你厌恶他，害怕他，那是你的事，与对方毫无关系。问题不在他那里，而在你的身上，是你一看见他就条件反射，不由自主地头疼，他本人并没有、也不想让你头疼。病从哪里来？从你的心上来，就是这么回事。

"啊，人生就像放映！人生就是一次又一次痛苦的放映和糟糕的演出！"

"痛苦不堪，走投无路。"

让一个不喜欢看电影的人充任放映员，不知是谁的安排，难道是上天在和人们恶作剧？难道是命运在捉弄大家？人们既明白又糊涂，爱憎也很难分明，常有被感情一笔勾销的时候。

当初，让阿肛出任放映员，完全是出于对一个年轻生命的爱护与挽救。否则，镇上又会多出一个不幸的疯子，在清晨唱晚，在黄昏里思考。

晚上，在一场小雨退去之后，在人们的簇拥下，放映员阿肛如同土豆地里的一棵麦子，尤其显得特别而身价不凡。这是一个没有月亮的夜晚，非常适合放映，但放映员阿肛却久久按兵不动。他不停地用手按着自己的太阳穴，不停地腾出另一只手去捶打自己的腰，脸上浮现出一副疾病缠身的痛苦表情。

性急的人们在一阵短暂的冷静之中突然意识到这是一个极其危险的信号，一种不祥之兆。人群中有人低声议论：看样子阿肛很可能又要装病了。他揉太阳穴、捶腰，绝不是一个简单的动作，那里面有他的寓意。是的，绝不是普普通通的揉一下，捶一下！事情到了这里，到了他的身上，就变得既明显又复杂了。

一位从十里以外的庄上赶来看电影的赤脚医生对身边的人们说：

“不要被他蒙蔽了。我注意他已有一阵子了：虽然他揉完太阳穴以后，接着又去揉天应穴和四白穴，但他绝不是在做‘眼保健操’，绝不是！是的，就是这样，我敢肯定他另有所图。老乡们哪！我们应该提高警惕，以防不测。”

“他心猿意马，有伺机溜走的迹象。”一位小学教师说。

终于，人群中有人愤怒地喊道：

“要放就放，不放拉倒，不要彻底冷了我们的心！到那时，请也不来了。”

放映员阿肛向黑压压的人群扫了一眼，慵懒而病歪歪地说道：

“是谁在那里发脾气？站出来！不要在黑暗里说。谁的心冷了？”

等了片刻，见没有人冒险站出来，放映员阿肛于是又说道：

“我他妈的病成这样，我还没好意思发脾气呢。大江南北，长城内外，举国上下，最寒心的人是谁？是他妈的我！”

说完以后，很快坐到一边休息去了，也不打算抽冷子逃走了，也不提放映的事。等待看电影的人很多，到处能看到一明一灭的烟头。附近的用木板铺成的软索桥上也站满了人，在软桥的摇晃与颤动中，不断地传来女人的尖叫声，不断地有人将下流而露骨的字眼儿大声地呼喊出来，声音传得很远，向四周扩散；有时候只喊出单独的一个字，更显得准确而简明扼要，朗朗上口，通俗易懂，一针见血。

放映员阿肛好像把一切都忘记了，只有当听到人们呼喊出来的某一个单独的字眼时，才会微微地咧嘴笑一下，虽然几乎不易察觉，但也能够说明他被打动了，被感染了，被影响了。

突然停电了。彻底的黑暗给放映员阿肛带来了意想不到的安慰和解脱。他站起来，告诉人们可以死心了，可以回去睡觉了，但没有人走。软索桥那边乱哄哄地闹成一团，根本分不清你我，分不清男女；有人好像从桥上掉到下面的河里去了，水面上传来了痛苦的哭声。

黑暗中，有人高声说：

“大家不要走！用发电机可以人工发电，只要将抽水机上的发电机卸下来就行了。”

“是的，把发电机抬出来，我们轮流发电。有条件要演，没有条件我们创造条件也要演。”

“注意！请注意：先把发电机放一放，眼下最大的问题是不要放走了阿肛！”

“休要走了阿肛！”几个连日来互相传阅《水浒》的人一起呐喊道。

“严密注意矮身材、黑面皮的人。”

“胡说八道！那不是阿肛，那是宋江。谁不知道阿肛是有名的高个子。”

黑暗中，人人都行动起来。

“别捏我的脖子，我不是阿肛。”有人叫道，“我真的不是阿肛。”

“是的，我是得贵，王家园的得贵。”

“昨天去找你，你为什么不在？”

“我去白庙了，帮我的姐姐去收拾我那个不成材的姐夫。”

“他又去赌了？”

“是的，输得连鞋都不见了。”

“真他妈的。”

“那边再去几个人，堵住阿肛的退路。谁放跑了谁负责！”

“小心他趁乱逃走！小心他突围！”

“阿肛越来越不像话了，好好的一件事闹得像打仗一样。他突破了准的防线，谁就得负全部责任，负有不可推卸的责任。”

“这么多年，他完全让我们大家给宠坏了，想什么时候演就什么时候演；想演就演，想不演就不演。脾气也越来越坏了，像一个不听话的孩子，我们拿他真是没有一点办法。”

“没办法不宠他，谁让我们都那么爱看电影呢！我们还得继续惯他，虽然已经把他给惯坏了，但看样子还得一直惯下去。”

“惯子如杀子，我们这是在害他，把他往火坑里推。”

“他愿意让我们推。”

“我们难道就没有别的办法了吗？这样把他宠到何年何月才是个尽头？”

“办法会有的。学制要缩短，教育要革命，放映也要革命，现在这种矛盾再也不能继续进行下去了。想想看，镇上要是再有一个，甚至两个以上的人懂得放映，他阿肛还至于像现在这样神气而不听话吗？你不是不愿意放吗，很好，你可以到一边歇着去，让别人来，让既懂放映又愿意放映的人来，你去干什么我们都不管。”

“我明白了，当务之急是我们应该尽快秘密地派人出去学习放映技术，一旦学成归来，阿肛——去他妈的吧，我们再也不会像宠孩子一样宠他了！因为我们有了自己的放映员。”

一个未来的雏形正在无边无际的黑暗中，正在他们的眼前慢慢地升起、飞翔，这是一种令人无限喜悦的想象，围在一起的每一个参与者都从中得到了程度不同的安慰与理想。就像当年秘密地派人出去学习汽车驾驶技术一样，不少人都身临其境地回忆起那段时光。镇上的唯一的一位汽车司机李纹银，多年来一直是镇上最厉害的人，在人们还不大明白汽车是靠什么行走的时候，他时常驾着汽车在人们的生活中飞奔。就因为他能将汽车发动起来，然后开走，这就成了他一直颐指气使，将自己凌驾于所有人之上的主要原因。“把镇上所有的人绑到一起也感动不了它，它只听我一个人的话；我说去哪里它就去哪里；我说走多快它就走多快；我说往东，它绝不往西。”这是司机李纹银的原话。前后好几年，他成了一个人人都望尘莫及的能人，有时候又像一个会施魔法的江湖奇人：他用汽油擦洗衣服上的顽固的污迹，效果灵验而神奇，让人们目瞪口呆；他把生鸡蛋放进汽车的某一个神秘的部位里，不一会儿便取出了熟鸡蛋，拿在手里当着众人的面剥皮；人们感到既神奇又不安，有的人甚至越看越害怕，不知道以后还会发生什么令人不可思议的事情。这个人只用一只手就可以将汽车开走，另一只手专门腾出来闲着，有时夹一支烟，如同某些骑自行车的年轻人不需要扶车把一样，大约都是一种技术娴熟的标志，但谁也不清楚那双手究竟有什么特别的与众不同的地方。每当他洗完手以后，总有人会蹲在那里，认真而仔细地研究他留下的那盆漂浮着彩色油星的污水。每次出车前，李纹银都要提出一大堆条件，这些条件如果有一半以上不能得到满足，他就会以各种各样的理由拒绝出车，除去强调自身的原因外，还要指出汽车本身的问题。

比如，他曾经这样对人们说：

“今天不行了，不能跑，轮胎没吃饱，四个轮胎，有三个在挨饿。”

按照人们的理解，当务之急是应该立即给三个挨饿的轮胎充气，打足了气，自然就不饿了。但他说打气只能使轮胎鼓起来，并不能从根本上解决真正的问题。人们很快又糊涂了。

晚上有事时，他就说：

“不行，汽车前面的灯都瞌睡了，怎么叫也叫不醒。”

大海航行靠舵手。人不吃饭不行，打仗没有武器不行，夜里行车没有车灯不行！这样黑灯瞎火的出去，岂不是去送死？两个月前的一个晚上，县里的一位交通民警在十字路口执勤的时候，正是被一辆没有车灯的汽车撞死的。人们铭记着这样的教训，谁也不敢冒险摸黑出去。穷则思变的人们甚至设想，将马灯或手电筒绑在汽车的前面，用来驱除黑暗，照亮前进的道路，但终因各种原因都——地失败了。

有一天，镇长与秘书要去县里开会，找到李纹银时，他甚至竟对他们说：

“我不能送你们去了，方向盘生气了。”

方向盘怎么会生气？镇长觉得自己有点儿生气。他和秘书是带着任务来的，刚一进门便遇到了意想不到的疑问和麻烦。事实面前。镇长不得不要求澄清并亮明自己的身份，也许这样会于事有补。于是，镇长说：

“就说我来了，它还生气吗？”

“它才不管你是谁呢。”

汽车司机一边说着，一边亲自演示，让他们明白这个方向盘是多么的别扭，多么的不听使唤，指挥失灵，完全是一副桀骜不驯的牛脾气。最终，镇长本人也有点儿相信这个方向盘是真的生气了。他一筹莫展地站了一会儿，事情变得有点糟，完全出乎他的意料。

“什么时候它就不生气了？”镇长用无奈而又毫无把握的声音问道。

“这可说不准。”李纹银说道，“最要命的是它不通人性，丝毫不以人的意志和脸色为转移。他要是个人，我们可以开导它，甚至可以严厉地教育他，批评他，骂他。”

“我没打算要批评它，从来没有那么想过，我只是感到它很奇怪。”镇长说。

“时间已经不多了，我看我们还是骑自行车去吧。”一直站在旁边的镇政府秘书终于忍不住向镇长建议道。

镇长曾经不止一次地在私下里对秘书交代过：“无论什么情况下，要是遇到我没主意的时候，你不要在一旁袖手旁观，一言不发，你要充分发挥你的才干。”秘书当时说：

“我怎样才能知道您没有主意了？”

“傻瓜！不会用眼睛看吗？不会用脑子去分析、判断、猜测吗？难道还要我亲自对你说‘我没主意了，快帮我想想该怎么办’吗？”

秘书一直铭记着这样的话，几乎时刻都在留意着镇长的一举一动和某些异乎寻常的表现。现在，面对一只生了气的方向盘，秘书凭自己的判断认定镇长遇到难题了，束手无策。于是，秘书灵机一动，建议他们骑自行车去开会。

“您坐在后面，我带着您。”秘书说，“保证不误开会。”

“看来只好这样了。”

在去往县里的路上，秘书卖力地骑着自行车，镇长坐在后面。坎坷不平的道路使镇长吃尽了苦头。他感到自行车的轮胎的气不是很足，在不断的颠簸与摇晃中，他的肚子里一直都咕咕地叫个不停；一浪一浪的颠簸使他不得不伸出手去抱住秘书的腰，尽管他非常不愿意这样做——抱一个同性的腰让他感到极其难受！又颠了一会儿，他终于在自己的叹息声中从行驶着的自行车上跳了下来。秘书大吃一惊，很快也从车子上跳了下来。

“我实在颠得受不了啦！”镇长对秘书说，“我想坐到前面去。”

于是，镇长斜坐在前面的车梁上。从对面看上去，镇长像是秘书的儿子。他的头像一只毛茸茸的小猪，不住地在秘书的胸前和下巴下乱拱乱动，致使秘书的脖颈感到很痒。秘书在奋力蹬车的时候，需要不断地将身体挺直，将头向上扬起，以便使自己离镇长的头远一些，再远一些。他几乎没办法不让镇长的头在自己的胸前乱拱，镇长的身体已经萎缩得像个孩子了。

几天以后，当他们又要去县里的时候，镇长一见到李纹银，就首先向他打听方向盘的情况。李纹银对镇长说：

“方向盘没事了，但汽油又生气了。”

接着，他领他们参观汽油。镇长刚俯下身，便在汽油中看到了自己的脸，那是一张浮肿甚至有些变形的脸，以至于镇长不大愿意相信那就是他自己。很快，镇长又看到汽油在冒泡，仿佛有人藏在下面，在暗中作祟。当听到汽油发出一种咝咝的十分危险的叫声时，镇长真的感到有些害怕了。站在一旁的秘书见镇长掏出手帕擦汗，就明白镇长又没有主意了。于是，他又不失时机地向镇长建议道：

“还像上次一样，我们再骑自行车去吧，还是我带着您去。”

“哪能老让你带我呢，”镇长对秘书说，“这次让我带你吧。”

去的路上，镇长的心里产生了一个念头，一开始的时候，它还像一朵小黄花一样消瘦、简单而遥远，甚至充满了难以言状的羞怯。但等他们回来的时候，它已完全变得粗大而强劲，成为一个越来越坚硬的散发着紫色光芒的决定。

于是，有一天，当汽车司机李纹银又故技重演，漫不经心地甩出车钥匙，让人们另请高明时，一位年轻人突然捡起李纹银扔出去的钥匙，并立即发动了汽车。在人们的欢呼声中，汽车在人们的眼前来来回回地行驶着。这个名叫王印的年轻人几个月前突然从镇上消失了，大约半年后重新回来。事情进行得十分秘密，连他的父母都不知道他去了哪里。

李纹银先是目瞪口呆，继而痛苦地惊呼道：

“这是谁家的孩子，他怎么会开汽车？这不可能！”他忽然感到世界不对了，生活出现了问题。镇长对他说：

“三条腿的人不好找，两条腿的司机有的是！”接着又高兴地向人们宣布：

“我们终于培养出了自己的司机，又年轻又听话，他才十七岁，他将永远不会和我们捣蛋，永远行驶在我们的生活里。”

接着又对十七岁的司机说：

“来，给大家奔驰一下，让大家看看！别以为天底下就只有他李纹银一个人会奔驰。”

年轻的司机王印驾驶着镇上唯一的这辆汽车，激动得脸色通红，如同一位处于喜事旋涡中的新郎。他驾驶着汽车出现在镇里的主要街道上，人们看到镇长坐在他的旁边，笑得合不拢嘴。不久，他们又出现在镇外的大道上。又过了不久，他们在滚滚的烟尘中平安地归来。

三

大约凌晨时分，人们终于等来了电。突然出现的光明仿佛一种巨大的幸福，使人们在迷乱与眩晕中感到猝不及防而又难以承受。事实上，在度过了一段不算短的黑暗之后，有不少人已处于一种似睡非睡的半眠状态之中，有少数人在露天里打着响亮的鼾声，在梦乡里已走得很远。当电灯突然照射到他们的脸上时，有人既激动又慌乱，有人不由自主地胡言乱语，不着边际地说着一些谁也不大明白的事情。刺眼的光亮如同黎明时凉爽的晨风一样拂去了人们身上的睡意。渐渐地清醒过来的人们尽管还或多或少地残留着一些酒后忘事般的糊涂之感，但大多数人已从混乱中挣脱出来，恢复了正常。他们几乎没费太多的心思，便记起了自己是干什么来的，为什么在昏睡中一直滞留在这里。他们的耳边响起了在风中走调的音乐。

于是，人们开始分别寻找放映员阿肛，寻找电影。不断地有人在奔跑的过程中被一些仍然躲在黑暗中的身体绊倒。但并没有人因此而气馁，或甩手不干。被绊倒的人很快从地上爬起来，最多在那具障碍一样的身体上踢一脚，骂一声，很快又飞奔着去寻找电影。

忽然，有人高声地惊呼起来，声音仿佛是从遥远的梦里传来的：

“啊！快看，电影在那里——”

四处分散的人们突然汇聚到一起，成为一个庞大的人群，如潮水一样向远处的一座房子前涌去。人们看到翻砂工人鸠山的一面白色的山墙被作为银幕，电影正在有条不紊地放映着。

不久以后，银幕上的一阵激烈的枪炮声将正在睡梦中的翻砂工人鸠山吵醒了。他疑惑不安地起来，突然推开墙上的窗户，出现在窗口，迅速而不知不觉地将自己融入电影里的情景之中。一开始的时候，神情过于专注的人们谁也没有发现山墙上的窗户开了，他们甚至忘记了那面白色的山墙，完全忽略了他们此刻所赖以观赏的基础，直到忽然看到一个十分熟悉的人出现在电影里时，人们才惊讶地尖叫起来：

“天哪！快看那是谁——”

已接近退休年龄的翻砂工人一直呆呆地站着，有时忽然做出几个表示愤怒的动作。当电影里的麦田趋于成熟时。他正站在滚滚的麦浪中间，心事满腹，一言不发；当电影里大雪纷飞的时候，他站在房子的窗户下，像一个阴魂不散的死人！看电影的人们感到惊异极了，他存在于每一个画面之中，人声鼎沸的时候当然少不了他，夜深人静，万籁俱寂的时候他还在，只有他一个人在。某些时候，他无意中暴露出的那种完全神经质的笑容让心情随着故事起伏的人们不能不感到有些害怕，看电影看出了意想不到的麻烦，这是事先谁也没有想到的。翻砂工人担心电影里不断传来的枪炮声会使他的雪白的山墙出现裂缝，甚至完全坍塌，蒙受不必要而又莫名其妙的损失。他站在窗口，挥舞着两只手，强烈要求放映员阿肛立即停止放映，人们都听到了他那沙哑的与电影里的尖锐的旁白完全不同的声音；

“我抗议！不准在我的墙上演电影！”

这时，加映的第二部电影刚刚开始，一个熟悉的鲜红的五角星出现在人们的眼前，五角星四周的光芒像一锅沸腾不止的开水。人们拭目以待，听到电影里的声音尖锐的旁白在说：

“伟大领袖毛主席教导我们：没有人民的军队，便没有革命的一切。帝国主义和一切反动派都是纸老虎！星星之火，可以燎原。枪杆子里面出政权！”

“人民，只有人民才是创造世界历史的真正的动力。”

音乐声中，放映员阿肛也看见了被充作银幕的白色山墙上洞开的一扇窗户和站在窗口的翻砂工人鸠山。他顺水推舟地问身边的人们：“你们说怎么办？他不让在他的墙上演。”

“不理他！”人们说，“继续放。”

“他没有权力不让我们看电影。”

“滚回去，赶快关上你的窗户滚回去！”有人冲鸠山说，

“我们要继续看电影。”

翻砂工人鸠山站在窗口不肯离去，他像是山墙上镶嵌着的一幅画。窗户的位置正好在山墙的中央，这样一来，几乎每一场戏里人们都能看到他。人们感到既滑稽又愤怒。

“鸠山大爷，请不要捣乱！你要是想看就出来看，正面看到的要比背面看到的好得多，又清楚又好看，请到正面来看。”

“我不看！我就是不让你们在我的墙上演。我的墙炸塌了，谁替我修？”翻砂工人说，“电影一完，你拍拍身上的土都走了，我的一家人到哪里去住？说什么也不行。”

真正的银幕因为下雨受潮而发了霉，已变得像一幅地图一样斑驳而复杂，像雨前的天空一样可怕，上面布满了令人惊愕的风云。一段时间之内，它再也不能悬挂起来了，无法面对所有的观众。将那样的一块尿布一样的东西悬挂在热情而满怀期待的人们面前，需要有极大的勇气。放映员阿肛告诉人们，至少需要二十个以上精明强干的女人齐心协力，才有可能将潮霉的银幕洗干净，使之重新变白，一如既往。

几天以后，有人来到邬云娜家里。他们不是来动员她参加洗银幕的，而是要与她商议一件十分重要的事情。邬云娜刚刚安葬完儿子胡地，仍然沉浸在无限的悲伤之中。她昏昏沉沉地躺在家里，往昔的时光以片段的形式在她眼前凌乱而阴郁地经过。远嫁他乡的小沙和纸完全不知道胡地死去的消息，因为她们没有从母亲的嘴里听到过任何一个不祥的字。

听到有人进来，邬云娜睁开眼睛。她隐隐约约感到进来的人很多。

“我老了，洗不动了。”她对他们说，“让年轻的姑娘和媳妇们去洗吧，她们会比我洗得更干净。”她自以为猜出了他们的来意。

“我们不是为洗银幕的事来的，会有人去洗的。”进来的人说。他们来到她的身边，有的人远远地望着她。他们显然有比洗银幕更重要的事情要与她商议，确实如此。

屋里挂着胡地的遗像，死去的工作队长已完全没有了生前的严厉与焦虑，看上去更像是一个尚存着几分天真的大孩子。

沉默了一会儿后。他们告诉她，他们要秘密地派人出去学习放映技术，准备将来对不听话的阿肛取而代之。派出去的人要年轻，聪明而可靠。他们选来选去，选中了邬云娜的最小的儿子胡符，没有比他更合适的人了，背语录使他从小就成为一个家喻户晓的人物。邬云娜听完他们的话后，告诉他们说她的小儿子还是个孩子。他们显得有些冲动地说：

“是呀，我们最理想的就是选一个孩子，成人我们还不要呢。天下乌鸦一般黑，所有的成人都是不可靠的，卑鄙有余，正直不足，多少年来，我们吃尽了这样的苦头。”

“他还在读书。”她对他们说。

“邬云娜大婶，读书有什么用？从现在的形势来看，放映比读书更重要。”

“这是谁的主意？是革命委员会做出的决定吗？革命委员会要撤换阿肛？”

“不！现在这还是一个秘密，还不能公开。难道先把技术学到手不好吗？任何时候，只要他一摇头摆尾，我们就马上把他拿掉，像消灭一个粉刺一样把他消灭掉。因为我们已经有了自己的放映员，我们再也不怕他了，不在乎他了，就像当年派年轻的王印出去学习驾驶一样，他带着技术一回来，李纹银就等于被消灭掉了。”

“他要是不摇头摆尾呢？他要是从此做一个安分守己的称职的放映员呢?”

“不会的，他已经让大家宠坏了，摇头摆尾已成了他的日常习惯，哪一天不发发脾气，他就不舒服。我们就等他这样做呢。”

多年以前的一件往事是促使邬云娜下决心让小儿子去学习放映的另一个原因。那天早晨，她想搭车去县里，然后再转车去参加一生中唯一的一次表彰会。李纹银坐在驾驶室里对她说：“你要是比现在再年轻二十岁，甚至十岁，你就上来，坐在我的身边。”后来，她真的看见有一个女人钻进了李纹银的驾驶室里，搭车走了。但那不是她，而是一个比她年轻的女人。她听到早晨的雾里传来了笑声。

汽车司机李纹银就是这样的一个人。有一天，兽医院的王明乔装改扮，将自己化装成一个要出远门的女人，站在路边向李纹银招手。李纹银驾驶的汽车在他的身边发出了刺耳的尖叫声。汽车走了一会儿后，李纹银礼貌而关切地询问身边的“女人”，这时，一阵风忽然刮来，吹落了“女人”头上的鲜艳的头巾。

邬云娜一旦将现在的放映员看成是当年的汽车司机的翻版或重现，便不再需要任何形式上的劝谏和开导，她马上让自己身体力行，义不容辞，成为最坚决的拥护者和先行者，那些一开始抱着企图说服她的目的来的人，反成了被启蒙的对象和需要团结的一股力量。她鼓励自己的小儿子出去以后要刻苦学习，不放过任何一个提高自己的机会。甚至说：

“有他们——当年的汽车司机和现在的放映员——这样的人在，我们永远很难有好日子过。”

“是的，无论从哪个方面来说，这无疑都是一件顺乎民意的事情。”一起来的人们说。事情顺利得让他们感到万分高兴，每个人都禁不住有些跃跃欲试。他们没有对未来做更多的筹划和更周密的安排。他们相信，将来，不管革命委员会如何考虑，一件代表大多数人利益的事情最终会有一个圆满的结果。

几天以后，十五岁的胡符告别了初中的同学和老师，在他们的充满艳羡和猜测的目光中离开学校，永远地结束了自己的学习。几乎所有的同学都以为他交上了神秘的好运，不是去天堂，胜似去天堂。有的女同学开始心旌摇荡。

离开镇上的前夕，不断地有人来。有的送他一支笔，有的送一个笔记本，所说的话全部与勉励和进取有关。有的甚至说他“背负着民族的希望”。身为长兄的胡天说：

“言重了，那不是他能背得动的。”

人们并不是三五一伙，成群结队地来的，而是走了一个，不久又来一个，每次都只有一个人，仿佛一种迫不得已的方法——只有在最严酷的环境里才经常使用的单线联系。“这又不是革命的低潮，不是白色恐怖的年代，完全用不着这样。”胡天想。

然而邬云娜却没觉得有多么过分，有一种不祥的预感一直喜忧参半地左右着她，笼罩着她。她既高兴又不安，眼前时强时弱地跳个不停。仅仅在恍惚与困扰中度过了一个上午和一个下午，到晚上的时候，她正在家门口站着，远远地就看见小胡符跑回来了。她大吃一惊，看到他跑得满头大汗，衣服和新鞋都是湿的。小胡符告诉母亲，他遇到了两个陌生人的盘查，他们像是预先埋伏在路上的，他们问他的一些事情，让他感到既害怕又无法开口。

“他们问你什么?”邬云娜说。

小胡符不说是什么事，只是不住地哭。他是趁那两个人互相点烟的时候开始逃跑的，但很快又发现那两个人点着烟以后就开始拼命地追赶他。于是，他一边跑一边哭。那时，路上忽然出现了一支文艺宣传队，那两个人停下来不再追了，在宣传队的锣鼓声中仓皇逃窜。

当天晚上，邬云娜找到了几个有关的人。没有人能明确地肯定这是一件什么样的事情。人们在吃惊之余，首先想到了放映员阿肛，都觉得这事与他有关，再不可能是别的什么原因。他们觉得一定是走漏了风声，从而使阿肛有了防范和对策。当小胡符说阿肛的儿子与他是同班同学时，人们在惊异中更加坚定了先前的看法，相信阿肛已经什么都知道了。小胡符回忆说，当他和同学们告别的时候，阿肛的儿子一直都在竖起耳朵，像只老鼠一样在一旁静静地认真地听着，全班只有他一个人的表情显得与众不同。不是他告诉了他的爸爸，又能是谁?

“没想到阿肛竟会采取这样极端的行为。”

“要允许别人犯错误。”一个宽宏大量的人说，“我们在暗中闹他、搞他，也要允许他反过来闹我们一下。兔子急了还要咬人，何况是一向被人们宠惯了的阿肛，一点儿也不奇怪。”

有人装着无心的样子去阿肛那里打探有关的情况。阿肛先是矢口否认，并拒绝提供更多的情况。但不久以后便惹得他大发了一通脾气，并发誓三个月内不放一场电影，任何人来求情也不行！三个月以内，任何人想在镇上看一场电影都只能是妄想，白日做梦。

不但没有搞到任何一点有价值的情况，反而于不经意之间结出一个更为严重的苦果。从阿肛那里碰壁回来的人想：“镇上的人要是知道他们三个月看不上一场电影，不知怎么恨我呢。”

第二天，在两个民兵的护送下，小胡符离开镇上。一路上，他默念着一个人的名字，那人是电影放映公司的一个叫老侯的人，但又似乎叫老猴或者老厚？他记得不太准确，一路上就这样不停地乱叫着。“老侯，老猴，老厚！”当他在路上奔跑的时候，这样的叫声变得像数数一样；爬坡的时候，又变成一种纯粹的呼唤。

晚上，他坐在门前看星星。

他又看见月亮下面的那些房子发出水一样的清光，耀眼的星星闪烁在其间。空气中还残留着他亲手种植的丁香树的花香。

下午的时候，他看见有一个面色苍白的女人走进了母亲的房间里。来的这个女人走路无声无息，看上去要比母亲小很多，但也有六十多岁了。到晚上的时候，一向十分寂静的母亲的房间里还有说话声不断地传出来。他留神听了一会儿，吃惊地发现是一个男人的声音。他来到母亲的门前，看到侄儿胡图正在里面。他不知道他是什么时候来的，正如对那个下午来的女人何时离去毫无知觉一样。从胡图的言谈中，他知道他明天又要试飞了，此番趁着天黑前来，竟是邀请他的祖母去乘坐他的飞机。听到这里。他突然推开门走了进去，对荒唐的侄儿说：

“不行！你的奶奶她不能陪你去冒险，不能与你一起去胡闹。要胡闹你自己一个人去。”

“叔叔，什么叫胡闹?”

“你所做的一切都可以叫作胡闹。”

“叔叔，我一直以为你是一个……”

“先不要说我，先说说你的奶奶。你以为她是谁？二十岁的小姐？喜欢风光喜欢刺激的轻浮女人？不！她已经八十多岁了，走路都得扶着墙。她操劳一生，最终应该有个好结果。”

“我会给她坏结果吗？她是我的奶奶。”

“不要忘了她是我的母亲，我更有权利保护她。你为什么不邀请你自己的母亲与你一起去胡闹？有我在，你别想弄走她。”

叔叔的话越来越让他伤心了。刚刚组装完一架飞机的胡图感到心里很难过，他想纠正他的一种说法，不是“弄”而是“请”，但他已无心再去澄清这样的一个事实。他想这个世界上有很多事情都是无法澄清的，表白丝毫不起作用，人们谁也不愿为别人的内心世界去费神。

“那是因为我敬重祖母要胜过自己的母亲。”他有些疲倦地对叔叔说，“她劳顿一生，从来没有坐过飞机，从来都只是站在地上看着它从天上经过。一架又一架的飞机，不知道里面都坐着一些什么样的人，从不知道。政府不可能给她提供这样的机会，她自己也没有作过类似的努力，你们这些不孝的儿女也没有让她脱离过地面。现在我带她到天上兜一圈有什么不好?”

“你不能这样孝顺你的奶奶，她受不了。你应该在其他的方面孝顺她。”

“生死有命，富贵在天。你知道吗，叔叔，已有不少领导在支持我。”

“谁在鼓励你上天?”

“市委书记殷毛，宣传部长陈畏虎，还有税务所长郑拴羊，储蓄所主任贾亚男——是个女的，我已得到她批准的一笔贷款。”

“多少?”

“一千五百元。”

“一千五百元能干什么？你用什么作抵押?”

“家里的房子。”

“你的父母知道吗?”

“还没有来得及告诉他们。特别值得一提的是税务所长郑拴羊，他明确向我表示，绝不像催命鬼一样上门去向我收税。”

“那是因为在他们的眼里，你搞的只是一个风筝、一个装有众多零部件的复杂的风筝，而一个风筝爱好者是不需要纳税的。”

“胡符，你说我搞的是风筝?”

“好！终于连我的名字也叫出来了，终于叫出来了。叫得好!”

“奶奶，我先走了。我回去再检查一遍发动机。”他像一个飘忽的影子一样，很快就消失了，没有留下一丝痕迹，甚至连头顶上面的众多的星星也没有看见。

母亲离开她的房间，站在微风里。有人从她的旁边经过，他们不认识她，她也不认识他们。他们像新版的人民币和众多崭新奇异的事物一样让她感到无比陌生而不可思议。几年前，当儿子将几张“灰蓝色的纸”送给她时。她说：“这是什么?”她怎么也不相信那会是钱。她想，是假的吧，钱怎么会是这个样子的？儿子的一个朋友说她与这个时代基本没有什么关系了，因为她连这个时代最重要的东西部不认识了。她不认识胸罩，更不明白其作用。一直以为那是飞行员的一副眼镜。胡符简单地向她介绍过后，她竟很冲动地说：

“给我也买一个吧。”

“老太太，别胡闹了。”

她看见有一个人站在从前的菜园子里，她不能确定那是不是她自己，园子四周的景色在烈日与大雨中不断地发生着变化。冬天里，白雪甚至能将包括炊烟在内的一切都覆盖起来，有人吱吱地踩着雪从她的窗外走过。她听说过那些美丽而凶猛的白蝴蝶，顺着青草倒伏的方向，在天气最晴朗的时候，能看到它们飞舞的影子，有时候像四月里的云彩，但不知道它们还是杀人的利刃。有它们的存在，白蝴蝶村按说应该是有福的，如同时刻处于咒语的保护之下，人们可以万无一失地活着。掀开一块雪一样的白布，她看到她的胡地的身上布满了无数密密麻麻的针眼一样的窟窿。仿佛他每天都在接受周详细致而尽心尽职的治疗，留下了无数令人烦躁而绝望的纪念。

“他每天都在生病吗？”

“没有。胡队长的身体一直很好，只是偶尔有些头疼。”

那么多的“针眼”，如不是亲眼所见，说与谁都不会相信。是白蝴蝶造的孽，它们不喜欢外乡人的到来，不喜欢生活中有异常而陌生的东西介入，无论是谁，大论那是什么。返回家的路上，它们果然又从后面追上来了，蜂拥而至。雪一样的白布像旗帜一样在旷野里飘扬着。那时候她忽然想起一件让她追悔莫及的事情：匆忙中竟忘了寻找那位半夜里去通知她的姑娘，她也许就在那些众多的姑娘们中间，正在不动声色地看着她。“我是从白蝴蝶村来的。”她在窗外低声说。邬云娜永远记得她的声音，但对她的容貌、身高以及整个人都一无所知，永远不知道她是谁，因为她永远在暗处。“她就是站在我的面前，我也认不出来，不能确定她就是那个好心而又不敢公开自己的姑娘。”她按住那块飘动不止的白布，十分沮丧地想道。

秋天的一个晚上，在弥天的雾霭中，她看见了离家多日的小儿子。他的口哨声率先穿过晚间的大雾，来到她的面前。他不但完全熟练地掌握了一整套的放映技术，还学会了舞台美术和绘制电影广告。在雾中，他展开一幅两米长的临摹之作《毛主席去安源》，请母亲观看。母亲既惊喜又激动。画面中红色的雨伞和蓝色的长衫使她的眼前涌起了水蒙蒙的雨雾，但不再是悲痛伤怀的泪水。他们站在秋风秋雨之中。希望像往日的惆怅一样浓重而深长。在以后的几天里，邬云娜几乎每天都带着儿子去找当初一起谋事的那些人。但有的难得一遇，有的仿佛患了健忘症，失去了记忆，一切都想不起来了。有的人甚至见了邬云娜本人，踌躇半天，才能勉强认出她来。“是我变得让人不认识了，还是他们的记忆出了问题？”四处奔波的邬云娜很快陷入了怀疑而难过的泥淖之中。有一天，小胡符在街上遇到了放映员阿肛，阿肛说：“听说你也学会放映了？学会了又怎么样？没用。今晚我有些头疼，你想不想露一手？”回到家里，母亲还没有回来，直到很晚才看到她的疲惫的身影。她没有告诉儿子，几乎当初所有那些“单线联系”的人都在有意无意地躲着她，而她更没有理由去找革命委员会，革命委员会对此事一无所知，从一开始即是如此，小胡符也没有将下午遇到阿肛的事告诉母亲，他觉得她听了以后一定会更加难过。他希望她能好好地睡一觉，从而缓释、消除连日来的紧张与疲劳。

然而到了晚上，邬云娜辗转反侧，又是一夜没有合眼。一些互不连贯的片段在她的眼前徐徐地滑过，有时又出现突然的跳跃和闪烁，迸发出火星一样的东西。她想，革命委员会一向只知道阿肛会放电影，却完全不清楚还有一个人——一个比阿肛年轻许多的人——也谙熟此道。要是没有人对他们提起，他们恐怕永远也不会知道。这样想着，她忽然看到一线曙光。晨光熹微，黎明来到了，天亮了。早晨，她匆匆地收拾了一下后，便径直走到了革命委员会的办公室。在听完她的一番既是说明，又是阐述，但更多是建议和规劝的谈话之后，他们显得很为难。他们告诉她，实在没有理由将放映员阿肛无端地撤换掉。作为一名产业工人的后代，他并没有什么严重的不可饶恕的问题，甚至连普通的越轨行为也几乎没有。他要是个可恶的反革命分子，他们早就将他拿下了，将他从生活中彻底拿掉。“还用得着别人来向我们提醒、暗示或建议吗？难道我们是混饭吃的？”他们对她说，“问题是他不仅不是一个反革命分子，而且根据我们所掌握的情况来看，他还是一个很不错的党员哩。”

中午，她神色颓丧地回到家里，仿佛被抽走了所有的力气，仿佛在回家的途中又丢掉了所剩不多的精神。她对儿子说：

“我们不要再到处乱跑了，我们遇到的是一个很不错的党员。孩子，你真的很喜欢放电影吗？那真是一件很重要的事吗？”

“不放也行。是大家要把我塑造成一个放映员。”胡符说。电影公司的老侯说过一句话，让他记忆很深。阿肛也曾说过，现在，轮到自己了，他觉得他也可以说了。于是，他说：

“放映一场电影，并不比动手脱掉自己或别人的裤子更复杂，没有什么了不起的。”

四

冬天的时候，十六岁的胡符出现在农田水利基本建设的工地上。到处人山人海，红旗招展，铁锹飞舞。两天平出一块梯田，一天筑起一道反帝反修、防风固沙的土板墙，已不是什么新鲜之举。在工地上负责写广播稿和黑板报的胡符只有在资料比较紧张的前提下才会将这样的一些事例派上用场。革命委员会对这个既是孩子、又像大人的年轻人还是比较重视的。十六岁的胡符成了工地上最忙的人。除了按时编写广播稿和黑板报之外，他还要到处刷标语，用白石头在山坡上垒出醒目的标语，用朱砂在墙上写字造句，用最真挚的声音和最热烈的情怀歌颂火热的生活和层出不穷的好人好事。

晚上，他在工地上为人们放映幻灯片。

人们携带着高寒地区的干粮和水，以及斑驳而难看的羊皮褥子，山梁上飞扬的尘土时常将彻夜不熄的灯火一次次扑灭。秋冬两季的大风使推车运土的人的行进变得极为困难而吃力，他们腰间扎着草绳，棉帽子的帽耳在风中不住摇晃、颤抖。在白昼与黑夜交替的一些空隙里，身材矮小的宣传干事将帽子虚掩在头上，双手来回倒替拍着响亮的巴掌，一丝不苟地指挥人们排练节目。锣鼓声使大多数的人的精神为之抖擞，昏昏欲睡的是极个别的人，他们不久将要罪有应得地受到严厉的批判和无情的体罚，在劳动中用汗水洗刷他们的耻辱。人们用一缕一缕的头发代替过去岁月里的胡须，用种种不同的表情和姿势暗示各种各样的事件及其结果，在草草设计的场景里粉墨登场，鱼贯而行。凄厉的北风时常将他们头上象征着善良和苦难的白毛巾刮得不翼而飞。冬日的尘土从人群的空隙之间穿过，以灰色帆布为背景的节目内容在寒夜里哗哗作响，经久不息。面对完全虚设的情节和与生活状况相去甚远的舞台动作与语言，人们感到这的确是在演戏，没有人计较它是否真实，是否源于生活，一切都寡淡。时光在寒风中悄悄地逝去，永不再回来。在如泣如诉的胡琴声中，人们酸楚的目光在回首中得到了短暂的抚慰与休养，毕竟看到了死去的人无法看到的东西，而灯光下的故事和动荡不安的场景又使他们真切地感到活着才是最不容易的，既吃力又费劲，时刻都充满了阻力与困难。

几乎每天都有激动人心的事情发生。富裕中农杨伟的儿子杨小伟与民兵排长刘红旗比赛推土，独轮车在他们的手中转得像陀螺一样欢快而令人目不暇接。类似这样不计名利，既超越了阶级，又磨合了家庭出身的劳动竞赛，在冬日里的工地上是很多的，不胜枚举。赛事越激烈，不慎被毁坏的车也就越多。经常有人蹲在背风处修理被毁坏的独轮车，他们把断裂了的木头用铁丝重新连接起来。

妇女主任孙喜梅用自己的灼热的胸怀温暖了下乡的武装干部唐生的严重的胃病和痔疮。一段时间以后，唐生的溃疡面大部分愈合。又过了不久。他的痔疮也得到了有效的收敛和紧缩，可以说他的病已经基本全好了。“祖国啊，母亲!”唐生激动不已，感慨万千。“人民也是母亲！人民给了我温暖和健康，我要加倍地回报人民。”翌年春天，孙喜梅的年仅十四岁的女儿跟随一名瘦小的南方人私奔到福建南部地区，正是唐生行程数千里，一路追到闽南。虽然他无法将那个十四岁的姑娘带回来，但最终还是在他的主持与监督下让他们名正言顺地举行了婚礼。在众多的闽南人面前，他不得已才让自己冒充姑娘的舅舅，代表娘家人前来参加年轻人的婚礼。不久以后，他取道北上，见到焦急万分的孙喜梅之后，大功告成地告诉她：

“放心吧，我已经替你把她嫁出去了。”

他向孙喜相道喜，恭祝她提前成为岳母。与她同龄的妇女中间，几乎没有像她这样幸福的人，自己还很年轻，便已成功地做了别人的岳母，受到尊重与孝顺，看来已是早晚不可避免的事了。孙喜梅注意到他被南风熏得黝黑。他告诉她，婚礼很热闹，他们的族长也参加了，不少人都喝醉了酒，有的躺在桌子下面，用一种他完全听不懂的语言唱着一种近乎哭泣或梦呓的歌。美中不足的是缺少娘家这边的人。不过，他告诉孙喜梅说：

“如果一切顺利的话，明年他们生了第一个孩子后，将抱着孩子一起回来看你。”

到那个时候，孙喜梅就又成为姥姥了，但她似乎一点也高兴不起来，她的眼泪止不住地流了下来。也许她并不想让自己这么快就成为谁的姥姥，但事情本身并不取决于她，主动权不在她的手里。不管她是否愿意，只要她的女儿一生下孩子，她就必然会不可避免地被推到姥姥的位置上去，她在生活中的位置又会向前迈出具有转折意义的一大步。你说你不想当姥姥就可以不当？

“我的女儿好可怜啊！”她对唐生说，“他们的话她一句也听不懂，她怎么生活啊？那和到了美国有什么两样？”

“不要紧的。”黑黝黝的唐生对她说，“只要能听懂她丈夫说什么就行了。”

军爱民，民拥军，好风气蔚然成风。学校里的学生们将所有鼓舞人心的故事搬上舞台，亲自表演。一名小学四年级的女生，穿上其母亲的衣服，又从家里拿来砂锅和扇子，一边扇火一边唱着“蒙山高，沂水长，我为亲人熬鸡汤”。又有几名扮成大嫂的女生和一名男生在台上共同争夺一件衣服，“我为亲人补军装”。都想补，谁也不肯相让，谁也不愿意被人看成是毫无觉悟的落后妇女。最终，一位名叫史翠琳的“大嫂”因心灵手巧和机敏过人，因自身的条件过于优越而战胜众姐妹，获得了洗衣权。

一开始，与胡符一起办黑板报、刷标语的是一个名叫骆青的北京知识青年，这个人的字写得很好。十六岁的胡符虽然觉得自己的字写得也不错，但他又明显地感到骆青的身上还有某些值得他学习的东西。此前，他已从他那里听到过不少事情，有很多是关于整个世界的，还跟他学会了十来首苏联歌曲。关于苏联，他以前最熟悉的是列宁和高尔基，以后又知道捷尔任斯基和日丹诺夫，现在最常听说的是勃列日涅夫，还有齐奥塞斯库、恩维尔·霍查。很长时间内，大部分的人们都以为那是一种声音，一种象征某种东西被失手打碎了的声音：吻嚓，而没有以为是一个人。

“这个人很糟糕，”骆青对胡符说。“总是不断地向中国要这要那。”

“为什么？”胡符有些不大明白地问道，“难道我们欠他们的吗？”

“我们是一个很要面子的国家。”骆青说，“宁可自己吃玉米，也要把大米送给别人。我们自己还吃不上大米呢。”

他们坐在漏风的工棚里，望着灰蒙蒙的山梁。推土的人们在他们的视线里不断地奔跑，像一群黑色的山羊，像纷纷滚落的石头或炭。有人疲倦地注视着裸露在土层外的灰色的陶片和潮湿的草根。一位兽医在工地上临时代理医生，正在给一名被车轮撞到的人包扎伤口。殷红的血液不可避免地溅落到兽医的手上和身上，使本来目光痴呆的兽医变得有些烦躁不安，心不在焉。大风将兽医手中展开后的一条白色绷带吹走，兽医蜷曲的身子在风中疾跑起来，追赶着行踪不定的白色绷带。绷带越过重叠不清的壕沟和沟沿上的浮土，越过杂乱的工具和人们的头顶向山梁下一道干涸的河川里飘去。受伤者的干号惊动了他们。胡符的眼睛望着工地，脑子里却还在想着刚才的事情。他对骆青说：

“真让人难以理解啊。”

有时抽空从工地上回家以后，他对母亲说起这些事情，因为他仍然被困挠着。“不当家不知柴米贵。每年都入不敷出，毛主席的心里才麻烦呢，比任何人都麻烦。”邬云娜对儿子说，“他并不情愿把自己的大米自白送给他们，他也许是实在再没有别的办法了。这事你听谁说的?”

“一位北京的知识青年。”胡符说。

“北京人鬼多，你要当心。”

骆青曾经向胡符描绘过一种毯子，色彩缤纷，漂亮，优雅，各种颜色的都有。当听说这样美丽的东西其作用仅仅是让吃饱了的人们在上面来回践踏时，胡得突然感到既惊讶又难过。浪费就不必说了，那完全是在作孽。他有些心痛地想道。他在深深的疑虑与痛苦中不无惋惜地摇晃着头，仿佛真切地感受到了那种“铁蹄”的存在与无情的走动。但仅仅两天以后，当他再见到骆青时，他对他说：

“你上次说的那是地毯吧？”

“是的，是地毯。”骆青说。

“地毯就是专门让人踩的，没有人在上面走，它还有什么意义！”

这回轮到骆青感到吃惊了。惊讶过后，他对胡符说：“你也完全可以学坏。一张白纸要是腐化起来，要比一张牛皮纸快得多。”

有一天，胡符注意到骆青有些心神不宁。他的字写得潦草而难看，不但软弱无力，而且不断地写出错字。“他看上去好像病了。”胡符想。这以后，胡符连续几天没有看见过骆青，很多事情都是他一个人在做。他一边在墙上刷标语，一边猜想，骆青一定是请假回北京去了，他几乎没有一天不流露出想家的情绪。十六岁的胡符有一丝微微的抱怨：骆青也许并没有将他看作是朋友。因为他走时竟连一声招呼都没有向胡符打过。“我白认识他了。”胡符有些难过地想，也许母亲说得很对，北京人鬼多。但过了一会儿，他又想，打个招呼又能怎么样，也许他没有来得及那样做，要是有足够的充裕的时间，他会说一声的。在这个天气阴晦的上午，年轻的胡符一边往墙上刷标语，一边想着一些愉快而又伤感的事情。

下午，他继续在墙上刷标语。天气仍然像上午一样阴晦。不久以后。街上的人突然凭空多了起来，仿佛是从地下、从四面八方冒出来的。有几辆汽车开来，每一辆车上都站着几名被捆绑得非常结实的犯人，胡符在第二辆汽车上突然看到了骆青！那一瞬间，他惊愕得险些大声叫喊起来。像其他所有的犯人一样，骆青的头上也戴着那种蓝白两种颜色相间的瓜皮小帽。四辆卡车上，有七名是强奸犯，骆青即是其中之一。胡符的手里还提着刷标语的铁桶和刷子，但他已完全忘记了它们的重量和存在。这是他最后一次看到骆青。直到所有的汽车都化作弥天的尘雾，从他的视线里完全消失后，他仍然站在那里。

一个四十多岁的男人拿着一只刚刚做好的小凳子来到胡符的面前，他俯身看了看铁桶里面的东西和那把刷子，然后微笑着对胡符说：

“能不能用你桶里的红颜色给我的这个小板凳也上点儿颜色？很多人都说它没上颜色不好看，放在家里不吉祥，给人的印象像没做完的棺材。不需要上两道，涂一遍就可以了。”

五

“真是巧得很，”年近五十的房东女主人对工作队队长胡大雪说，“十几年前来的那个工作队长也姓胡，年龄看上去比你现在还小呢。他们几个人也是住在我们家里。”

房东女主人正在门前的台阶上择菜。工作队队长胡大雪一边帮她择菜，一边与她聊天。这是一个细心而精明的女人，过去岁月的风韵仍然残留在她的脸上。她的家事实上早已成为上面派出的一个办公室了，历届的工作队几乎都驻扎在这里。那两间西房一直收拾得干净整洁，不相干的人很少进去过。多年以来的荣誉感使她一直明确而又隐隐约约地生活在某种强烈的自豪与优越之中，它们有时像蛰伏在她住宅四周的虫子，低声在草丛中吟唱或者完全静止不动；有时又如同经久不散的弥天大雾，笼罩着她自己，也笼罩着别人，甚至整个村庄；除此之外，它们还是延长欢乐、抵御寂寞的乡村岁月的最有力的武器。当别的女人寻死觅活，走投无路的时候，她却有诸多斑斓而隐秘的，有时甚至是峥嵘的时光可以回忆，尽管从记忆深处浮上来的大多甘苦参半，但正是这使她一直怀有深厚而自足的富庶之感。她不无谦逊地告诉这位几个月前才来的工作队队长，她这里实在没有什么值得夸耀的东西，但仍然无法阻挡人们前来。一有工作队下来，党支部和革命委员会就会径直将人带到她这里来。

“主要是因为你这里干净。”党支部书记贺林炸这样对她说，“有些人倒是很热心地欢迎工作队到他们那里去，但我实在觉得他们拿不出手，羞于示人，不敢把同志们往那里领。同志们下来是代表党的，我们能让党活受罪吗？”

“当然不能！谁能眼看着党受罪？党要是不舒服，我们的心里也会很难过的。”她的声音里充满了遥远的焦虑。

工作队队长胡大雪注意到她的脸上洋溢着某种与她的年龄有些不太相称的幸福与满足。她借用村里其他人的话，对他说：

“工作队一来，整个村庄都在颤动。”

胡大雪看见一棵菜从自己的手里突然跳了出去，随后便很快明白他被震动了一下。他又帮她择了一会儿，不久即出了门向村子里走去。房东的女主人是个慎之又慎的女人，他用尽了诸如择菜、聊天之类的近距离的接触，但始终无法使她畅所欲言，尽管她本人一直都乐观，通达，甚至不乏女性的柔情和妩媚。她很爱说话，但就是从来不说他想知道的那些事情，尤其是关于整个白蝴蝶村的。有时候，她的那种过于严谨的滴水不漏的作风使他这个做队长的感到既丧气又枯燥乏味。“你不要再在她的身上下功夫了，你不会从她的嘴里得到任何有价值的东西。”工作队唯一的一位女性刘玉玲有一次对胡大雪说道：

“这样的女人，即使面对她的丈夫，也总是保留大部分的，只将少许无关紧要的说给他听。她不是那种知无不言，言无不尽的女人。“难道我们没有一点办法让她开口道出一些实情吗？”“也许你会有别的办法让她开口。”刘玉玲狡黠地朝他一笑。

但他不打算再继续组织新的攻势了。在政治上完全放弃她，而在生活中与她友好地甚至亲密地相处，这是他的一个新的思路。说不定事情因此会有新的转化或突破。话说回来，一个女人真正又能知道什么？即使完全突破了，使她变得不吐不快，也未必就会柳暗花明，会有多么重要的惊喜和收获。

“不再为阶级斗争和她套近乎了，”胡大雪想，“因为她是一个女人，因为这个女人很少有头脑发昏的时候。从现在来看，即使在任何时候，她也始终是清醒而谨慎的。这样的女人真让人没办法，让工作队的人无工作可做。”

自从来到白蝴蝶村，胡大雪就一直注意留心，但直到今天，他还没有在村里的任何地方看见过哪怕一只白蝴蝶。他怀着好奇的心情请教过党支部书记贺林炸。贺林炸说：

“早就没有那种东西了。好像全村的人都得罪了它们，竟再也不来了。”

胡大雪眼睛盯着贺林炸，心里却在想：“难道蝴蝶也会生气吗？”

贺林炸是一个善于想象、善于发挥、善于以一当十的人，尤其对于来自上面各级的指示或精神，对于最流行的提法，他总是能够按照自己的理解，总结、拟定出一套新的理论。他自己能够活学活用，也要村里的其他人都应如此。凡事先由他自己过滤并消化，之后再传播到人们中间。

比如，根据“学制要缩短，教育要革命”的口号，他经过了自己的思考、酝酿、过滤、发挥和想象，总结出这样一套理论：

“黑夜要缩短，白天要延长。因为白天要革命、因为革命不是请客吃饭，更不是在家里睡觉。”

不久，他的这种提法成为一种命令，以后又成为一种制度，直至完全成为村里的一种日常的习惯。相对于其他地方的人们来说，白蝴蝶村里的人们的睡眠时间要短得多。除了年老体弱的人和尚在襁褓中吃奶的婴儿稍显特殊之外，大部分人的实际睡眠时间都在三个小时左右。他们把凌晨看作是晚上的开始，到凌晨三四点钟的时候，白蝴蝶村的天就孤独地、相对独立地“亮”了，新的一天又开始了。有人，甚至一些年轻的小伙子或正值壮年的男人，大白天坐在板凳上做梦，睁着眼睛，流着口水。贺林炸注意到有人精神困顿，萎靡不振的时候会十分生气。被训斥的人勉强睁开眼睛，对他说：

“你说你的，我听着呢。我不困，我一点儿也不想睡，我就是想闭一会儿眼睛。”

村里有很多标语口号，其中不少是贺林炸本人的发明。由于其根据和源泉总是来自于最盛行的说法，因而人们总是能够在熟悉的基础上明明白白地理解，还不容易忘记。每一次新的发明一经公布，人们很快便愉快而欣然地接受了，很快便又都像一日三餐一样消化了、理解了。作为党支部书记，贺林炸为人们能够这样毫无障碍地消化他的发明成果而感到由衷的高兴和欣慰。人们越是这样善于接受、善于理解，就越促使他对自己更加严格要求，更加处心积虑、精益求精。贺林炸意识到这是一种良性的循环——他和人民之间的良性的循环。是的，没有人民的支持和理解。一切的发明都不如不发明。人民，只有人民才是推动一切的真正动力。人民用得着什么，什么就会迅速兴盛起来。

不久，根据“阶级斗争，一抓就灵”的口号，他又经过了自己的思考、酝酿、过滤、发挥和想象，最终这样总结道：

“阶级斗争是只鸡，一抓就会咯咯地下蛋；阶级斗争是一只具有无限潜力的鸡，有时会下出双黄或三黄蛋，有时则会下出完全出人意料的金蛋，使我们终身受益，享用不尽。”

这个总结里的关键的词语是：金蛋。阶级斗争（这只鸡）下出的金蛋。这样的总结和延伸依然具有十分强烈而浓重的发明色彩。一位八十岁的老头对贺林炸说：“年纪轻轻就发明得这么好，以后还怎么办？少年得志，未必是什么好事。”“我已不是少年了，”贺林炸说，“我四十多了。”老头睡足了觉，从家里出来，愿意与见到的每一个人进行热情而长久的攀谈或争执。人们怀着不无忧虑的心情，用运动员跳高的例子来观照贺林炸的发明。一个人一生只能有一次跳过一个最高的目标，以后便非但不能跨越从前，反而开始逐年走下坡路。人们不知道贺林炸以后还会发明出什么，他自己也感到茫然，仿佛一具被岁月风干了的肉身。

整个村里一只白蝴蝶也没有。“为什么没有蝴蝶？”胡大雪走在街上，看到只有少数的一些房子里亮着灯，将窗户映成黄色。

正是晚上，但人们却继续将它当作下午来使用，因为真正的“晚上”要到凌晨才算开始。还有人在街上说话，还有人在做着下午应该做的事情。铁匠铺里依然炉火纯青，一起一落的锻打声传得很远。木匠们坐在地上悠长而均匀地拉着锯子，仿佛已拉了几个世纪。棺材、板凳，还有一些刚刚做好的小饭桌散落在他们的四周，锯末粘在他们的脸上和头发上。

因为正处于“下午”，供销社里也不点灯。人们付钱、找钱的时候，主要依靠手摸，这时候完全是经验在起作用。一个向来对人民币没有任何感觉的人，将注定要与终日和钱在一起的售货员发生激烈而可笑的争执。通过仔细的触摸，人们根据钱币的大小来确定其数目，主要在考虑它的面积。这时候村中的几个盲人成了供销社里最吃香的人，几乎个个都红得发紫，忙得不可开交，因为他们是无可争辩的最杰出的鉴定钱币的专家！他们靠自己的双手赢得充分的尊重和前所未有的拥戴，靠准确的触摸体现生命的价值和意义，从而达到辉煌，达到一生中最高的巅峰。一个五十多岁的盲人替一个买盐的孩子摸过他手中的零钱以后，接着又用手去摸他的头，边摸边说：

“世事莫测，没想到你们也有用我的时候。我问你，以后还敢不敢把我往井边领了？”

“不敢了，再也不敢了。”盐到手以后，孩子从人们的缝隙之间溜了出去。

胡大雪早就发现人们看他时的目光有些特别。当他在街上行走的时候，很少有人主动上来与他攀谈。甚至有个别的人刚从家里出来，看到他从外面路过时，马上又缩了回去。一开始他还没有将这些看成是敌意，但它们却像鞋里的小石子一样硌得他难受，给他的行走带来了困难和障碍。晚上，即使在看不清他们的表情的时候，只要他一走过来，在街上说话的人们，尤其是一些女人，马上就各自散开了。有一次，他主动上去与她们说话，一个仿佛没有任何心理准备的女人甚至尖叫着逃走了，只将尴尬留给了他。好像他要对她怎么样，好像他曾经对她怎么样过。他难过极了。

“人民正在有意躲着我们，有的人甚至摆出一副捉迷藏的架势。”工作队又如同落在他们头上的一根草，那样的一种重量不是经常能够让他们想起来的，但一闲下来的时候，就会明显地感觉到它的存在。

许多人都知道胡大雪一直在暗中调查一件事情，人们不知道他是怎么知道那件事的。十几年前的另一位工作队队长胡地不幸死于村外的一条水渠边，作为一件往事，它早已在很多人的记忆中被淡忘了。在更年轻的一代人那里，几乎没有人听说过，它的影响甚至远不及一个传说。村中一些善于打听情况的人不知通过什么办法还了解到一个让他们感到吃惊的事实：胡大雪本来是派往另一个村里的工作队队长，是他自己主动要求到白蝴蝶村来的，于是就带着人来到了这里。

人们还听说过这样一件事：有一天晚上，他很激动地对房东女主人说：

“真是荒唐！一个人怎么会被蝴蝶咬死！”

又一个晚上，他走在昏暗的街上，看到有两个女人正在临街的一个门洞里站着，晚风将她们的话吹到他的耳边：

“他为什么对他的事那么感兴趣？”

“我看不完全是因为他也姓胡。”

等他走过去的时候，那个门洞里已经没有人了，他连门响的声音也没有听到。满街飘着柴草，他弯腰捡起一根。

几天以后，在村西的一个圆形的打谷场上，胡大雪又一次找到了于琴。她是一位二十八九岁的少妇，现在是村里小学的代课老师。其时，她正领着一群孩子在高高的打谷场上做游戏，她吹着一支口琴。

站在这个位于高处的打谷场上，可以清楚地俯瞰到白蝴蝶村的全景以及更远一些的山川和河流。胡大雪在一只碌碡上坐了一会儿。碌碡从冬天一直闲置到现在，青草从它的下面和四周长了出来。

于琴是突然看到胡大雪的。这以后，还没有等胡大雪朝她走去，她立即将口琴交给一位稍大一些的女孩子，自己朝这边走来。胡大雪也向前走了两步，他注意到她的情绪既紧张又有些激动。他们走到一个离那些孩子们较远的地方。于琴不放心地向四周看了一下，她用一种急促而又明显压低了的声音对胡大雪说：

“求求您不要给我找麻烦了，我真的什么也不知道。那时候我还很小……”

“我只问你一句话，”胡大雪说，“你的姐姐于黛是什么时候死的？”

“已经有很多年了。”

“她和那位姓胡的工作队长，都是同一年死的吗？”

“应该说，她是一年后死的。”

“‘应该说？’”

“求求您不要再来找我了，我真的什么也不知道。我好不容易才找到目前这份工作……”

“你们学校里那个眼睛深陷的老师叫什么？”

“他姓王。”

胡大雪想起第一次去学校里找于琴时的情景。短短的几分钟之内，她完全是在极度的慌乱与不安中度过的。除了不停地说不知道，她再没有说过别的什么。胡大雪要是在学校里再滞留一会儿，她说不定就难过得放声哭出来了。学校里的老师们不断地有意或无意地看着他，又看着于琴。就在那时，胡大雪忽然觉得自己被什么东西刺了一下，他注意到一个眼睛深陷、看上去仿佛患有严重的结核病的教师。那个人一直什么话也没有说，一直待在一个极不引人注目的地方，但却给胡大雪留下了一种难以抹去的印象。后来，当他离开学校，走出不远，突然又转过身时，看到那个人正贴在窗户上向外面看着，看到胡大雪突然转过身，他有些猝不及防，立即像一个破碎的影子一样从窗前消失了。

晚上，他又听到了琴声。

他又看见黄白两种颜色的炊烟像传说中的龙一样在村子的上空缭绕漫卷，徘徊不断。单调微弱的琴声由于他的用心倾听而被幻听成一种悲凉的混声合唱。眩晕中，他感到仿佛一切都被移到了一张纸上，一切又都被扩大了，变得浓重无比。院子里现在只有他一个人，所有的房子都是空的。布满苔藓的墙垣将他与往事隔开。“人们只知道我是胡大雪，”他靠在墙上低声说，“没有人知道我还有另外一个名字。”远在南方的一个城市里的胡雁将自己的名字改为胡作舟。胡雁依靠做梦不断地回到故乡的小镇上，见到所有的亲人。而他，眼下几乎就在母亲的身边，无须像胡雁那样用梦境引渡自己。

不久，他靠在墙上睡着了。

有人来到他的身边。有风、有云彩，还有湿润的土和枯黄的花，琴声虽然微弱又凄凉，但其中又不无希望与憧憬。他听到有人这样对他说：

“……他们用我姐姐的名义把他骗到村外的水渠边，那时候天已经黑了……”

琴声又响了起来，仿佛一根断了的线被重新接了起来，在远处，在被杏树的紫色的枝丫隔开的高高的打谷场上飘着。

他睁开眼的时候，看到房东女主人正从外面回来。她从杏树的枝叶下面穿过，来到他的面前。他疑心不久前有人进来过，他希望那是小学教师于琴的一次秘密而不为人知的造访，但又无法确定。因为从某些迹象来看，也许更像是房东女主人本人，虽然当他睁开眼时，看到她刚好在门口出现。也许不是她们中的任何一个，而是一个有着女人性情的男人，迈着轻柔浮荡而充满阴性的碎步从外面一路进来，不久又像一只蝴蝶一样拖着柔软的倩影离去。

胡大雪想：“难道我是一个招蜂引蝶的人？”

入睡前的最后一个印象是一道布满苔藓的旧日的墙垣，远处的琴声被它隔开。以后，在他睁开眼睛看到房东女主人之前，无数杂乱的脚步声正在从四面八方纷至沓来，他听到人们在街上奔走相告：白蝴蝶又回来了。

他记得党支部书记贺林炸曾经说过，好像全村的人都得罪了它们，它们再也不来了。现在，房东女主人站在他的面前，对于白蝴蝶也持同样的态度。在这个问题上，她与贺林炸表现出惊人的一致性。她说：

“没有的事。听他们这么一渲染，它们好像成了还乡团。”

胡大雪不无惊讶地注意到房东女主人今天的神情很有些特别，甚至与往日判若两人。她的两个乳房尤其显得异常突出而引人注目，像是临时发挥，突然变出来的。

“真奇怪呀！”胡大雪想。那时候他只感到自己被压得抬不起头，却没有想到致命的疼痛已经上路，正在远远地到来。

清晨，踏着满地的露珠，一个去镇上卖羊毛的人在途经白蝴蝶村外的时候被吓了一跳。他看到几个人抬着一个用白布裹着的人也在朝镇上的方向走。他听到他们在说：

“和十几年前的那个人完全一样。”

卖羊毛的人驮着他的羊毛走在他们的后面。他没有听懂他们在说什么。他尽可能地抑制住自己的好奇心，不去看那块耀眼的白布。他有一丝不祥的预感，觉得今天的羊毛有可能被打折扣。早上临出门前，他的女人还与他吵了一架，他怀着灰暗无比的心情上了路。他既难过又积极，一路上一直有两个方案在他的脑子里盘旋、飞翔。他设想的第一个方案是将羊毛卖掉后，给他的女人买一件她所喜欢的东西，以释前嫌；第二个方案与第一个方案完全相反，他盘算着自己如何将卖羊毛的钱全部花掉，只留下一分钱带回去，以示对她的惩罚。

透明的露珠如同数不清的眼泪一样在他们和他的脚下滚动、流淌，在四周的原野里不停地闪烁出令人伤心的亮光。

这时，他又听到他们在说：

“在前面的那个高台上歇一下吧。”

卖羊毛的人听到了自己的喘息声。到现在为止，他还没有考虑好究竟按照哪个方案行事会更好，每个人都有自己的一套主意，但他却没有，一无所有。邻居有两个性情完全不同的女人，每当与她们的男人生气或大闹一场之后，其中一个总是胃口大开，拼命地吃东西，所食的数量数倍于平日；另一个则连续两天水都不喝一口。应该说，她们都是有主意的人，都能按照自己的一套方式行事。与她们相比，卖羊毛的人十分沮丧地意识到自己是一个完全没有主意的人。“我活成什么了？”他